我在京都居酒屋

库索 著

湖南文艺出版社
博集天卷

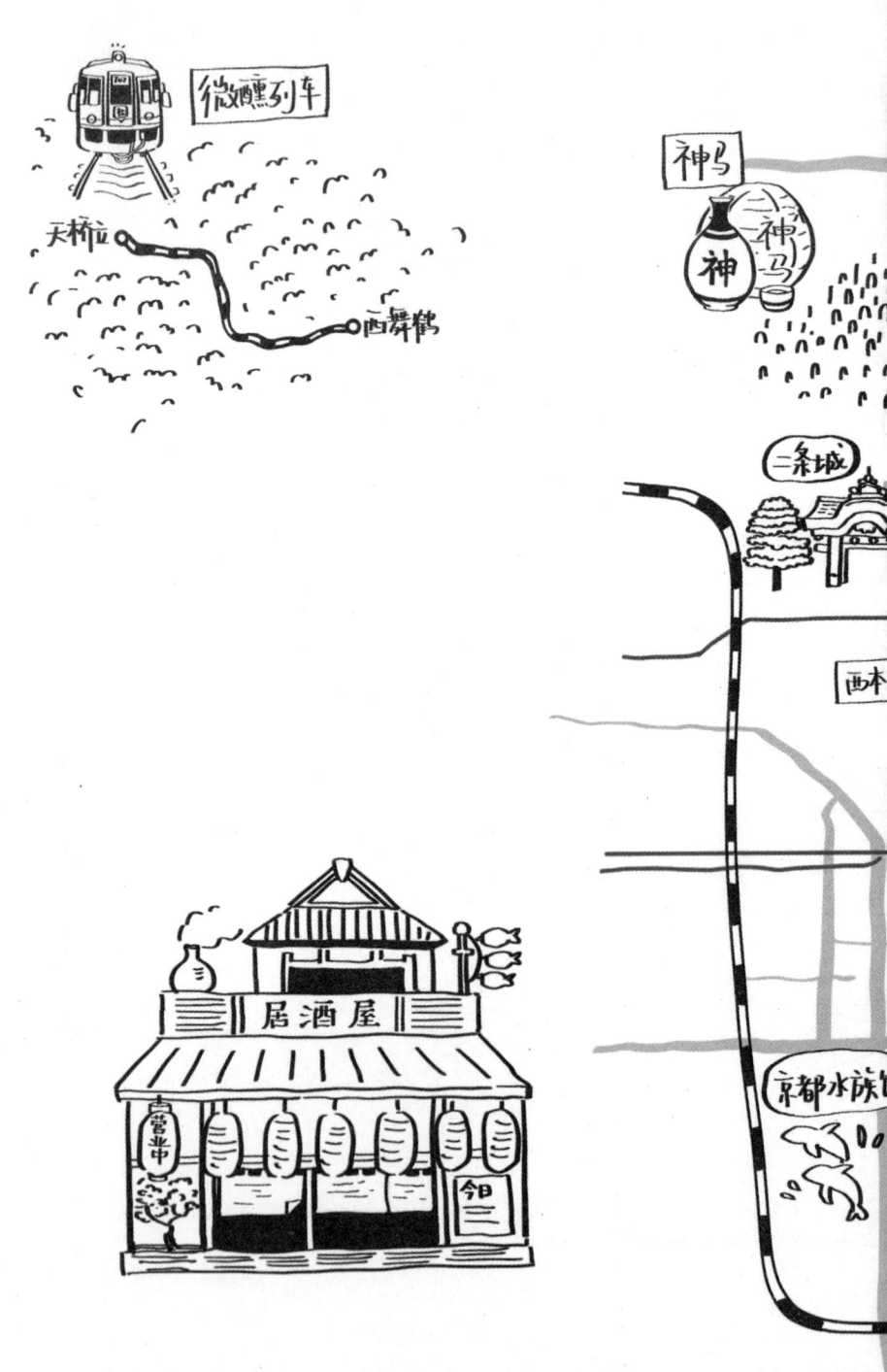

序：居酒屋平等主义 ……… 008

神马 ……… 015
第一夜　银鳕鱼西京渍 ……… 034

食堂清水 ……… 038
第二夜　紫苏鸡肉卷 ……… 055

BAR ノスタルジア ……… 059
第三夜　泡菜花甲锅 ……… 076

酒场　井仓木材 ……… 080
第四夜　鳗鱼饭 ……… 097

柳小路酒场 ……… 102
第五夜　百货公司地下美食 ……… 124

酒肴屋　じじばば ……………… 130

わたなべ横丁 ……………… 147
第六夜　苦瓜炒鸡蛋 ……………… 164

BAR　TALISKER ……………… 169
第七夜　可乐饼 ……………… 183

西阵麦酒 ……………… 187
第八夜　手工香肠 ……………… 201

京極スタンド ……………… 205
第九夜　鲑鱼粕汁 ……………… 215

西本酒店 ——— 218
第十夜　厚蛋卷 ——— 232

割烹　久久 ——— 236
第十一夜　香菜蒜泥煮鲑鱼罐头 ——— 246

微醺列车 ——— 250
第十二夜　海鲜盖饭 ——— 260

不存在的居酒屋 ——— 264

序：居酒屋平等主义

能够一个人去居酒屋喝酒，乐于一个人去居酒屋喝酒，是在京都住了几年后才解锁的新技能。美酒与美食是一件单纯的快乐的事情，从前在居酒屋是个过客的时候，只意识到这件事。开始与京都居酒屋交往，带着探究深处的目的性，需要彻底融入其中，要推开一扇门就总是很紧张，常笑称之为"居酒屋的冒险之旅"。确似在旅途之中，下一秒将拥有如何的邂逅不得而知，站在吧台里那位陌生的店主，会对我笑脸相迎还是冷若冰霜？他和那些每天围坐在吧台前的熟客一起，共同构成了京都的一个个小宇宙。

真正热爱居酒屋的人，会有一家频繁去的，视为日常打卡。我作为熟客的那家店，过了许久店主也变得任性起来，常会指派我与邻座客人聊天。一天，邻座是一位老人，说与上一代店主是同龄人，三十年间常常来这里。我在店里偶尔也会见到上一代店主，猜想他也是七八十岁的年龄。"要说这家居酒屋和三十年前最大的不同,"那位老人对我说,"是从前万万不会有一个女人独自坐在这里喝酒。"这天店里除了我还有另一位女人,坐在我的另一侧,是从东京搭新干线来出差的。她闻言对我点头,表示同意。

我在这家店遇到的酒客们,有时候在其他居酒屋也会偶遇。其中有一位住在附近的中年男人,一周里撞见了三次,最后一次终于笑着寒暄起来,他承认每天都会来居酒屋喝一杯。我好奇道:"不和家人一起吃晚饭吗?""吃的,喝完这杯就回家。"他说。妻子和女儿也都有工作,下班后回家准备晚饭,看着电视等他回家,上中学的儿子正值青春期,饿得快,会一个人先吃些零食,也要等父亲回家才允许坐上餐桌。我观察他离开居酒屋总是在晚上 9 点左右,觉得这样的等待实在不合理,他用泡沫经济时代男人的理直气壮告诉我:"在居酒屋的时间,都是工作时间,这就是日本文化。"我不知道话里的真假,是否真有那样善解人意的家族在等待他,但他又对我说,日本男人从不和家人谈论工作琐事,90% 的妻子也很讨厌丈夫说这些无聊之事,但可以在居酒屋畅谈,和相识的店主或酒客。尽管这个男人总是在独自喝酒,也坚称这份时光属于工作的一部分,甚至没有取下挂在脖子上的工牌。

我从那时开始思考居酒屋的存在,这里看似只是一个喝酒的场所,其实藏着许多社会的隐性不平等。现代人在日常生活中难以察觉时代细微变迁之处,但在居酒屋这个微缩的社会版图里,它可以被人看见。四百年前居酒屋这一形态开始流行于江户时期,是因为彼时的江户有许多单身赴任的男人,外食文化盛行,如它的名字一样,成为男人可以久"居"其中的"酒屋"。如今日本全国的居酒屋总数超过16万间，虽说已经日常化，但男性客人总数仍是压倒性地多，我还听说某家名气很大的居酒屋，至今拒绝女性独自入内。女人和男人一样，在居酒屋里喝一杯身心放松的独酒，并非一开始就是理所当然，而是在时代进步中争取到的权利，我格外珍惜这样的权利，因此去居酒屋，总是一个人。

如果从平等视角来看待这件事，今天的居酒屋也许是整个日本社会最倡导平等哲学的地方。江户时期，人们的身份阶级严谨，各种社会场合都会因为身份高低而有所差异，居酒屋也如此，座席按照身份决定。明治维新之后，西式酒吧进入日本，长条吧台开始流行。昭和后期，西式高吧台演变成为日式居酒屋的低吧台，形状也变成日本特有的"コ"字形。我认识的许多居酒屋店主都对我提及过"コ字吧台前人人平等"这一说法：无论身份、地位、性别、年龄如何，坐在"コ"字吧台前的人们一视同仁，坐席不分高低，喝着同样的酒，吃着同样的下酒菜，若和邻座的人聊天，双方的对话也是平等自由的。

对日本居酒屋研究颇深的太田和彦先生，畅游岛国各地，写了许多关于日本饮酒文化的著作。我从他那里学习到了选择居酒屋的准则：以老店、小店为佳，从不去连锁店。尤其在京都这个地方，餐饮业大浪淘沙，能够经过时间的冲击留下来的老店，必然料理、价格和信用都有保证。与其说是填饱肚子，不如说居酒屋是慢慢饮酒、享受氛围的地方，身处其中的"居心地"很重要，这样的环境只有在小店可以实现，那些吵吵嚷嚷的连锁店无法想象。在我的观察中，符合以上几个标准的居酒屋，通常只由一个人独立经营（有时也许是父子或夫妇），因此店主和客人之间常有视线交流，也有大把时间可以聊天，有许多熟客，就是专程来和店主聊天的。

独自去居酒屋，我一定选择有吧台的那些，无论是"コ"字还是"口"字，它专为独酌派而存在（三个以上的客人会被安排在桌椅位）。除了少数比较讲究的西式酒吧，日本的大众居酒屋大多不会指定吧台座位，店主会说，随便坐吧。但其实暗地里也有讲究，例如入口处或者最深处的座位被称为"末席"，而正中央的座位则被称为"上席"，前者相当于在角落之中，后者因为正面对店主，可以随时和店主聊天。我后来听说，真正的熟客都会默默坐在角落里，他们心想：这家店对我来说很重要，为了让它长久地存在下去，就要让第一次来的客人也充分感受到它的魅力，因此要把最好的座位留给新来的人。熟客们在与新人聊天这件事上也很有分寸，除非是对方主动搭话，或店主介绍，否则不会轻举妄动——自觉维护"自己的居酒屋"的平和氛围，也是一个饮酒者的基本素养。

如果在一家初来乍到的居酒屋，酒就应该从生啤开始喝起。"总之先来杯啤酒"是日本人在居酒屋的口头禅，尤其在京都夏日的桑拿天，冰凉的啤酒是作为食前酒而存在的。点了啤酒就可以获得思考时间，仔细研究接下来该吃些什么，一个好办法是选择菜单上的本日推荐，通常是根据季节变化的海鲜或蔬菜，最新鲜美味，也是店主的拿手菜。在京都，春天的贝类、竹笋和菜花，夏天的香鱼和海鳗，秋天的秋刀鱼和松茸，冬天的白子、河豚和螃蟹，都应该吃一吃。京都是四季分明的城市，在居酒屋里感受春夏秋冬流转的味觉，是当地人的爱好，他们必然会在香鱼和秋刀鱼刚上市或是螃蟹刚解禁之时，第一时间就坐在"コ"字吧台前。如此吃过一轮之后，再观察其他的客人在吃什么，有时候他们会主动向你推荐，那就欣然接受，熟客的心头好总是没错。

写下这些居酒屋，想写的不只是一杯好喝的酒、一道好吃的下酒菜。流行杂志隔三岔五会推出京都酒场特集，以吃吃喝喝为重心的导游手册也数不胜数，但我时常心有不甘，认为仅把它们作为网红地标实在有些可惜。这次我试着走得离他们更近一些，成为日常的相处，倾听店主的人生经历，从职业的角度去理解他们。奇妙的是，把他们当成了职人之后，又意外地认识到了一种居酒屋人生，是站着的店主的人生，也是坐着的客人的人生。

即便在小城京都，居酒屋和居酒屋的氛围也有着天壤之别。在采访中我明白了，一家居酒屋的性格，就是一个店主的性格。我接触了丰富多元的他们：有人在继承传统，有人在击碎禁锢；有人要延续"京都的"，有人要追求"世界的"；有人刚刚到来，有人准备离开。有一位从前不想继承家业，做了各式各样的工作之后回来，说是兜兜转转终于明白，这家传了几代人的居酒屋延续了怎样珍贵的血脉；有一位被生活所迫，继承了无关紧要的家业，却还是想开居酒屋，于是白天经营家业晚上开居酒屋，竟然找到了完美的平衡；有人在海外漂泊了几十年，把日本料理带到了世界，如今也想把世界带回京都；也有人坚决拒绝接受外来者，说不需要什么世界，只需要眼前六个座位的熟客们……都是人生的选择，是居酒屋店主的众生相。

所有在居酒屋里遇见的熟客，都会说："这里是生活里最能让我松一口气、得到治愈的地方。"常去的居酒屋，酒和菜少有变化，如同日本人家庭里的浴缸一样，是一种日常性的存在，不为了追求刺激感而存在。我曾听人说：西洋的淋浴是功能性需求，而日本的浴缸则是治愈性需求，居酒屋也是如此。每天被居酒屋治愈的熟客总是独自前来，这也是居酒屋的美学——群众中的孤独。在这样的地方，即便一个人也能放松，卸下了社会身份，不必顾虑他人眼光。按照人类生活的"三个空间"理论，能够实现"无职业、无性别、无身份"的平等主义、并且让灵魂得以栖息的"第三空间"，在法国是咖啡馆，在英国是小酒馆，在日本无疑就是居酒屋了。

在居酒屋里相遇的人们，因此总是呈现出一种坦诚的真实性，能够顺其自然，无所不言。成为一家店的熟客之后，就会被记得爱喝什么酒搭配什么菜，有时我不服气被猜中，店主就会温柔地说："不要变，这里是日常的店。"有时久久不去，再去时店主和相识的客人都会面露关心："最近发生什么了吗？"京都人苛刻，但在这样的地方，偶尔喝醉一次，也会被宽容地接受。许多店主和店主也相识，也被一些店主推荐去他们喜欢的店，居酒屋都在同样时间营业，店主之间并不时常能见面，有时候一位店主就说，下次请代我向某某店主问好。于我而言，居酒屋的冒险也许有着更深刻的意义，意味着久疏交际的我，在这个城市开始试图去相遇、理解和融入，试图去建立一种日常关系。也意味着人与人之间的关系，需要互相尊重，懂得礼仪，更加需要尊重时间，是在漫长时间中才能建立的一种"不太熟的熟人关系"。人生中许多美好关系都是如此。

跟居酒屋的相遇无疑是机缘使然。写这本书的过程中，渐渐了解到城中许多有趣的居酒屋已经闭业许久，我没能赶上它们的热闹时光，只能永远地成为一种想象。一家居酒屋我去过一两次，再去时店主因为某些人生变故即将离开，熟客们在告别时都说，期待未来哪天再相遇，会一直等待着。一家终年营业的居酒屋突然挂上"临时休业"的牌子，过阵子问起，说是去参加某位交往了几十年的熟客的葬礼，特意送去了他爱喝的那一杯酒……所以我写下这些居酒屋，想写的其实是"相遇""理解"和"日久生情"，以及在这之中一些充满仪式感的"告别"。居酒屋里的人生，是我在日本的寺院里偶然读到的那句禅语：人生一生，酒一升，蓦然回首，放眼处，皆已成空。

神马

京都第一，京都唯一

惊蛰前一周，打电话去神马预约。有一种我近来才听说的鱼，中文名写作"本诸子"，是琵琶湖的原生种，至惊蛰这日达到美味的顶峰。我原本爱河湖之鱼甚于海鱼，但河湖之鱼在日本可食用种类却极少，琵琶湖之鱼更不是随便能见着的食材，但我知道：在神马一定有。

我认为人和居酒屋之间亦有缘分牵引，神马无疑是我的那个缘分。但这样想的远不止我一个。翻阅介绍京都居酒屋的杂志书籍，其中定会把神马称为"京都一"，因它是城中现役居酒屋中最老的一家，1934年创业，今年86岁。建筑物又要更老一些，据说是大正时代之前的酒造[1]，开在远离观光客的北野地区，附近有京都最古老的花街上七轩，战后东映摄影所不分昼夜拍摄时代剧的太秦也在这一带，因此孕育了昭和时代许多电影院和寄席[2]，成为庶民娱乐的场所。如今这里又归于

---

[1] 酒窖。——作者注
[2] 可以观赏日本传统演出的剧场。——编者注

住宅区的沉寂,神马的客人都是专程来的,一些人说它是"居酒屋的世界遗产",无人质疑,传闻还有人遇见过宫泽理惠来吃螃蟹呢。

虽说是老铺,但神马的门槛并不高。中间一张银杏木打造的"コ"字形[1]吧台,仍是大众酒场的氛围,满席时能坐下18个人,内装和光线都停留在20世纪30年代的氛围里。也如同从前一样,只收现金。通往厕所的路上要走过一座小小的太鼓桥,每次我微醺时走在其中,都觉得不可思议:为什么居酒屋里要弄一座桥?只是觉得奇妙。如此喝过几次酒,结识了新的朋友,朋友又结识了更新的朋友,也都是奇妙的缘分交错。

惊蛰这天,果然在神马的菜单上看见了本诸子,旁边用红字注明:琵琶湖产。

"本诸子是琵琶湖才有吧?"我独自前来,被安排在"コ"字的尾端,能够随时与穿梭在厨房与吧台之间的店主聊天。如今的店主,是三代目[2]的酒谷直孝先生。

"只有琵琶湖是正宗的,其他都是冒牌货。"酒谷先生说。

"在别的料理店也不多见。"

"需要看日子,是'今天'才有的菜单。"只要说起鱼的事情,酒谷先生就会滔滔不绝,"本诸子生活在琵琶湖底深处,捕鱼的小船要开到湖心地带,若是风太大,船就会翻。"

---

[1] U型,形状像日语片假名的"コ"字。——作者注
[2] 第三代。——作者注

"所以要看运气?"

"对,看运气。有时客人打电话来问:'某天有没有?'我说:'这可不敢保证。'"

我在运气尚算不错的春日,在神马吃到了素烧的本诸子,五条小鱼摆得整整齐齐,烤得刚刚好,只稍稍加盐调味,配上生姜酱油、山椒叶和土佐醋,吃的是原味。虽是河鱼,却没有泥腥臭,我咬了一口,鱼腹里藏着鱼子,顿时明白了为什么说此时是它们最美味的季节。头部和骨头都可以吃,带着微微的苦味,这点与香鱼异曲同工,是极佳的下酒菜。春寒料峭的季节,我想喝一壶"热燗"[1]。

神马的"热燗"是哪里都没有的独一无二的"热燗"。坐在店里,一定会听到熟客们招呼着"请给我混合酒!"的声音,指的就是这一种:滩的六种混合酒。店里的冷酒有许多选择,"热燗"却只有这一种,从开店之初就是如此。所谓"滩",指的是兵库县的"滩区",作为日本酒的名产地,向来有"滩的男酒,伏见的女酒"之说,前者辛口,后者甘口。把滩区代表性的六种酒混在一起,是神马初代的老板娘发明的喝法,想每天给客人平等地提供同样的酒。"是完全没有日本酒知识的奶奶的一种平等主义使然。"酒谷先生说,他毫不介意地带我去看那几个日本酒大瓶子:黑松白鹿、白雪、菊正宗、剑菱、日本盛、大关——都是司空见惯的大众品牌,意外的是,这些口感辛辣的酒,在混合加热过程中发生了酸化作用,口感竟圆润起来。

---

[1] 日本酒的一种喝法,指加热后的日本清酒。——编者注

神马的"热爛"的秘密武器，酒谷先生也带我去见过。那是一个古老的"爛铜壶"，如今已是二代目。首先把六种酒混合在一个陶瓷里，要喝的时候，先倒进铫子里，再放进爛铜壶里隔水加热，用的是明火。不能让水瞬间沸腾是温酒的秘诀，需要控制温度慢慢上升，缓缓将温度传递进酒里。神马在下午5点营业，过了中午就要开始温酒，至于温到何种地步，要根据客人喜好。懂酒的客人，要么点"温酒"，在40℃左右；要么点"热爛"，在50℃左右。对没有要求的客人，酒谷先生认为65℃左右是美味的温度，但若是两个人同来，点两合酒[1]，就要加温到70℃以上，否则很快会变冷。热爛的温度总是在变化之中，但也是靠水温缓缓调节的。

"如今许多饮食店使用酒爛器，开店前一小时通电，按下开关就开始加热，一口气加热的酒，不会好喝。"酒谷先生从不吝啬告诉我温酒的常识，也喜爱与我分享店里的故事：之前来了一个德国的寿司职人，吃了许多料理，喝酒的时候大吃一惊——为什么用这样的方法？！原来他在德国也温酒，就是把日本酒倒在锅里，开火煮得咕噜咕噜，倒在杯子里给客人。酒谷先生听完德国人的话哈哈大笑，对我说起也哈哈大笑："这样一来，酒精都挥发了呀！"他向德国人讲解了隔水加热的原理，那人拍了许多照片，如获珍宝地说："回去我也教大家这么做！"

"热爛最重要的是传热方法，要让热量温柔地传递到酒中。"酒谷先生如此说道。如同酒不能操之过急，料理也要慢慢来。对他来说，

---

[1] 日本计量单位，1合相当于0.18升。——编者注

料理是时间的结果。没有一道菜可以在短时间里一气呵成。例如本诸子，需要花两天时间，第一天只是用清水和梅干浸泡，泡到骨头变得柔软之后，次日才开始调味。"这个大小的本诸子，骨头基本上都是很硬的，需要慢慢地烤。"我听了才知道，原本以为简单的素烧，柔软鲜嫩的口感并不全都归功于琵琶湖，也不全是季节的恩赐，它是料理的结果。

这天我在神马和邻桌交谈，他们是一对从德岛来京都旅行的老年夫妇。两人退休后热衷于居酒屋巡礼，读了艺人角野卓造写的一本《京都居酒屋指南》，慕名寻来。"那么有名的居酒屋，打电话的时候很忐忑，不知能不能约上。能够坐在这里真是太好了。"男人与我聊起出町柳三角洲，说从前跳过河中的巨石，也已是四十年前了。又说两个儿子都当了医生，问起中国的医生地位如何如何。聊起盂兰盆节有名的阿波舞，提前半年也订不到酒店。我坐下时两人已经喝到尾声，给我看用手机拍下的料理，赞赏红喉鱼煮得何等美味，极力推荐一定要吃春笋。也聊我的工作，"能够做自己喜欢的事，真好啊，你一定要加油！""你一定要加油"这句话，两人临走前，对我说了三遍。"祝你们在京都拥有愉快的时光"这句话，我也因此说了三遍。

我原本就打算吃春笋。这个季节神马的菜单上写着一大堆春笋。邻桌的夫妇推荐我的那一道，加了鲜虾和鱼卵一起煮，笋切成条状，又加了菜花。"正月里的鱼卵是鲷鱼，这个季节是平目鱼。"酒谷先生解释一番。怕我不明白，还要写下来："平目""鲷鱼"。喝一夜酒，能写下一堆小字条。此时我一定要吃的还有白子，白子是鱼的精巢，口感似猪脑却更加嫩滑,许多居酒屋冬季都能吃到鳕鱼白子,但在神马吃的是河豚白子,用生姜末和萝卜泥拌一拌,称为"友和",是令我屡吃不厌的一道下酒菜。在神马的河豚料理里,有比白子人气更高的"河豚刺身",其余还有"炸河豚""烤白子""醋拌白子"等,从晚秋到初春,总能看到吧台的一角吃着河豚料理喝着河豚鳍酒的人们,感叹着:"极乐!"感叹确有道理:全世界有超过100种类河豚,其中日本近海大约有50种,神马只选择天然的"虎河豚",它被称为"河豚的王者",来自下关、三重、静冈或兵库近海,是河豚中最美味也最高价的。

这个晚上,店里还有一位年轻的中国女孩在打工,说是在京都读了两年语言学校,正准备申请大学。每隔一阵,女孩就跑出来跟我聊天,一会儿说:"店里的老太太人很好,前些天有人送了她一箱益生菌饮品,今天在休息室,打工的每人都分到了。"一会儿说:"店主人也超级好,给我在国内的家人寄了几箱口罩,还附送3000日元邮费。"一会儿又跑来说:"他们让我多过来跟你聊聊天,说你现在是'朋友'了。"

这女孩天真可爱,我也乐于和她说话,不知不觉又喝了许多冷酒。酒谷先生推荐我喝一种"北山的四季",说是京北山里的酒,之前店里来了几个名古屋的女性客人,喝了一堆,觉得这个最好。确实淡泊清澈。喝完一合便可以收尾了。在神马,我每次都要在最后点一份"大叶柴渍蒸饭",在蒸好的糯米饭上,撒上切成细丝的青紫苏叶和腌茄子,加入浓口酱油,拌在一起吃,有着介于主食和甜品之间的暧昧口感。这道菜也是时间的结果,糯米要先泡后蒸再冷却,二十枚紫苏叶叠在一起切，需要考验刀工，不可能在家里复制，对紫苏爱好者的我来说，是神物一样的存在。饭后又喝了一合"聚乐第"，这名字本是四百多年前丰臣秀吉在京都建造的城郭，但时间短暂，成为历史的一个幻觉，酒谷先生说起，我才知道造酒的佐佐木酒造株式会社就在附近。在京都的居酒屋喝酒，喜欢的就是这种幻觉与现实不断交替的感觉，人生也亦真亦幻起来。在醉意中，年轻的女孩拿着空酒瓶开心地跑过来说："店主说酒不够，这杯就送你了！"隔天酒醒，想起来酒谷先生要送我的不只是酒，临走还要给我口罩来着，我连连摆手说："等存货用完了我再来拿！"

因此每当季节变换时，我总是要去神马。走在街中尚不能察觉春夏秋冬的变迁，但只要拉开神马的门，扫一眼菜单，便瞬间领会：如今到了这个季节。这也符合它的主旨：让客人吃到当季最好吃的食物。

夏日居酒屋的风物诗[1]是海鳗，这种鱼吸足了梅雨季的雨水迅速成长，囤积脂肪，在七月中旬达到顶峰，成为京都家庭餐桌上常见的一种存在，就连祇园祭都有别称：鱧祭（海鳗在日语里写作"鱧鱼"）。将海鳗切片汆烫，佐以梅子酱，或做成涮涮锅和天妇罗，是京都人的日常吃法，在神马都能吃到。烧霜造[2]或是和白萝卜煮在一起，则是酒谷先生独创的菜式。这个时节我另有挂念，打电话过去，问的总是：

---

[1] 代表某个季节特有的现象、文化、味觉、景色或物品等。——编者注
[2] 用强火直接熏烤鱼皮至变色，迅速放入冰水中冷却后捞出的一种料理方式。——作者注

"有香鱼吗？"香鱼有盐烧和有马煮[1]两种，我总是选择前者，完全是天然的味道，吃过了才算度过日本的夏天。秋天有松茸，松茸饭深得我心，更受欢迎的做法是土瓶蒸，将海鳗、三叶和松茸一起扔进土瓶的高汤中，加入薄口酱油调味，煮好了倒在小杯子里，小口啜着喝。冬季螃蟹和河豚当道，神马的高级松叶蟹是最著名的招牌，吸引了一批忠实粉丝。螃蟹在每年11月解禁，但夏天刚结束就会有客人来预约，日本海的松叶蟹价格不菲，用水煮一煮，蘸上醋和酱油混合的调味料吃，带着甘甜，就是它最美味的食用方式。

和酒谷先生更熟悉了，就知道了一些他的日常，几乎每天都是同样的轮回：早上6点半起床，7点到达京都中央市场，两个小时一直在市场里看鱼，9点左右从市场出来，到达店里是9点半，之后一直站在厨房里准备食材，只在午饭时间才会坐下来。下午5点开店，晚上9点半打烊，和店员们一起吃过晚饭，10点半左右进行最后的整理工作，回到家大约是11点到11点半之间，泡个澡就睡觉。前几年他在附近买了公寓，不用像从前一样回到奈良的家去。那时候他每天早上5点半起床，夜里1点到家，每天只能睡四个小时的生活，持续了整整十五年。

"每天做同样的事是一种怎样的感觉？"我无法想象其中的枯燥与辛劳。

"你不也每天都一样和人相见吗？但是见到的人都不同吧。鱼也

---

[1] 将鱼类和肉类，用酱油、料酒和山椒粒煮制的一种烹饪方法。因为兵库县有马地区产有著名的"有马山椒"，而得此名。——作者注

如此。我虽然每天和鱼相见,但是没有两条鱼是一样的。"自18岁成为料理人之后,酒谷先生开始频频光顾中央市场,如今更是每天都去。其实酒谷先生的老家就在市场附近,他在这里出生和成长,视中央市场为故乡,很多前辈后辈和同学如今也在市场里工作,每天见到的都是熟面孔。在我看起来是重复单调的工作,在他心中绝不是一模一样的。每天的鱼各不相同,根据肥瘦不同,要稍稍调整料理方法,例如盐的用量。他的季节感也是从鱼那里学到的,随着天气变化和海浪起伏,鱼也是一种敏感地变化着的生物。他最近走在市场里察觉到:今年的目张鱼早早就出现了啊。就知道是海水变暖了,今年的春天将会比往年来得更早。

  产地不同,鱼的优劣差异就会很大,价格悬殊也巨大,不懂的人只会觉得:这鱼真贵啊。但只要吃进嘴里,即便是外行也会明显感觉到确实是有哪里不太一样。神马对食材的产地有着几乎苛刻的要求:釜山的海鳗,对马海峡的甘鲷、红喉鱼和青花鱼,长崎市的鲸鱼,九州岛和山口市的伊势虾,下关市的河豚,岛根宍道湖的小银鱼,兵库县和岗口的松叶蟹,明石市和淡路岛的章鱼和真鲷,福井县的鲽鱼,富山县的鰤鱼,北海道鹉川町的柳叶鱼。壬生寺和洛西地区的京都特有的蔬菜,德岛县和京都市乙训郡的竹笋,丹波市的和牛、地鸡,石川县的米,北海道的利尻岛昆布,鹿儿岛县枕崎市的鲣节……但每年情况也有变化,例如近两年鰤鱼更多选择三重县和和歌山县产的,富山县地区由于海水升温,已不是最佳选择。在神马,日常菜式以60个种类为中心,吃到的是整个日本的山与海。

酒谷先生拥有一个真正的料理职人对季节的敏感，3月初的一天，我坐在店里，随口问他："现在已经是春天了吗？"他拿出小纸条来，写了个"冬"字，又写了"早春"，在两者之间画了个箭头，道："现在正在这途中。"此时的神马，尚能吃到一些冬天最后的残味，又开始能吃到一些春天的新物了。再过些天，到了3月末，就会全部变成春天的味道。

"如今许多饮食店有个特点，一年之中吃的都是同样的东西。鱼可以冷冻起来，肉更是一年之中都有。蔬菜从前是有季节感的，现在在超市里一年四季都能买到，萝卜、黄瓜，连笋也可以装在真空包装里。"这不符合酒谷先生的食材美学，他从不使用冷冻的鱼类，"很多鱼是让人享受香味的料理，冷冻起来就会失去风味"。和那些一年之中只提供一份菜单的店不同，神马的菜单敏感地变化着。我很喜欢阅读那份手写的菜单，在菜式之外，加了许多红色标注，基本是产地，一些还会写上"新物"和"初物"字样。"新物"是当下季节新鲜的食材，"初物"则是这种食材刚上市的味道。每天遇到什么鱼都在随机变化，神马的菜单几乎没有连续两天是完全一样的，要把那满满两页纸每天重写一遍是个大工程，很多时候就贴上小小的字条，遇到明显的季节交替时，就真的要重写一份了。

我也问酒谷先生那个我问过很多人的问题："你理想中的居酒屋是什么样？"

"我自己也想去的居酒屋。"酒谷先生说他想去的店，不只是鱼，不只是肉，而是无论什么都好吃，光是看着丰富的菜单，就拥有选择的快乐,"今天吃这个吧,明天吃那个吧,每天来也不会感到腻的菜单。"

他说他自小爱好吃,从来没有向往过料理人之外的第二份工作。年轻时想成为法式料理人,进入专门的料理学校,在父亲的介绍下,又去了祇园的料亭[1]当学徒,遇到影响自己一生的师父。修业多年后就职,辗转于高级料理店、酒店餐厅和容纳几百人的料理屋之间,一心想做更高级的料理,未曾想过要继承自家小小的居酒屋。父亲生性宽容,放纵着他的选择,师父虽然严厉,却也格外信赖他。他性格乐观,说在料理人的道路上没有过痛苦的时候,其实未必没有,但他是这么一个人,凡事过去了便忘记。记得的只有一件:20岁那年,同龄人都穿着和服去神社里参加成人式,他却穿着制服奔波在送外卖的路上。从那时起,他的内心已经接纳了:在料理人的世界里,没有"休息"这个选项。

回到神马是在二十年前,父亲突然病倒,热闹的居酒屋难以为继,此时师父发话了:把自家的店关了可不行哦,即便是居酒屋,按照你的方式做做如何?于是他回来了,首先就把菜单来了个大换血,关东煮和炸猪排之类的全都不见了,变成了在高级料亭里修炼来的割烹料理[2]。"刚回来的前十年,完全不行,客人不来。这个街区住的都是老人,不能挑战新的东西。但就这样耐着性子慢慢做,培养新的客人,一点一点热闹起来,到了第十年,开始出现在杂志上,才渐渐又忙碌起来了。"这二十年里,他先后送走了师父和父亲,四年前正式继承为

---

[1] 高级的传统日本料理餐厅。——作者注
[2] 日本传统料理的总称。——编者注

三代目。

我问他:"从前不想继承居酒屋,现在成为居酒屋主人,终了觉得居酒屋有趣了吗?"

"现在觉得居酒屋是最有趣的。在同样一条吧台上,既有学生之类的年轻人,也有无所事事的退休老人,更有知名会社的社长,各种各样的人坐在一起,喝着一样的酒,吃着自己喜欢的东西,这样的形态在居酒屋之外没有。如果去祇园的高级料亭,尽是有钱人和名人之间的互相交往。而坐在这里,和旁边的人聊天,聊得尽兴愉快,告别时对方拿出名片:'有什么事情,可以跟我联系。'接过名片的人也吓一跳:'刚刚的那个人,是那么厉害的社长吗?'"听闻店里曾有一位打工的店员,拿到内定(公司的采用决定)后不久,竟也在这里偶遇了那位通过他面试的社长。

"和奶奶的平等主义是一样的呢。"我想起神马的温酒,觉得是冥冥之中的血脉使然。

"还有,居酒屋是不用特意换衣服就能去的店。'不穿洋服不行啊''不穿得正式一点不行啊',不用这样,它是以身体最放松的状态,每天都能去的地方。不用预约,不用特意计划,是心血来潮的时候,想起来的时候,拉开格子门问:'有位置吗?'然后就进来喝一杯的店。或者是两个人偶然遇见了:'好久不见啊!要喝一杯吗?我知道一个不错的地方。'然后一起去喝一杯的店。居酒屋的有趣之处就在这里:很突然地就能去。"

我完全懂得居酒屋式的心血来潮,一天去采访酒谷先生,听了许许多多鱼的故事。又问他:"你最得意的一道料理是什么?"

"与其说得意的一道料理,不如说只有我这里才有的东西。"他露出神秘的笑容,"鲸鱼的培根。"

原来是名为"日新丸"的日本捕鲸船在南极捕获的鲸鱼,已经是多年前的事情,后来南极禁止商业捕鲸,人们都改去了挪威。但大约有60公斤冷冻着的南极鲸鱼培根,流入了京都鱼市,酒谷先生一口气买下其中的50公斤。他深知南极鲸鱼的好:水极度寒冷,因此脂肪丰厚,也完全没有脂臭味。神马是如今京都市内唯一能吃到南极鲸鱼培根的地方,即便在全日本也找不着几家。

我听得入了迷,便也掩饰不住:"今天还有空位吗?"因为想吃南极的鲸鱼培根,成为这天最后一个预约的客人,也是我对于居酒屋的心血来潮。南极鲸鱼培根确实没令人失望,能够克服我对鲸鱼的心理不适,再看价格,便宜得不可思议。酒谷先生为此更加得意,说拎着几十万日元现金就去鱼店了。鱼市是这样,使用现金交易能够便宜不少,到手的价格便宜了,在店里也能卖得便宜。他从前在奶奶和父亲那里学到的就是这样:要用最便宜的价格买到最好的鱼。我想起在哪里曾读到过一位熟客的评价:"第一次来到神马的客人,至少会受到三次惊吓。第一,这样古色苍然的居酒屋氛围。第二,料理的价格之高。第三,料理的价格之低。"比起一般的大众居酒屋,神马的价格确实稍稍高了些,到了螃蟹季节更是动辄几万日元一只。但如同我被鲸鱼价格吓一跳那样,食客之间也常有震惊:"这么便宜就能吃到这个吗?"相信来吃螃蟹的人们也是基于同样的心理:神马家的螃蟹,比自己买的更便宜，竟然还更美味。

吃鲸鱼培根的这个晚上我坐在神马我最喜欢的座位，在"コ"字的开头，一个位于隐秘角落的位置。这里拥有店内最好的景观位，能看到从窗口送出的料理，眼前就是爓铜壶，也能看到温酒的全过程，不时还能听到酒谷先生接电话的声音，某天几位预约，总是与熟客寒暄着："前些日子承蒙关照了。"能把握人情。从对面的镜子里能看到厨房里忙碌的人影，头顶摆着初代店主收藏的酒壶，还能看到客人存的酒瓶，旁边的架子上陈列着许多书，作者都是名人：太田和彦、柏井寿、西加奈子、石川拓治……书中也都写着神马的故事，拿过一本来读，就能进入过去的某个夜晚，感受另外一个人坐在同样的座位，都邂逅了什么。酒谷先生在百忙之中指向我的脚下："下面还有哦！"我低头一看，原来各种京都的旅游杂志也都爱前来取材。

这天我点了河豚鳍酒，也是下午聊天的时候，酒谷先生拿出一个盒子给我看：满满的晒干烘烤后的鱼鳍。说是放进85℃的热酒里，能喝出美妙的河豚的香味，因为酒精稍微挥发了一些，又很易于入口。忽然看到菜单上又写着：琵琶湖小香鱼天妇罗。"才是春天，竟然有香鱼？"我过于诧异，才被告知：琵琶湖里也有香鱼，但这香鱼长不大，因为水温寒冷。于是每到这个季节，人们会把琵琶湖的小香鱼放生到各地的河里，使它顺利成长为夏日风物。神马则用琵琶湖原生的小香鱼，做成早春的一道天妇罗。

河豚鳍酒装在像是茶碗蒸一样的杯子里端上来，另有一个小碟子里放一盒火柴。正面绿底白字，上书：千本在名所，是谓神马，新鲜而美味，不可得他山，神亦赦之，爱好酒场也。背面白底绿字，上书：上户不知其毒，下户不知其乐——神马主人。又问，说是初代店主的趣味，即酒谷先生的爷爷，颇怀文人之风流，写诗作画，搜集酒器，在居酒屋里造太鼓桥，皆为情趣。酒谷先生把河豚酒的盖子揭开，划了根火柴将之点燃，青色的火焰熄灭后，盖上盖子，说："这么焖一会儿，等到味道都出来了，再揭开。盖子放在盘子里，喝完了可以再加一杯温酒。总共可以喝两杯。"火柴也一并递给我，"喜欢的话，就拿回去吧，反正有许多。"他重点向我解释了背面那两句话的深意，"擅长喝酒的人不知道那是毒，不擅长喝酒的人不知道那是药。"神马主人，果然有趣。

河豚鳍酒带着火苗的味道，又有燃烧过后的烟味，回味过来却只剩下河豚浓郁的香，非常奇妙，可以一杯接一杯地喝下去。香鱼天妇罗也端上来了，极小，是我从未见过的体形，蘸着盐或酱油吃。即便初见不能相认，但独特的香味与苦味都已经形成，吃一口便知道："果然是香鱼啊。"

客人们在神马互相挥手说再见的情形，这个晚上我照例在神马看见了。邻桌有一对也是来京都旅游的夫妇，先和左边的两位聊了一会儿，那边在告别时万分叮嘱："祝你们旅途愉快！请注意身体！"后来又和右边的两位聊起来，无缝对接，一起分享了已令我沦陷的鲸鱼培根，频频用温酒干杯。

我很想用居酒屋主人的视线来看一看客人之间的关系，酒谷先生告诉我："客人也每天各不相同，既有每天都来的客人，也有每年来一次的客人,可能还有一生只来一次的客人。这里不是交通便利的场所,专程来到这里的人,想让他们觉得:来到神马真好啊。"说起前些天有个独自前来的年轻女孩,大约只有二十二三岁,在这样的居酒屋里很少见,原来是从东京来到京都毕业旅行。女孩偶然和旁边的夫妇聊起来,一起喝了许多酒,不胜酒力,很快就醉了。这种时候酒谷先生就会很留意,如果搭话的一方是男生,他担心女孩有危险,便会出手阻止,但考虑到是夫妇,也来过好几次,心中判断:应该没关系吧。只是叮嘱道:"千万注意啊,不要喝得太多了。"临走前用瓶子装了水,递给了女孩。次日女孩又来了,反复道谢,说:"那之后完全失去了记忆,夫妇两人打车把我送回酒店了。"她又喝了一合酒,吃了许多料理,离开前道:"下次来京都,一定再来!"如此客人与客人之间、客人与店主之间互相留下回忆,是这份工作的快乐。岚山有位著名的料理人也是神马的常客,一次偶然和邻桌来自东京的医生聊起天来,互相交换了名片,再到了东京,心血来潮:打个电话吧!从那时开始,每年去东京,两人都要相约一起吃饭,如此持续了十几年。只是在神马偶然地坐在邻座,聊了一次天,就变成了长久的人情,这是酒谷先生最喜欢的一种关系。

我想起我在神马的遭遇,深有同感:"这个店里,总觉得飘浮着不可思议的'缘'呢。"

"某种意味上,希望这里成为好的社交场。"为了营造好的社交场,就不能有"坏的客人",观察留意客人与客人之间的细微动作,也是酒谷先生的工作之一,要让客人觉得安全,互相之间能够产生信赖感。

神马那种温暖的感觉原来是从这里来的，我终于明白过来，每一个在神马开怀畅饮的人，也是暗中被店主保护着的。

京都的一些居酒屋，为了给熟客营造放松自在的氛围，常会拒绝外来者。但神马不是这样。神马在京都有许多熟客，在全国各地都有粉丝，酒谷先生也不拒绝外国人，用他的话来说："在全世界范围内都可以有熟客，不是吗？"

作为神马的熟客是一种什么感觉呢？一次时隔许久才去，去的路上下雨了，就在车站便利店买了一把伞，刚一进门，酒谷先生就说："上次你的伞掉这儿啦！"我坐下来，那把伞已经挂在我的座位旁，这个晚上，我便拿着两把伞回了家。我渐渐知道，吧台地板下有一个秘密仓库，从前没有电冰箱的时代，生啤酒就储藏在那里。也知道了酒谷先生有一对双胞胎儿子，一个曾在中国留学，另一个去了澳大利亚。店里打工的年轻人和自己的孩子年纪相仿，他内心生出怜爱，在生活上格外照顾他们，对他们循循善诱："不管是什么事，都试试看，前面发生什么不知道，但一定存在各种各样的可能。"他甚至花心思让那个原本不吃生鱼片的中国女孩爱上了日本料理，一天我在门口看见一张招打工者的告示，末尾写道：附带美味的晚餐。我竟然羡慕起来。

酒谷先生身上没有京都职人那种不可接近的距离感，他喜爱聊天，无话不说，总是哈哈大笑。我问他："身为京都第一，会有什么压力吗？"他说："我只是做自己喜欢做的事情罢了。我今年46岁了，在我出生之前，这家店还有四十年呢。这份历史是我制造不了的，是爷爷奶奶一点一点做下来，父亲母亲一点一点维护下来的，我只是偶然继承了家里的居酒屋。但不好好维护它是不行的，因为这份历史再也无法重现。希望能够像我对你说的那样，让它成为哪里都没有的店。"我真心羡慕在神马打工的年轻人，觉得他们的人生观应该从店主那里得到许多启发。我是从"人"这个层面尊敬着酒谷先生的，他是个敞开心怀的人，对鱼敞开心怀，对鱼店的人敞开心怀，对客人也敞开心怀。酒谷先生敞开心怀的时候，所有的鱼和人，也都对他敞开心怀。这样的人做出的料理，怎么会不令人留恋呢？

　　对酒客来说，神马是各种意义上的"京都第一"，对我来说，这里于我还是"京都唯一"。酒谷先生偶尔也关心我的写作，说："你也正走在独立的道路上啊。"我想起他的人生修炼，耐着性子慢慢来的十年，因此也坚定了自己的心。在弥漫着酒意的夜色之中，我有时候能看见路途与路途的交会，等我把路走得再远一些，等神马把日子走得再长一些，我们之间应该就有一条清晰而明确的重合线了吧。我在心里数了数，想着距离它成为百年老铺还有多少年，如此期待着神马，其实也是在期待着自己。

第一夜　银鳕鱼西京渍

日本有许多奇怪的节日，例如3月9日这天是"西京渍之日"。日语里的"鱼"读作"sakana"，头尾的"sa"和"na"分别对应数字的"3"和"7"，将3月7日的鱼经过两个昼夜的腌渍，正好在3月9日能够吃到，日子就这么定了下来。

被日本人称为"西京渍"的食物，专指以京都白味噌腌制的鱼类。东日本流行红味噌，西日本流行白味噌，京都的白味噌又得名"西京味噌"，使用更多的米曲和更少的盐，口感甘甜。"西京渍"也就成了人们心中的京料理代表之一，在怀石料理和松花堂便当中必然会出现。京都有不少类似的腌鱼吃法，初衷却不是追求美味，而是地理条件的劣势使然：京都市内离海遥远，在交通不发达的古代，人们若是想吃到新鲜鱼类，就要想到妥善的保存方法。从海港捕获的鲑鱼、鰆鱼、鳕鱼和青花鱼之类的，以腌渍的状态运输，到了京都人这里，就可以用来烤着吃。北大路鲁山人写西京渍，也赞同"以烤着吃风味最佳"，又说它："从前是高级品，且味噌这种东西原本并不廉价，绝不允许用来腌制低劣的鱼类。"加之制作工序繁复，需要花费时间和人力，很长一段时间里，"西京渍"只是平安贵族和僧侣之间才能享用的高级食物。

"西京渍之日"这天，我决定去买两条鱼。目的地是1927年创业的京都西京渍专门店"一之传"，也是它创立了这个节日。这里的西京渍拥有季节感，选择正值时令的脂肪最肥厚的鱼类，利用自家代代相传的"藏味噌渍"腌制方法，不使用一切添加剂，追求美味和健康。腌制的料理酒来自伏见地区江户时代创业的松本酒造，大豆酱油来自上京区明治时代创业的泽井酱油本店，盐则是古代的食用盐生产地赤穗的100%海水盐。我选了平日里爱吃的两种：银鳕鱼和金目鲷，前者是一之传的招牌，在世界美食大会上拿过金奖。店员用冰袋装上，小心嘱咐："只能保冷三个小时，请尽快放到冰箱里。"身后的一对年轻的小情侣，互相交换了意见，选择了装在速食袋里的一种，说是只需要用微波炉加热1分钟。

我要稍微费些工夫，按照一之传传授的烤鱼方法，回家先把鱼肉身上的味噌用厨房纸擦净，若有残留，便容易烤焦。白味噌无色，鱼肉还保持着原本的色彩。然后在烤架上垫一层锡纸，单面先烤5分钟，翻面再烤3分钟。要用小火慢慢烤，才使鱼肉呈现出美妙的焦糖色。我蹲在炉子前，听见噼里啪啦的响声，是鱼皮的脂肪正在融化。

我从前不爱吃日式烤鱼，认为它淡泊无味，反而凸显了海水的咸腥。西京渍解决了腥味，而我有另一个调味的秘密武器：木芽。木芽是山椒的新叶，不同于果实，微微的麻中带有植物的香。切成碎末撒在烤好的鱼肉上，就让鱼肉也有了春日清新。银鳕鱼肉质紧致，金目鲷柔软甘甜,我近来也能渐渐分辨少许了。

　　这个傍晚路过长德寺,发现门前的阿龟樱已经开了,它向来是出町柳一带开得最早的樱花,颜色浓烈鲜艳。再过些日子,一之传就会推出春季限定的"金目鲷樱花渍",在腌渍的味噌里也加入了樱花树叶。樱花味的烤鱼,我有点想吃了。

| 今夜的酒 | 美しい鴨川純米吟醸(美丽鸭川 纯米吟酿) |

　　去年在京都酒藏馆偶遇了名为"美丽鸭川"的酒,默默记住了酒标上闪闪发光的灿烂河水。考据起来,原来是"京都酒造组合"联合几家酒造共同打造的商品,销售额的一部分会捐赠给名为"让鸭川变得更美"的地域住民保护协会。虽然是同样的包装,不同酒造的味道却各自有异。近日在三条车站对面的业务超市[1]又一次偶遇了,剩下最后一瓶,来自佐佐木酒造。1893年创业的佐佐木酒造是西阵地区有名的老铺,我常去的"神马"居酒屋店主很推荐它家一款名叫"聚乐第"的酒,说酿造水是千利休用来泡茶的"金明水·银明水"。但最有趣的

---

[1] 日本全国可见的一个连锁超市,以"每日低价(每日都划算)"为宗旨,号称日本最便宜的超市。——作者注

不是这个,如果你去看酒造的主页,会看到社长留下的信息:"我是兄弟三人中最小的,从未想过要继承酒屋。但是大哥突然说:'我讨厌制造这种喝了就没有了的东西。'然后走上了建筑行业的道路。二哥去了神户大学农学部,毕业论文写的是关于生物技术和酒米的研究,在造酒家的道路上走得好好的,一天却突然说:'我要当演员。'就走了。"这个当演员的二哥,正是如今我们都知道的那个佐佐木藏之介。

"美丽鸭川"是纯米吟酿,在这样乍暖还寒的季节,用来喝热燗是最合适的选择,与烤鱼也是忠实的伴侣。我近来入手了满意的电动热酒器,按照温酒的热度分为若干档,从 35℃的人肌温度到 55℃的烫酒,在一杯酒中也藏着日本人的细心。我在家里一边热酒一边烤鱼,朋友本田小姐就会称我为"潇洒的大叔小姐"。我还挺喜欢这个称呼的。当我的心里住着一个大叔的时候,房间里就会飘浮着美丽的鸭川香气,而此刻真正的鸭川就在窗外,流水潺潺。这个城市的人们,就是以这样的方式热爱和保护着鸭川的。

食堂清水 〖肉〗

『京都三大深度酒场』之一

过去我就曾误入这幢建筑。它藏在锦市场附近小路上平平无奇的小楼，挂了个"四富会馆"的牌子，某年夏夜我和友人四处找酒喝，意外发现在它腹中竟然布满小酒馆。大约十来家小店，挤在仅容一人的通道两侧，亮了招牌，紧闭着门。贸然拉开其中一扇，紧贴拉门而坐的酒客纷纷回过头来，我在仓皇之间巡视一周，意识到店内已经满满当当，全部空间也只能容纳下七八人，实在逼仄，诸位只能一动不动地面朝吧台坐着，没有多余的活动空间。

我是第一次看见建筑物内部那样密集的店铺，人和人那样紧紧挨在一起，气氛又是那样阴暗潮湿，心中隐隐有些恐惧，再没去过。又过了一年，偶然在某本书中读到：四富会馆原来是"京都三大深度酒场"之一，因位于四条富小路上，以此命名。会馆的建筑是战后长屋式结构，起初为砂糖批发商所用，1959年起被改装成饮食店，此后一直是这副模样。不明真相的人们路过楼前，望见阴森的门洞，鲜有涉足，但对知情者来说，这里是资深酒客的聚集地，深藏着京都的另一张脸。我向一位爱酒的京都前辈打听,她亦不明究竟,过了阵子特意回复我:"我们家老公似乎常去,赞不绝口。你是怎么发现那种地方的?"

我还读过另一本书,一位定居在京都的美国人,十几年前也如我一样误入四富会馆,有家店以会席料理的方式来经营廉价居酒屋,令他感动,成为长久的熟客。我追寻足迹而去,店主却早就在附近另辟宽阔空间,开了一家标配规格的居酒屋。我和那位店主聊过一次,确实有趣,隔了阵子要再去,他在电话那头抱歉地说道:"眼下就要关店了,准备回岐阜县老家照顾生病的父母,下了很大决心。"

我在心中叹息,又想起四富会馆来,那个异次元的世界越来越刺激着我蠢蠢欲动的冒险心。此后我流连在各大社交网络上,看人们如何谈论会馆里的故事。徘徊数月,终于决定了:就去那家名叫"食堂清水"的店。我起初想去的是另一家天妇罗店,但就在犹豫不决时,店主已悄然换人,改装成了只喝日本酒的专门店。其余的店也皆不如意:一家的下酒菜是我最不擅长的醋腌青花鱼寿司,一家只卖各种红酒,一家的店主是位不爱说话的老先生,还有一家是妈妈桑(老板娘)主宰的世界。食堂清水成为我唯一的选择,它看起来不错:第一,下酒菜都是肉。第二,有许多奇奇怪怪的泡酒。第三,看到有熟客在instagram(照片墙)上写:"近来受到疫情影响,周遭店铺生意惨淡,只有食堂清水依旧满座,是纯平君的魅力使然。"纯平君立刻回了话:"偶然,只是个偶然。"这位被唤作纯平君的肯定是店主!我点进主页去看,照片上是充满阳光气息的同龄人,心中就有数了。

食堂清水

如今想来，再一次走进四富会馆，走到食堂清水的门前，硬着头皮跟纯平君说了第一句话，一定是我在京都酒场混迹多时的雷达终于发挥敏锐效应，指引我找到了灵魂深处的击掌相庆者。

那是在从花道教室出来的周三傍晚，几乎要一直走到四富会馆的楼道尽头，才会看见"食堂清水"的招牌。玻璃拉门半掩着，吱吱呀呀地拉开后，店内竟然空荡荡，吧台里的男人看了我一眼，也惊讶了数秒，笑吟吟道："随便坐吧。"

这位就是传说中的"纯平君"了，我想。因为没其他客人，眼下场面是"一对一"的势均力敌，让我倒安下心来，走到吧台最角落里坐下。点了早就想好的岩盐和柠檬酿制的烧酒，兑上苏打水一起喝。又看见小黑板上写着"本日料理"，果不其然有烤牛排，问过是什么肉之后，就也要了一份。这样的老式建筑内没有配备厨房设施的条件，只在吧台里摆着一个小小的酒精炉，纯平君就用那个慢悠悠地烤着。我等待着，猛然看见眼前摆放两个1.8升的烧酒瓶，酒标上印着"三岳"二字，实在太熟悉了，心中很惊喜，问："这是屋久岛的酒吧？"

后来觉得，我是在说出这句话的瞬间和纯平君拉近距离的，许多在其他居酒屋需要的开场白和磨合期，因为这句话在食堂清水里飞跃而过。纯平君后来也常常当着我的面跟别的客人聊起："起初我以为这个人是日本人，说着礼礼貌貌的标准语，直到她突然大叫起来：'我去过一次屋久岛！也喝了这个酒！'"

那一天我立刻向纯平君坦白了："四富会馆这个地方，我一直想来一次，但光是站在外面看就很害怕。今天想着也许人少，才终于走进来。"纯平君也立刻回应以他的心路历程:"食堂清水马上就要迎来十周年了,但我是四年前才接下店主工作的。四年前第一次走进来的时候,那种觉得很可怕的心情和你是一样的。接下来就要待在这样的地方了吗?——当时这么想的。"

纯平君出生在宇治,如今生活在伏见,是那种"在京都人和非京都人之间"的微妙属性。四年前在他经常光顾的伏见酒吧里,关系交好的店主突然问道:"我有个朋友的京都居酒屋在找店主,不如你去吧?"除了高中生时期在饮食店打过工、在手工啤酒店短暂地帮过忙,纯平君没有任何经营居酒屋的相关经验,但他的性格是那种"只要想做的话总有办法做到"的类型,心想:能够喝喜欢的酒、做喜欢的食物,兴许是一件有意思的事。便答应下来。

喜欢的酒是果实泡酒。从一开始就这么做:将心血来潮想到的配方密封在透明玻璃瓶里,标签写上原材料的名字。这些年来零零散散加起来也尝试了上百种口味,平日里吧台上经常放着十种左右。这样的泡酒在日本居酒屋里不多见,完全是他的个人爱好。在超市里一边研究水果一边考虑组合搭配,想着"这个东西似乎能做哦",是很快乐的一件事。

我最初喝下的那杯岩盐柠檬烧酒,弥漫着夏日的爽朗气息,想必到了京都盆地酷暑难耐的七八月会更加受欢迎,可以满足大汗淋漓的人们对盐分的渴求。冬日里受欢迎的是葡萄干泡的朗姆酒,两者都带着点心一般的甜蜜感,兑上热水一起喝,是寒冷季节里慰藉身心的一杯。这也是在食堂清水人气最高的一款酒,吧台上一大堆空瓶子就是证据。后来我还喝过纯平君力荐的其他几种：小豆蔻泡在金酒里，是他某天在吃咖喱饭时突然想到的，弥漫着浓郁香辛料味道的酒，很是奇妙。又或者将多香果泡在金酒里，带着一点肉桂和胡椒的味道，直接喝是冬天，兑上苏打水就成了夏天。

"不推荐薄荷酒吗？"日子久了，我向纯平君抱怨。将新鲜的薄荷叶泡在金酒里，两三天之后开封，也兑上冰冷的苏打水一起喝，我最喜欢。只要喝过第一口，就会源源不断喝下去，因为度数不高，很难醉，每次都要喝许多杯才心满意足。

"那就薄荷吧。"纯平君露出勉为其难的表情，似乎并不满意。又过了一阵子，他才告诉我："在你来之前还做过另一种，用柚子皮和薄荷泡在一起，那个我是真的喜欢。"

"加入柚子有什么不同吗？"我问他。

"薄荷和柚子的香味，意外地非常合。"柚子是冬至的水果，过了旬期[1]便不再出现这种季节限定酒。同样，酢橘是夏天的水果，也只会短暂登场一阵子。

"其实这样乱调酒是不行的吧？"纯平君偶尔会笑着这么说，但那已经是我喝过了咖啡泡酒、红茶泡酒和茉莉花茶泡酒之类更加奇怪的隐藏酒单之后的事情了。

"有过失败的时候吗？"我又问他。

"当然有！有一次用番茄和橘子泡在一起，客人说：'如果可以的

---

[1] 当季时令。——作者注

话，也请你自己喝一杯吧！'一杯之后，那瓶酒全部由我自己喝掉了。"他又哈哈大笑起来，从料理台拿出一个酒瓶子在我眼前晃，"还有这个，黑胡椒放得太多了，辣得没法入口。结果用来做料理酒，居然不错，就一直放在这里了，已经快要用完了。"

　　黑胡椒当然和纯平君的料理很搭，我完全理解这件事。他做的都是肉料理，而且几乎全是烤肉。挂在墙壁上的小黑板上，用粉笔字写着"定番"[1]：厚猪排三明治和盐灼猪肉。偶尔会有烤牛排，但牛肉的种类和部位经常在换。还有一些招牌料理是需要预约的，至少提前三天预约的烤牛内脏套餐，每人3000日元；至少提前五天预约的夏多布里昂牛排套餐，每人10000日元，分量足足有400克，还赠送一瓶红酒。一度还出现过鱼料理，但纯平很快放弃了："我果然还是喜欢做红肉类，经常烤到一半就愉快起来——这个，绝对好吃！"

　　厚猪排三明治是食堂清水人气最高的食物。夹在吐司中间的猪排，厚厚的如同石墩一样，四块加起来有350克，对我来说是可怕的分量，需要写稿写到忘记吃午饭的情况下，才能吃完一份。食堂清水原来的老板自己经营着另一家店，那里的炸猪排三明治在京都市内颇有名，但四富会馆的厨房不能制作炸物，纯平君就自作主张发明了烤猪排的做法，反倒成了"只此一家"，被视为特色。用小小的烤炉烤那么厚的猪排也不容易，要花时间，好在来到这里的客人也不着急走，都有耐心等。

　　纯平君用这个小小的烤炉做过的奇怪的事情可就太多了。

---

[1] 指固定的基本款。——作者注

"是在日本橄榄球世界杯期间的事情：有一天，来了十一个阿根廷人，他们在大阪会场比赛，结束后一起来到京都观光。先是来了一个人，考察了一番，说：'待会儿回来，请给我们留位。'我表示店内只有八个座位，但对方一点也不介意：没有关系，可以站着。又说：'我们在高级餐厅里吃过神户牛肉，实在是太贵了，可不可以自己带便宜的牛肉过来这里烤？'那是非常空闲的一天，我想了想就跟他说：'每人付500日元加工费的话，就没有问题。'不多时，对方带着众人再来，手里拎的不只是神户牛肉，还有几公斤鸡肉和猪肉，说：'先烤这些，最后再烤神户牛肉。'日本人肯定是不会这么做的。我吓了一跳，但看到他们都喝得很高兴，也只能硬着头皮烤了，用这么一个烤炉慢吞吞地烤着，记忆犹新。"纯平君能说英语，和阿根廷人也稍微聊了一会儿，体会着"文化差异原来是这么回事啊"，还是留下了快乐的回忆。

他指了指头顶天井上的一行字："这是他们的签名。"

"写了什么？"

"橄榄球世界杯，阿根廷队。"

"没有写神户牛肉呢。"

"哈哈哈哈哈哈。"他又发出了招牌式的笑声。

在这家狭窄的小店里，从墙壁到天井，但凡能写字的地方，全都用黑色水笔写满了字。皆是来过的客人写下的留言，日语里称为"落书"，各处都"禁止落书"，在食堂清水却成为一大特色，几乎可以说是艺术作品。我第一次来时，就从一大堆纷繁芜杂的文字中，看到了耀眼的几个关键词：酒和美女和京都。

"很妙啊！"我说，"你再看看署名。"纯平君说。于是我看到了更大的几个字：门川大作。

"这不是那个人吗？"我心想：把京都市长的名字写在这里，肯定是个恶作剧。

"千真万确是那个人，在我来到这里之前，听闻他曾来光顾过。"纯平说。

于是我趁机说起了市长大人的坏话："已经连任四届了吧？我周围的朋友很讨厌他。"

"毕竟是在你们左京区嘛。"纯平君会心一笑。左京区大学林立，有批判性的学者和知识分子多数住在这一带，对市长有诸多意见不难想象。"但是啊，"他接着说，"京都人就是这样一边说着'不行不行，不能再让他连任下去了'，一边又果不其然在下一次把票投给他。"

兴许是客人之间年龄相仿，在食堂清水聊的话题总是直切我的趣味。纯平君是一个擅长聊天的人，无论来的是什么人，他总能够将那种熟悉的感觉传达给对方，他又总是大笑着，瞬间将客人毫无顾虑地拉入聊天之中。那天后来来了一位女性客人，看起来是在下班之后、回家之前的短暂一杯，和纯平君也是旧相识，三个人一起聊了《龙珠》《怪医黑杰克》《银魂》，也聊了吉田修一的《恶人》《怒》，说起宫崎骏，大家一致有所保留，但至少《风之谷》和《幽灵公主》是很好的。我说我最喜欢的吉卜力作品是《隔壁家的山田君》，两人大笑："虽然朋友们都认为那是部隐藏的名作，但觉得它是'吉卜力第一'的，恐怕全世界只有你一个。"三个人又都很喜欢浦泽直树，也吐槽说："那个人画功真是了得，但故事总是半途而废，所以他只要安心作画就好了，故事还是让团队来写吧！"我便欣然向他们展示我后颈上的文身，如我所料，两人一同惊呼起来："是朋友！"

交换过这些，如同彼此确认过眼神。那天是我在食堂清水的出道之日，临走时，又流连在门前和纯平君说了一会儿话。

"你明天要干什么？"他问我。

"在家写稿。"我笑着挥手，"不好意思，今天说了许多奇怪的话。"

"非常有趣，欢迎下次再来说奇怪的话。"这次回答的是那位女性客人。

我因为渐渐熟悉日本式人与人之间的距离感，常常认为这个国家缺乏烟火气。改变我这种看法的是食堂清水。这里是我遇到的第一家初次告别就问我"明天要干什么？"的店，我感觉到它的不迂回的直球式作风，喜爱之情就多了一点。那天回家的路上，我在住宅区里赏了这一年春天的第一次夜樱，不是观赏性的亮灯活动，就是稀松平常地开在路灯下，是属于京都本地人平常而寂静的樱花。我看那樱花的感觉也像我看食堂清水里的感觉，总觉得很熟悉，在聊天中纯平君的手机不时响起来，熟客总是先打个电话问一问"有没有空位？"，确认了才来。我说我有点羡慕这种关系，他也哈哈大笑："那个电话，随便你什么时候打都行。"第一次去就能成为熟客的店，就是食堂清水。

因此我打算看看食堂清水的熟客容貌。几天后就是十周年纪念日，原本周日不营业，这天纯平君特意从中午起开门，一直持续到晚上12

点。傍晚时分，推开店门一看，是和初来时截然不同的景象：挤了十几个人，所有人都紧挨着站在一起。我把作为贺礼的白葡萄酒递过去，众人欢快地鼓起掌来，此后又来了越来越多带着礼物的人：有的递过去大捧鲜花，有的拿出来高岛屋的袋子，有的带着一大堆膨化零食，有的专门写了小卡片，连声说："现在别看！回家再读！"众人一次又一次鼓起掌来，数次感叹："纯平君人气真高啊！"我也终于确认了这件事。

　　熟客们轮番说着各自的故事。我旁边坐着那家清水猪排店的店员，我上次来就见过他，这次他明显已经喝了许多，絮絮叨叨回忆着自己的青春时代，直到29岁还持续做着音乐活动，过着自由而贫穷的生活。"那时候我从名古屋来京都演出，都没有钱搭新干线哦，搭的是便宜但很慢的在来线。"又说后来某天突然觉得很讨厌自己的声音，才放弃音乐之路。众人大笑，道："度过了在来线一样的人生啊。"不久后，他的年轻女友也带着礼物前来，跟大家开开心心碰杯，喝了酒之后会开心地说："我超级喜欢你呀！"我在这天深有体会，食堂清水的客人喝多了之后，都会大喊着说："超可爱！超喜欢你！"就像短暂闪回了青春岁月里，我也在某个片段里大声回应着："我也超级喜欢你呀！"

　　我隐约有个感觉：纯平君从前在台上演出时，台下一定就是这样的感觉。20岁的他也走在音乐之路上，一边进行乐队活动，一边在优衣库打工，热情而自由，一直走到了30岁。过了30岁才想：我应该好好工作了。于是真的就去做了最正经的那种工作，过着按部就班的生活，同事之间谈论的话题都是房贷和买车，所有人的爱好都是钓鱼，坚持了两年半他就到极限了。然后才偶然进入居酒屋的世界。食堂清水过于奇妙，他竟然和来到这里的客人，又一起组了个新的乐队。如今每个月和乐队的人排练一次，从不考虑举办演唱会，因为主要目的是喝酒。

但食堂清水的客人绝不会只是"音乐系"如此单一。纯平君那天灵光一闪，指着斜对角一个戴棒球帽的男人对我说："这个人是和尚哟。"

那是28岁的米泽，在京都附近的小城继承了一间小小的寺院。我第一次跟和尚站在一起并肩喝酒，觉得不可思议。在微醺中趁机了解了一些日常：每天早上5点半开始的生活，因为法事和葬礼随机，没有休息日，不能跑去太远的地方旅行。

"这份工作最难受的事情是什么？"我问米泽。

"年轻人的自杀。"他说，"在那样的葬礼上，我总是不知道该对遗族说些什么。"

我从前就听朋友说过，神社是人们高兴的时候会去的地方，寺院则是人们伤心的时候会去的地方。于是我又问他："在寺院那样的地方，应该会有很多人来相谈人生吧？"

"有很多。"

"可是你还那么年轻，能给他们人生建议吗？"

米泽说，这正是他的苦恼，因为没有那么多人生经验，目前唯一能做的就是听着，做一个好的倾听者，让想倾诉的人们先把话说出来。

"说起来，日本的和尚有点像心灵的医生啊。"我感叹，"但心灵的医生也需要心灵的医生吧。"

"那就是酒啊!"纯平君就在此时,恰到好处地加入了谈话。

"酒是全人类的医生。"我们一起笑了起来。

这天店里客人最多的时候,竟然有十五个人,是座位数的两倍。每个人都能从在座之中找到另一个熟人,寒暄着:"你这家伙今天也来了啊!"熟人和熟人在走廊里遇见,拉着手说长久的话。一个女孩走进来,还没站定就嚷嚷:"来杯酒,随便什么!"看来是常有的事。途中甚至还来了个法国人,也对此情此景十分熟悉。这天客人喝酒的时候,纯平君也喝,碰杯到一半会突然唱起齐藤和义的歌来。"那个人长得好像漫画里的人啊。"我指着角落里的一位说。纯平就会说:"想多了,他就是普通的离了一次婚的男人。"那人就也大笑起来。我旁边的女孩喝了半杯匆匆离去,对纯平君抱歉道:"我喜欢的人在那边喝酒,我要去找他!"

"如果结束得早的话,就回来吧!"纯平君对她说。

"加油吧!"众人也对她说。

纯平君游走在客人的谈话之中,很多时候,我觉得他才是谈话的主角,这家店是他在音乐之外的另一个舞台。他对客人的事情了如指掌,懂得把握说话的分寸,能够无伤大雅地吐槽,也能够恰到好处地体贴——大约是这样,人们才喜欢他的吧。

在京都的酒场混迹久了,就越发觉得,每家店都有自己的性格,店与店的性格不同,客人的性格也迥异。在四富会馆这些紧闭着拉门的小店内,虽然彼此之间不可窥视,也可以知道是各自拥有小宇宙,价值观差异巨大。

"你觉得来到食堂清水的熟客,多是什么性格?"见过了食堂清水的熟客之后,一天我问纯平君。

"人总是各种各样吧。"他用略带抱歉的眼神看着已经成为熟客的我,"但是,有一点点奇怪的客人比较多。"又停顿了几秒,"奇怪但是节制,我很喜欢。"

我不以为然,也笑着说:"客人的性格就是居酒屋的性格,居酒屋的性格就是店主的性格。这里确实站着一位有一点点奇怪的店主。"

平日的食堂清水,大约七成是熟客,三成是新人。纯平君说这是一个绝妙的平衡,是一个新人和熟客能够很快聊起天来的配方。新人很快成为熟客,每一到三个月之间,他和熟客会一起去别的居酒屋喝一次酒,如果到了夏天,就相约出去BBQ(户外烧烤)。我试图分析他擅长聊天的原因,认定是射手座的天性使然,他则说这得益于从前在优衣库的工作,从那时起他感受到了积极接客的快乐,而在一家这样的居酒屋里,擅长说话的店主就能把氛围很好地推动下去。

他每天也几乎过着一样的生活:每天中午醒来,收拾一下就出门,去店里的路上,顺道在固定的几家店购买当天的食材,主要是肉类和蔬菜——直到前一天晚上他都没决定第二天的菜单,看到什么只要喜欢就买什么,完全是自由派。过去三年他每天骑自行车从伏见到京都市内,去年3月新买了摩托车,路上的时间不到一个小时,心情就更加愉悦了。店在深夜2点打烊,到了家已经是3点,还要看了漫画或动画才睡,他最近沉迷于那部很老的《美味大挑战》,说是终于放到了中华料理的一集。休息日只有周日,如果遇上三连休,就连周日也要开着门,但他完全不觉得辛苦或是不满,偶尔会突然来个两天一夜的小旅行。"上次就心血来潮飞去北海道了,但一个晚上果然什么事都做不成啊。"到底是射手座,我这么想,一个39岁的射手座开的酒吧就该是这样,自由自在,尽说些有趣的话。

我意外的是,纯平君也会有非常严格的时候。他讨厌那种为了搭讪来到居酒屋的人,尽管心里清楚,作为人和人邂逅的场所,酒场这样的地方难免会有"色气"的感觉,若是一点没有就会有些许寂寞。但如果有客人完全以此为目的,他就会立刻变得冷漠无情。"因为,这样的人就不会有趣啊。因为这种不有趣的人破坏了店里的氛围,我非常讨厌。"原因就是这个吧?经过纯平君无意识筛选后留下来的客人们,渐渐都变成了类似的人:有一点点奇怪的客人。

名叫米泽的和尚成为我在食堂清水交好的第一个客人。我总是遇见他,他每次都一本正经地向人们解答着关于寺院的种种疑问,如果你来到这里,听到席间有个人反复提及"明治政府""神佛习合",基本就可以肯定那就是他了,他由衷地感慨:"那是日本的和尚正式变成普通人的一个转折,多亏了这个改革,如今我可以站在这个居酒屋喝酒了。"

春天,米泽带着美丽的太太来,听闻两人从3岁就认识了,四个月前才刚刚新婚,我也好奇地问米泽太太,嫁进寺院会不会困扰?她回答说,完全没有插手寺院的事情,自己是保育园的老师,工作也很忙。他们也是那种稍稍摆脱了传统的限制,活得更年轻和自由的人,我也很喜欢他们。这天喝到中途,米泽太太说:"我们是专程坐电车来喝酒的,今天是他的生日。"听闻此言,纯平君又特别做了菜单上没有的意大利面,从柜子里翻出一堆生日礼物递过去:来自全世界各地的速食面,甚至还有一包奇怪的越南米粉——不愧是食堂清水。

有一次,店里坐着两个初次相遇的年轻男人,互相交换意见:"近来一个人很难进入的店越来越多了,真的很害怕呢。"我也就笑着说起第一次来到四富会馆的情形,感叹说:"我才是真的害怕呢。"

"关键还是遇到了什么人啊。"米泽这时说了句像一个和尚该说的话,"你来到食堂清水也不是偶然,毕竟这里对京都人来说也是隐秘的场所。"

我想在纯平君心里,食堂清水应该早就是他想要的那种场所了。总是嘻嘻哈哈的他,难得对我认真过一次,我们谈及了理想。"比如说发生了什么讨厌的事情,工作很不顺心很烦躁,在这样的时候来到这里,走的时候能够下定决心:'好的!明天也加油吧!'还有,总是遇见的人也好,初来乍到的人也好,人们相遇了,坐在一起聊天,能够交到朋友。"他说,"我希望这家店能够变成这样的地方。"

他很喜欢这份工作,是因为有这样的相遇,也是因为"每天都不一样"。世界上虽也有那种喜欢每天做着同样事情的人,但那绝不会是纯平君。他每天开着店门,走进来的是不同的客人,即便是相同的客人,因为组合不同,也会碰撞出焕然一新的氛围。他喜欢这样的变化,乐在其中,他也告诉过我让酒好喝的方法,是要"遵从自己当下的心情正直地喝酒",也鼓励我:"如果旁边的人给你推荐了什么新的喝法,一定要试试。"

克服了恐惧走进四富会馆真是太好了，如今我总是庆幸。在到处都是传统居酒屋的京都，这里无疑是一个有点异类的存在，但在那些端庄拘谨的日式料亭之外，也有这样阴暗而狭窄的地方，是生活中十分有趣的事情。

"日本人总是活在条条框框中的，以前我一直这么想。来到这里真好，这里的人们全都是在框框外的。"我对纯平君说。

他又一次大笑起来："是这样呢，希望鼓起勇气的人都能感受到勇气带来的快乐。"

在森见登美彦的小说中，曾写过京都奇妙的喝酒场所，那种误入人间深处的、和妖怪共处的、千杯不醉的秘密的场所。于我来说，这个地方就是食堂清水。这里是我在这个城市里少数可以尽情尽兴、畅谈人生、完全做自己的地方。来到食堂清水之后，我对于京都的惊喜之情又回来了。我重新感受到：去哪里不重要，重要的是和谁相遇。喝什么酒也不重要，重要的也是相遇。

我们也在这样琐碎平常的生活里相遇了啊。我这样想。我们的相遇微不足道，但是对微不足道的人的微不足道的生活来说，这些相遇的夜晚就是光。那么，今天也顺路去纯平君那里喝一杯吧。今天又会遇见谁呢？

第二夜 紫苏鸡肉卷

近来读向田邦子女士的对谈集，总在深夜感到饥饿。原因是她眼前无论坐着谁，话题总是要扯到食物上去。和仓本聪讨论便当盒里的咖喱饭，和水上勉讨论作为酒肴的网烤慈姑，和鸭下信一讨论味噌汤和梅干的美味，和阿川弘之讨论冰箱里永不缺席的香菜……我笑着调侃几乎要忘记这人是个编剧了，又猛然意识到：她笔下都是昭和家庭故事，在那样的场景里，食物是极为重要的登场元素，应该好好研究。于是又佩服起她细致的职业观察力来。可没多久重读了《父亲的道歉信》，又觉得她本人似乎也并非完全出于职业修养，而是真挚地热爱着美食和烹饪的，在文中有这样一句话："不知道是哪里搞错了，我成了脚本家，其实从前的志愿是当厨师来着。"

向田女士的私家料理在生前并不为读者所知，却在因飞机失事去世的七年后，由妹妹和子整理出版了一册《向田邦子的手料理》，将她在散文或小说中写过、日常生活中也经常制作的料理来了一次食谱大公开。已经是三十多年前的书了，现在还时常有人在亚马逊上写下书评说，向田女士如果还活着，现在应该已是91岁高龄了，这样的作家残留下来的这一册料理本，是完完全全的昭和时代的家庭味道吧？料理这样的东西，是不会因时代而过时的。

我之所以能够模仿向田女士的方式做一些下酒菜，很大原因是出于她虽写的是家庭故事，本人却是独身。终日在忙碌的写作之中，制作料理就不能太耗工夫，最好在短短几分钟之内迅速完成，而且她也是爱喝酒的，做菜就要考虑搭配酒，正合我心意。也是因为她夏日里极爱使用紫苏，例如切得细碎和梅肉混在一起，拌在素面里，可以提升食欲。她的最爱是一道青紫苏番茄沙拉，能够连续吃上好几天：先把番茄切块，铺上切丝的青紫苏叶，再淋上芝麻油、白醋和酱油混合的和风酱汁。招待客人用的也是这一道，并且热衷于把食谱分享给每一个友人。

我决定做一道稍稍麻烦的：紫苏鸡肉卷。所谓麻烦，不过也就是多了下锅煎这一道工序而已——将切成小块的鸡胸肉裹在青紫苏叶里，蘸上味噌和味醂调配而成的酱汁，小火煎熟就好。紫苏有浓郁香气，可以掩盖肉类的腥味，加之味噌搭配啤酒和日本酒，是在夜晚独自小酌时常令我想吃的一道菜。青紫苏也是我家的万能食材，有时可以把鸡肉换成白鱼，同样鲜嫩，偶尔自己在家烤肉，也用它包着吃。

向田女士说，自己的料理教给了许多朋友，虽然食谱都一样，但每个人都做出了自己的味道，不能具体说出差异在哪里，但在朋友家吃到就总是觉得奇妙："好像寄养在别人家里的孩子，体内虽然流着来自原生家庭的血液，成长后的样子却有别于原来的模样。"我可真是喜欢这样的向田女士。在这个与她隔着漫长岁月的夜晚，吃着她食谱里的这一道菜，也很想知道原生家庭的味道，于是便遥遥地向她举起了杯。希望她在另一个世界里安好。

今夜的酒 | 去年的最后一杯青梅酒

6月第一周，京都一天比一天更加炎热，此时各大超市都会在醒目位置摆出青梅和南高梅来，几乎都产自和歌山，旁边又有盒装白酒、白糖和白醋之类的，就知道很快要入梅了，人们纷纷趁着这个时候，酿造梅酒或是梅汁，腌制梅干也是在此时。

夏日悠长，从做青梅酒开始。其实方法也十分简单：将洗好的青梅和白糖，一层隔一层地铺在瓶中，最后注入酿造果实的专用白酒。密封后放在阴凉处，三个月后便可以开喝。只是有细节需要注意：青梅的尾部应该一一去除，用一根竹签或是牙签，无论是青梅还是玻璃瓶，水分必须全部擦干，才不影响风味。

去年初次尝试制作黑糖梅酒，尽管用了我颇为得意的波照间黑糖，甜度仍然不够，遭遇了大失败。今年仍然想挑战，就把黑糖和冰糖各放一半，应该能解决甜度问题。周末去大原散步，看见满地长满赤紫苏，灵机一动：不如做成升级版？但新鲜紫苏不可直接用来泡酒，需要先晒干。正嫌麻烦，在三千院参道上一家名叫"志ば久"的渍物专卖店里，惊喜地偶遇了干燥的紫苏颗粒。

"可以用来做茶泡饭哦。"那位慈祥的三代目店长说。

"做紫苏梅酒能行吗？"我问。

"里面掺入了一些盐分，如果不介意，倒可以一试。"他称赞了我的异想天开，如此便有了我今年的紫苏黑糖梅酒。

照例也做了过去大受好评的定番青梅酒，去年还没过完冬天就被前来做客的朋友们喝完了。此时黑糖梅酒也还剩下最后一杯，为了空出瓶子做新酒，就把它冰过之后，兑上碳酸水加入冰块一起喝了，这才是夏日饮品的正确做法，竟然连原本的苦味也变得动人起来。梅酒的快乐，是到此为止的饮尽最后一滴，也是从现在开始期待着秋天和朋友开瓶封的第一滴。

BAR ノスタルジア 〔偽〕

我的秘密地下酒吧

是森见登美彦指引我来到了 Bar ノスタルジア（乡愁酒吧）。

两年前的冬天，他出版了名为《热带》的新书，写的是一个发生在奇妙岛屿上的冒险故事。次年春天，大约有两个月的时间，出版社以书中登场地标为原型，在京都和福冈两地合作了八家酒吧，化名"某某岛"，不公布真实信息，只附有一张京都地图和粗略经纬度，需要自己解开谜题，方能抵达神秘小岛。

我第一个登陆的岛屿，就是这家位于地下的"进进堂之岛"。在三条熙熙攘攘的大街上，来来回回走了好几趟，终于发现它躲在巴士站牌后面。看不见醒目标识，只悄悄在一栋平凡的钢筋水泥大楼的临街处，留出一个小小的黑洞，径直走进黑洞里，沿着蜿蜒曲折的楼梯向下，再向下，终于有一扇门，仿若通往秘密的地下宫殿。

周二下午的傍晚时分，我推开厚重的门扉走进去，店里一个客人也没有。调酒师引领我在吧台前坐下，初来乍到，我有些紧张，按照游戏的指示说出了暗号："池内さんと同じものをください！（和池内

一样的酒）"。名叫池内的是《热带》中主要登场人物。

听闻此言，调酒师笑着收回去正准备递过来的酒水单，又道："威士忌？还是鸡尾酒？"

按照游戏规则，这里特制了《热带》主题的两种酒，但不能告知酒名和配方。我要了池内的威士忌，酒瓶就摆在眼前，瓶身被书中撕下来的书页层层裹住，我试图辨认，隐隐可见"佐山尚一"几个字，段落中有："双眼能看到地平线，但是它真的存在吗？"气氛渐渐诡异起来。

"你是森见的书迷吗？"调酒师把威士忌摆在我面前。我打量着他梳得一丝不苟的头发，心中有了定论：根据事先得到的情报，这位应该就是店主。

"森见的小说我几乎都读了。"

"那边是森见的签名哦。"他指了指酒架上一个正方形签名板。不只如此，我环视一周，四处散落着狸猫和达摩的身影，也都是森见小说中的重要元素。

"其实，森见前几天也来了，就坐在你旁边那个位置。"店主指了指我邻座的空位，低头找出一个留言本来，迅速翻至中间某页，"喏，森见的留言。"我拿过来一看，大约是"希望诸君在Bar ノスタルジア度过美妙时光"之类，让我愣住的是落款的日期。

"那天是我的生日呢。"

我这么一说，店主也沉默了。在短暂的沉思之后，他递过来一支笔说："不如给老师留个言吧？"这个留言簿是一天一页的形式，他翻至一周前的某天,"就写在老师旁边的这页好了,正好空着。"

写留言的时候也和店主聊着天,得知"ノスタルジア"来自西班牙语中的"乡愁"一词。他说这个词包含着"过去的时代中令人怀念的东西",是对这家酒吧的期许,设计也好,家具也好,灯光也好,服务也好,都想无限接近那个时代的氛围。

"到底是哪个时代呢?"我问他。

"明治时期开始进入日本的外国文化,到了昭和初期遍地开花的西洋酒吧,曾经作为文人们聚集的场所,提供的仅仅'只是喝一杯'的场所。"店主说。因此酒吧内的光线是昏暗的,又故意使用了大量深色木材,更加有种光影绰绰的感觉,我终于安下心来。

要说日本的第一家西洋酒吧,我也知道,是 1880 年在浅草开业的"神谷吧"。那里曾是"浅草派"作家的聚集地,永井荷风、坂口安吾和谷崎润一郎都是常客,"神谷吧"发明了日本第一款白兰地,以它为基酒调制出名为"电气白兰"的鸡尾酒,酒精度数高达 45 度,传闻"喝下去有电击一般的感觉"。后来,太宰治把这种酒写进代表作《人间失格》,名句流传:"要想以最快速度醉倒,无出电气白兰之右者。"

时隔百年,当我坐在京都地下世界里时,为的不仅仅是对一个暗号。我需要另一杯酒,一杯和电气白兰渊源颇深,传说被城中狸猫一族青睐的酒。

于是我合上留言本,大声地说了出来:"请给我伪电气白兰!"

"伪电气白兰"原本是一种架空的酒,诞生于森见登美彦的小说中。之所以说"原本",是因为我在来之前偶然得知:这家店里有正宗的伪电气白兰。

店主缓缓往玻璃杯里倒出琥珀色液体，照例把瓶子放在我眼前，外观正是浅草下町那历史悠久的电气白兰，只不过酒标上用黑色水笔写着一个醒目的词：ニセ（伪）。

"是森见亲自写的哦。"店主语气中带着炫耀，又指一张剧照给我看，"《有顶天家族》也来这里取景了。"那上面，名为弁天的女子坐在吧台前。

"我知道这一幕，我看过动画。""乡愁"是原著小说中酒吧"朱硝子"的原型。此时我才意识到，动画几乎照搬了店里的场景，于是好奇起来："和森见认识的契机是？"

"已经是十六年前的事情了。"彼时，店主刚刚开始经营这家酒吧，森见也刚刚开始写小说，两人很早就成了朋友。

《有顶天家族》是十二年前出版的书，"伪电气白兰"却是四年前才成为现实的酒。全国各地的森见迷涌向京都，凭借蛛丝马迹找到"朱硝子"，打听"有没有一种叫伪电气白兰的酒？"。起初店主感到疑惑："电气白兰我倒是知道……"但来的人越来越多，再遇到森见，他便提议："既然读者们都想喝这种酒，不如由我来做吧？"森见欣然答应，在瓶身写下"ニセ"二字，认证了这里拥有世界上独一无二的"真·伪电气白兰"。

伪电气白兰，作为电气白兰伪物，又不是真正的电气白兰——这是小说中的设定。"乡愁"的店主沿用了已知的电气白兰原材料：白兰地、苦艾酒、杜松酒、药草……改变了品种和配方调制了一款新酒。

该如何形容我喝的那一杯真·伪电气白兰呢？比起廉价的电气白兰，它显然更易于入口，口感更加高级。我读过小说，认定那杯酒能使人体会到生命虚妄，需要认真挥霍，是人生欢愉的滋味。店主告诉我：如今在这家酒吧里，伪电气白兰甚至卖得比金汤力和啤酒还好，成为招牌商品。

和伪电气白兰一起诞生的还有"朱硝子"的原创鸡尾酒。以小说中的三位主角——弁天、下鸭矢三郎和如意岳药师坊为原型，加上店主对各自的印象创作而成：弁天是雍容华贵的大小姐，用草莓和香槟调制，充满昭和复古风；下鸭矢三郎的真实身份是狸猫，喜欢它的读者最多，但大多年轻，多数并不擅长喝酒，于是调制了一款度数低的酒，口感甜蜜，最后在上面画上一只狸猫，乖巧可爱；如意岳药师坊是天狗大人，这位在小说里就爱喝一种叫"赤割"的酒，是过去真正流行在京都下町大众之间的一种喝法，用日本烧酒和赤玉红酒调制而成。

我第一次坐在"乡愁"的傍晚，连喝四杯之后，突然闯进来一个法国人。据他所说，是偶然看到通往地下的入口，被命运指引至此。这个法国人十分健谈，却无法和店主沟通，我费力地切换着英语和日语在两人之间斡旋，传达了他对沟口健二、小津安二郎和藤田嗣治的热爱，终于由于体力不支，没能喝到第五杯，落荒而逃。离开之前也指着伪电气白兰对法国人说："最好试试这个，能够带你进入京都的异次元世界。"

买单的时候，店主把他的名片递给我。"哦，久保先生。"我念出来。第一眼看到店主，我已经知道他是谁了。我还知道在京都爱酒者之间流传着一个都市传说，这传说之后我也屡屡跟人提起："'乡愁'的店主很帅，长得像片冈爱之助！"近来跟店里其他的调酒师聊起，众人哈哈大笑："久保很帅这件事，在全世界都流传开了哟。"

便是这样，在一个樱花凋零的春夜，我第一次走进了"乡愁"。在森见登美彦第一次踏进地下宫殿的十六年后，我也被命运的红线指引，打开了秘密世界的大门，认识了久保先生。那之后的故事，就和森见没有关系了。

第二次去"乡愁"，刚一坐下，久保先生就认出我来了，笑着说："好久不见呀！"店里其他调酒师轮换着面孔，但无论什么时候去，久保先生总是在那里。我随意地跟他聊着天，得知他从18岁就进入了酒吧的世界，修行了七年之后，在25岁时第一次拥有了自己的店，此后一直站在这里。我也常常跟他讲我的事情，下一次再去，总能继续上一次的话题。我很喜欢"乡愁"，它拥有真正的恰到好处，一个人坐在吧台前也能安然自处，不会寂寞，偶尔跟旁边的人聊天，但人和人之间保持着很好的距离感。我从以前开始就向往着一种"陌生的熟人关系"，都在这里得到了实现。

有许许多多缘分。历史小说里我最喜欢新选组的故事，"乡愁"就有新选组主题的原创鸡尾酒，开店之初就有。因为是京都的酒吧吗？不。因为久保先生自己喜欢新选组。他根据剑法强度决定了酒精度数："冲田总司"度数最高，使用96度的伏特加为基酒；"斋藤一"次之，基酒是75.5度的朗立可朗姆酒；再加上用金酒调制的"永仓新八"，这三种是真正的烈酒。其余都使用碳酸兑制，要温和得多。久保先生最喜欢的人物其实是土方岁三，那个活到最后安置好一切才死的男人，是龙舌兰的味道。

"既然有了新选组，为什么没有战国呢？"我问久保先生。

"也考虑过的，配方虽然不记得了，但当时连酒单都制作好了。不是实际登场的战国人物，而是黑泽明《七武士》中的主角。"听上去又是久保先生的个人趣味，但他在最后关头放弃了，"又是幕末又是战国的，酒单看起来有点滑稽，感觉做过了头，最后决定只保留新选组。"

过了些日子，我又听闻"乡愁"最受欢迎的原来是威士忌，这里是 Ardbeg（雅柏）在京都的代理店。我原本就爱喝泥煤，在这里遇到了最多的种类，人们最爱来喝"经典10年"，愿意花钱，19年或者23年也能喝到。在京都，真正的威士忌爱好者只会出现在这样的西洋酒吧里，你绝不会在日式居酒屋里看到他们的身影——那里只有廉价的威士忌，还经常被做成 highball（嗨棒）[1]。

"乡愁"总是静静的，我一次也没见过人们吵闹的样子。熟客总是独自前来，坐在吧台前跟调酒师聊天，喝威士忌的时候点一支烟，聊天内容从季节变迁到职场骚扰。久保先生倾听的时间更多，他总是在观察中，会趁客人上厕所的时候不动声色地更换一个干净的烟灰缸。酒喝得多了，人们大声地说着话，那样的酒吧在京都也到处都是，但

---

[1] 嗨棒为 highball 的音译，是苏打水兑威士忌的一种说法，也指碳酸饮料与酒类混合的鸡尾酒。——编者注

久保先生说那种氛围像居酒屋，不是他想要的店。他让酒吧在下午5点就开门，为的是能够早一点关门，夜里2点就结束营业。"如果开到3点、4点、5点的话，已经是很多人的'第三家店'和'第四家店'，店里的情况会变得非常混乱。"但其实这里下午5点和夜里1点来的客人也截然不同，前者也许会专门来吃晚饭，后者则是工作至深夜搭乘末班电车归来，是属于熟客们的一天中的最后时光。

我常吃"乡愁"的牛油果土豆沙拉和橄榄油浸虾，也推荐给很多人。但对下午5点来吃晚饭的客人来说，人气最高的是蛋包饭和那不勒斯意大利面，完全是家庭料理的味道。

"为什么要在酒吧卖蛋包饭呢？"我不解地问久保先生。

"因为是经典款，不觉得有种古典的感觉吗？"他坚持餐具使用白色的圆形盘子，也是为了追求这种古典感，如同店名一样，是"乡愁"的味道。

酒吧的氛围不同，客人的气场就不同。像是初次遇到的那个喜欢小津安二郎的法国人，在"乡愁"我遇到过许多那样的人。这里的客人似乎纷纷弥漫着一股"文学系"的气息，像是结合了喫茶店[1]和图书馆血脉的酒吧，我早已见怪不怪。但是，第一次在这里遇到"读书家"的时候，内心还是觉得不可思议。

那位老先生坐在吧台另一端，一边喝酒一边阅读着一册文库本，偶尔抬起头来和吧台里的年轻女孩交谈两句。我悄悄探身看了看，喝

---

[1] 喫同"吃"，吃茶店。——编者注

的是威士忌，读的是朝吹真理子。居然真有人喝了烈酒还能读小说，我深感佩服。一时没有客人再来，久保先生便介绍他给我认识，原来是熟客西山先生。西山先生劈头就问我有没有读过《源氏物语》，并且坚决不同意我说那是一部"女性悲惨的人生故事"，他严肃地告诉我："那是一部关于女性生存史的小说，从女童到少女，由妻子变成母亲，直至死去，女性的一生全都涵盖在其中。"

"别看它叫《源氏物语》，其实和源氏没有关系。"西山先生道，他说起书中最后一位退场的女性浮舟，"面对薰君和匀皇子两个男人的追求，她选择了自杀。"

"那不就是悲惨的女性人生吗？"我说。

"不，她无法选择自己的命运，是因为不认识自己的心，缺乏作为个体独立生存下去的勇气，所以只能寻死。但她在自杀之后，被某位僧人所救，后来出家当了尼姑，终于开悟，找到了自己生存下去的勇气。"西山先生说罢，看着吧台里的年轻女孩，"上次我们聊过这个话题吧？"

"是的！"年轻女孩笑吟吟转向我，"我们还聊了《泰坦尼克号》，认为若是讲女人的觉醒，这两个故事是一模一样的。"

"意思是女人的人生和男人无关吗？"我问。

"是被逼到死过一次才会开悟。"西山先生说。

我对于那个年纪轻轻的女孩也看《源氏物语》觉得新鲜，于是问她："你觉得那本书如何？"

"和西山先生说的一样，"女孩说，"我觉得是全日本最好的小说。"

出现在"乡愁"的人，果然都是文学系。

西山先生还跟我聊神道教和佛教，说神明是自然的化身，人们向它祈祷五谷丰登或是去除灾疫，但神明不负责解救人心。内心的困扰和生死之事交给佛，而佛教存在于一思一念之中，是观照内心和自我开悟的过程，"村上春树的小说也是这个意思，"他顿了顿，"你读过村上春树的小说吧？"

"全部。"我说，"你最喜欢哪一部？"

"那一部，那个世界，有源源不断的雪花落进深深的井底。"西山先生说。

我立刻就知道了是哪一部，那也是我最喜欢的村上春树的作品。我笑起来："那个世界还有能够阅读独角兽头骨的图书馆。"

"那是人类的心啊。"因为村上春树达成的一致，西山先生变得很开心。

此时临近诺贝尔文学奖的颁奖季节，我有些感叹："今年村上会变成什么样呢？"

"没戏。"西山先生说，"他呀，至少还要再过十年。"

"十年也太长了吧。那个人已经70岁了哟！"

"总有一天会拿到，但如果现在拿到就完了。"西山先生晃了晃手里的玻璃杯，"要等，就像威士忌。"不知为什么，这句话让长久处在焦虑中的我，平静了片刻。

出生于九州，在京都生活了四十年，坚持自己"不是京都人"的西山先生，认为我还需要再过三十年才会真正懂得京都。他一次也没出过国，日本的生活对他来说已经足够。我终于和一个没有海外经验的日本人愉快地聊起天来，多亏了"乡愁"。

"你的店里总是有些奇妙的人啊！"西山先生对久保先生说。

"你的店里总是有些奇妙的人啊！"我也对久保先生说。

"下次再一起聊天吧！"西山先生对我说。

"下次再在这里见吧！"我对西山先生说。

如此这样，在"乡愁"喝一次酒，我对事物的远近感就会失焦，回到家就不再纠结此前纠结的事情，坦然地知道自己需要和什么样的人相遇，需要前往什么样的地方。不要着急呀，我常常想起西山先生的话，要像威士忌那样。

有一次我问久保先生："开酒吧最重要的是什么？"

"不是有一种人生，被称为'酒吧里的人生'吗？有一些客人，酒吧里的时光是他们人生中的一部分。"久保先生说，藏在厚重大门之后的，不应该只是一个卖酒的场所，而是另外一个世界。"酒吧和客人之间，应该是一种'交往'关系。像朋友那样，像邻居那样，成为他们人生和日常的一部分。"这样的心情，18岁的时候在酒吧打工的久保先生不会懂，但同一件事做了二十五年，他已经比谁都清楚。

我隐隐也能懂，我从前羡慕那些能够在酒吧里坐下来说"老规矩"的客人，在"乡愁"里，不仅有许多这样的熟客，还有些人是根本没有台词的，不说一句话地坐下，就知道他们要喝什么。对调酒师来说，最重要就是这样的观察力。有的客人每天来喝一杯，只要一天没来，久保先生就会嘀咕："发生了什么吗？"如果连续两天没来，他的情绪就会变得紧张："怎么回事，身体没关系吧？"而即便是每天都来的客人，每天继续着同样的话题，人们的状态也会稍有变化，要一边观察表情，揣测，判断，提供服务，不能说失礼的话。

我从前看到过一种说法，说日本的酒吧里有许多默认的规矩，例如吧台位留给一个人来的客人，坐在这里方便跟调酒师交流，两个人以上就应该坐到卡座去，单独开辟的聊天空间既能保持私密性，也避免妨碍他人。吧台位似乎也各自有各自的含义，第一次来的客人坐在哪里，熟客坐在哪里，都有讲究，极为微妙复杂。幸好在"乡愁"里，座位都是由调酒师安排的，并不能随意选择，也避免了外行的迷茫。有经验的调酒师安排座位会考虑一切要素，主要是兼具"谈话"与"隐私"，为了让每个人拥有自己的空间，有些酒吧甚至禁止向旁边的客人搭话，"乡愁"没有严格到这个地步，但客人还是基本只和调酒师聊天。久保先生跟我说过他的"聊天术"：要在聊天中适当留出一些空白，给客人制造一个人静静发呆的时间。但他这些日子多了些感慨："最近基本上看不到一个人来发呆的客人了呢。发着呆，想着事情，慢慢喝着酒，盯着酒杯的人渐渐没有了，不聊天的话，立即就玩起了手机。"

是从什么时候开始，"乡愁"对我来说变成了"熟客的店"呢？

也许是那天我去得很早，刚开店就去了，坐在靠里面的倒数第二个位置。我常常坐在那里。久保先生一边跟我聊天，一边用力摇晃着一瓶黄橙色的液体。"是橙子酒。"他说，"今年的冬季限定，橘子干燥之后放在金酒中腌渍，虽然有些花时间，但甜味很足，很好喝。"店里每个季节都有水果限定酒，前一个月我喝了一杯草莓酒，甜甜蜜蜜。

"看起来像橙汁呢。"我看着那个瓶子。

"要不要喝一杯?"他笑了。

"要!"我说。那是让我感到快乐的一个瞬间,觉得和这世界心意相通。

也许是新年去的时候得到了一个福袋,正月里收到了印刷着屋久岛绳文杉的贺年卡,情人节的诞生石酒喝到一半,高高的玻璃杯上突然露出一个图案,我忍不住惊呼:"这是颗桃心!"

"你终于发现了!"久保先生露出满意的笑容。我意识到我的季节和日常也流转在这家酒吧里了。有时候久保先生会给我看客人留下来的书,上面密密麻麻写满了笔记,我们偶尔也会聊起《山月记》里的一只老虎,那是曾经在森见登美彦的小说中出现过的老虎,是写作者的内心之虎。有一天他突然跟我说:"今天森见在京都开演讲会呢!"

"你怎么知道的?"我问。

"他昨天给我发消息了。"他道。

我于是拿出相机里的照片给他看:"刚刚我路过了那间书店,正巧碰到。"

也会和店里其他调酒师聊天。胖乎乎的可爱的高村君,他说夏天想去台湾旅游,去看看那家有名的威士忌酒厂。我一查,酒厂原来在宜兰,就把路线写好了给他,他也把台湾客人送的饼干拿来给我吃,包装上写着"苏打"又写着"曲奇",属性不明,却意外地很好吃;一位叫佐佐木的,坚持让我叫他"佐",新冠病毒流行那阵子,连续几次去他都在，我忧心忡忡于大街上不戴口罩的人群，他坚持人生各自有命数，且顺其自然。

那段时间我们的对话总是这样。

"昨天的新闻看了吗？"

"看了。"

"那个邮轮的事情很可怕呢。"

"嗯，你又要问我那个问题了吧？"

"什么问题？"

"上次来也问的那个——你今天慌不慌？"

"是啊，你今天慌不慌呢？"

"我今天也没慌！"

有时候也听调酒师跟其他客人聊天，他们也聊"三大酒吧禁忌话题"，似乎是全世界酒吧通用：宗教、政治和运动。只是"运动"到了日本稍稍有些不同，主要指的是棒球。我听他们聊起"有位顾客是阪神老虎队的球迷，他每次去东京都要换上巨人队的队服"，乐不可支。

"乡愁"永远开着门，定休日[1]只在1月1日。听说从前连这一天也不休息，一年365天营业，久保先生也不休息。他过去有难忘的经历："难得想去酒吧里说说话、喝一杯的时候，到了才发现关着门，大受打击。"久保先生的酒吧全年无休，他想给客人一种感觉：无论什么时候来，店都开着，店员都在那里。从各种意义上来说，这都是理想的店。

---

[1] 固定休息日。——作者注

因此2月里再去，听说"乡愁"将要休息两天，颇感意外，一问之下，原来是社员旅行。社员旅行每年都去伊势神宫，因为久保先生能带大家参观普通人无法参观的区域。我得到了他的另一张名片，上面赫然写着："伊势神宫勾玉会，关西代表。"这是喜欢历史的他从七八年前开始做的另一个工作，在全国各地举办伊势神宫的奉仕推广活动。我无论如何也没办法把久保先生和伊势神宫联系起来，高村说："这有什么，久保先生还学习茶道呢。"不仅在"里千家"学习茶道，还在"桑原专庆流"学习花道，这些在他看来都是和经营酒吧能够产生通感的学习。因为喜欢枝物[1]，所以酒吧里总是能看到植物的曲线，到了春天一定有大株樱花绽放。我又听说，六年前久保先生在先斗町开了另一家酒吧，名叫"凛卜"（凛然），是和风设计，他也建议我去，"你肯定会很喜欢"。

"为什么？"

"因为能看到鸭川。"

凛卜也开在地下，地下酒吧变成了久保先生的执念。最初寻找"乡愁"店址时，只是偶然遇到这个地下的场所，但如今他已经沉迷于地下酒吧的魅力。"是一个从外界相对难进入的世界，要走过一段螺旋向下的路，拉开有些沉重的大门，而一旦进入这个世界，提供好的手工料理，享受美酒，享受谈话，如同演出一般。"

我对他所谓的"难以进入"深有体会。尽管已经成了"乡愁"的

---

[1] 花道的花材中，松梅樱等木本类植物的总称。——作者注

熟客，不经意还是会错过。那个入口过于隐秘了。因此我又觉得这里像是美国侦探小说里的存在，深受菲利普·马洛[1]喜欢的那种店。菲利普·马洛在《漫长的告别》中有句名台词："喝螺丝锥子现在还太早了点。"又过了一些日子，久保先生真的给我调了一杯菲利普·马洛喝的这种酒，是他那阵子正在研究的新品，没有写在酒单上：在基本款的螺丝锥子上加入酸橘，端上来，如同宇宙泛着蓝绿色的光芒。

来到"乡愁"的人们，是不是最初都有一个偶遇森见登美彦的梦想呢？我近来已经不做这样的梦，不能想象森见是人类世界真实存在的人。但久保先生却真实存在着。这里成为我在京都最爱的一家酒吧，也使我的灵魂拥有了容身之所。可惜的是我住得远了些，它最理想的状态，应该开在我家楼下，我是那个每天都去喝一杯的客人。

至于久保先生，这个长得像片冈爱之助一样的男人，永远穿着白衬衫黑马甲，头发梳得一丝不苟，弥漫着歌舞伎演员一样的沉稳感。其实我见过一次他别的样子，仅仅只有一次。那是在开店前的一个小时，他坐在酒吧的某个角落里，黑色的毛衣上绽放着鲜艳的大朵红花，头发乱糟糟的，一副没有睡醒的样子。

"七八月的时候，酒水单上也会出现西瓜，夏天限定的西瓜酒。"意外地充满了生活感的久保先生说。这个人调出来的西瓜酒，没有理由不好喝。从那时开始，我便在擅自期待夏天了。

---

[1] 雷蒙德·钱德勒的小说中塑造的人物，是一名私家侦探。——编者注

第三夜 泡菜花甲锅

日剧《昨日的美食》里出现了一道泡菜汤：娇生惯养的小男友，某天突然想吃朴素的料理，把冰箱里的冷冻花甲、高级豆腐和精心熬制的高汤拿出来，一股脑地扔进泡菜汤里煮，一边吃一边感叹："还是和食好！"傍晚年长的恋人下班回家，先是惊讶于"被投喂的人居然做了饭"，随后被勒令："大蒜味一直留在家里很困扰，所以请你全部吃完吧！"才发现餐桌上已经摆好了泡菜锅和白米饭。这是我很喜欢的一个小桥段，恋人之间从起初的新鲜感进入日常模式，经历了时间终于能够坦诚相对的感情，如果用料理来做比喻，泡菜花甲锅真是绝妙的选择。

我是从来到日本后才开始热爱泡菜的。身边有位交好的女友是朝鲜族，我刚到日本，思辣难耐，她用两袋泡菜拯救我于水火之中。自那时起，泡菜在我家的冰箱里一天也没中断过。我吃过最美味的泡菜锅也不是在韩国，而是在东京的韩国人生活区，将猪肉换成花甲之后，味道鲜美许多。

有人说:"韩国泡菜正如许多发酵食物一样,试一次会讨厌它,试十次就会永远爱上它。人们一旦爱上这个味道,就会终生喜爱。"作为一个嗜辣的贵州人,我吃过一次正宗的泡菜就永远地沦陷了,几乎每周都要吃一次。夏天喜爱做日本居酒屋常见的泡菜炒五花肉,有时候用午餐肉替代五花肉,是啤酒佳侣。冬天则反复做泡菜锅,巡游韩国各地,买了一些食谱书,反复跑去东京的韩国料理店,终于也能完美还原出和那家店一模一样的味道了。常有朋友上门来,嚷嚷着要吃这一道。虽然只是一道泡菜汤,其中讲究的却太多了。

泡菜和泡菜之间差异巨大,如同人与人的性格。我的韩语老师跟我说,在日本是没有办法腌渍出正宗韩国泡菜的,差异在于白菜的品种,日本白菜含有大量水分,做出来的泡菜总是软绵绵的,缺乏清脆口感。好在日本能买到许多进口韩国泡菜,我比较过几乎全部种类,如今定期购买的是一款"韩国农协"的品牌,是心中的"韩国第二"。至于"韩国第一",只能亲自去韩国购买,并未流通至海外。收到泡菜之后,第一件事是打开包装袋,在常温中静置几天,进行新一轮的发酵,我不太喜欢开袋即食的口味,味道还没能完全渗透于菜心之中。

泡菜锅的汤底很重要,自己熬制高汤当然很好,但太费事。平民食物应该有平民的品格,在韩国食材店能买到干明太鱼和牛肉味素,是魔法的道具。韩国人在每年12月至次年3月期间制作干明太鱼,将明太鱼晾晒在寒风之中,中间要经过大约二十多次冷冻解冻又冷冻的过程,最终浓缩了鱼味的精华。我每次都买很多,也冻在冰箱里。冷冻在一起的还有韩国小青椒,新鲜的辣味是泡菜汤的精髓。一些小青椒非常辣,但可遇不可求，大阪鹤桥商店街有许多韩国食材店，每次总要现场尝一个，遇到辣的就一次买好几斤回家，用小号保鲜袋分装在冰箱里。

我拥有一个韩剧里的那种方便面锅，自己一个人做泡菜花甲锅的时候，也用那个锅。除了花甲，猪五花肉是绝对不能少的，油脂的香是泡菜锅的灵魂。不可缺少的还有荏胡麻叶和韭菜，带着特殊的香气，也是调味的秘诀。出锅之前，要有一个生鸡蛋或者半熟蛋。出锅之后，需要一碗白米饭。

能够搭配泡菜锅的只有韩国烧酒，日本酒在它面前显得气势不足。这个搭配需要出现在心里烟火气很重的夜晚，内心寡淡时万万不可。心情暴烈时，酒量大约是一瓶半，在失忆之前能清晰感觉到那个分界，于是就像韩剧里的人们一样感叹一句："啊，人生孤独。"次日还是假装没事地继续活下去。

今夜的酒 | 真露烧酒 葡萄味

韩国烧酒是一种很奇妙的酒，即便是同一瓶酒，有时候很好喝，有时候却难以下咽。我和友人有共同体验：大家一起在店里喝，非常美味，透着甘甜，也买了同款回家自己喝，又辣又呛，喝不了两口。韩国烧酒大概就是这样：味道随人的心情变化。这两年为了让年轻人喜欢，也推出了许多诸如西柚、石榴、葡萄、紫薯的口味，去年夏天，我还在首尔喝到过新出的西瓜味，甜蜜清澈。韩国的友人总是劝我：韩国烧酒毕竟是廉价酒，少喝为妙。但也许正因如此，偶尔的放纵才格外美味。我过去在丽水的布帐马车里从一位大姐那里学到打开烧酒的正确方法：先要将瓶口朝下旋转几次，瓶里如同漩涡一般，转过来再打开，瓶口就会浮起一圈泡沫，那个泡沫不能喝。去除泡沫的手法过于豪迈，像武侠招式，传授给我真功之后，大姐就醉倒了。

酒场 井仓木材 〔鳗〕

白天是木材店，晚上是居酒屋

酒场　井仓木材

井仓木材是我听闻过的京都最独特的存在：白天是木材店，晚上是居酒屋。很早之前见过它的照片，门口摆着一个长条炭火炉，烟雾缭绕，洋溢着人间烟火气息，我很是喜欢。近来又在另一位相识的店主那里看到这家居酒屋的原创 T 恤，背后印着"S.I.M"几个字母，木材长了一对翅膀在飞翔，倒像是哪个摇滚乐队的周边。相识的店主说，那边的店主井仓康博先生是位有意思的人，也是自己的好友，又说两家店顾客的重合率很高，不妨去喝一次。

夏夜，我走了一条长长的夜路，去寻找名字缩写为"S.I.M"的这家"酒场　井仓木材"。这一带都是住宅区，天黑之后便陷入寂静，偶尔才会有一个老太太站在门前，温柔地招呼一句："欢迎回来。"更确信少有外人来到。行至某个转角，远方人声鼎沸，如潮水一般涌来，便知道是找到了。潮水的源头挂着一个明亮的灯笼，只有一个"酒"

字,下面立一块牌子,也只写着简单"立吞"[1]两个字,后面一个长条吧台的小房间,一个散落着三四张桌子的露天空间,无论哪边都挤得满满的。又等了好一阵,狭窄的小房间里才终于走出来两个人,得到了一个角落里的吧台位。

才晚上8点多,依次点了烤鲣鱼、香鱼干和土豆沙拉,皆被不幸告知:"十分抱歉,已经卖完了。"犹豫片刻又点了烤鱿鱼,终于有了。站在吧台里的中年男人,毋庸置疑是井仓先生,指了指摆得满满的炭火炉,道:"得等一阵,现在立刻能拿出来的有芥末豆腐,要吃吗?"我点头,他迅速从冰箱里取出一个碟子,撕开保鲜膜摆在我眼前,里面装着一个圆球状的豆腐,想必是提前做好了许多。又问:"从前吃过这种豆腐吗?"

"没有。"我老实回答。

"中间夹着黄芥末,如果先把外面吃完了,最后会很困扰。"他放了一瓶酱油在我眼前,"正确做法是把豆腐从中央戳开,黄芥末挑出来浇上酱油,用豆腐蘸着吃。"我照着做了,豆腐冰凉爽口,是夏天的味道。我还算是幸运的,不久后又来了新的客人,当即被告知,黄芥末豆腐刚刚售罄了。

新来的两个男人点了井仓先生推荐的几道菜,转头和我闲聊,肯定地说:"无论什么时候来,这家店都没有空着的时候。"他俩暂时在京都工作,分别来自滋贺县和神奈川县,端上来牛油果沙拉,热情地

---

[1] 立饮,即站着喝酒。——作者注

分给我吃。那是未曾见过的做法,将切片的果肉拌着辣油,颇合口味。我已经喝完一杯啤酒,抬头读着小黑板上的酒水单,一行写着"元気ハツラツ"(元气活泼调酒),不等我问店员,两位就抢先解释说:"是那种便利店里常见的提神饮料,兑着烧酒和苏打水一起喝。"见我犹疑,又极力劝说:"绝对好喝。"酒很快被端上来,带着浓浓的药水味,心想失算了,这杯酒属于那些疲惫晚归的上班族。

露天位有人点了新的下酒菜,井仓先生在吧台里热火朝天地炒起饭来,烟雾顿时弥漫在狭窄的房间里,在场好几位受不住诱惑,纷纷道:"也要一份同样的。"

"炒饭是招牌料理吗?"我问井仓先生。

他坚决否认,说自己开的绝不是什么中华料理店。但在井仓木材,炒饭拥有至高人气,吃过的人们赞不绝口,认为它好吃又有趣,可以作为必选的一道料理。许久后我在饥肠辘辘中吃掉了一整盘,同意了大家的观点。又得知到了冬天还会出现升级版:螃蟹炒饭。来自京都丹后带卵的螃蟹,是井仓木材的冬季风物诗,如果将蟹肉留下三分之一,再加上 300 日元,就可以拜托井仓先生做成特制的螃蟹炒饭。这是每到年末就会有人慕名来吃的一道料理,说不清人们是为了螃蟹才吃炒饭,还是为了炒饭来吃螃蟹。

周围的人们吃着炒饭的时候,我又喝了一杯奈良的白桃酒,它带着甘甜的果实口感,是夏天才有的限定酒。夏天的代表料理是海鳗,过了晚上 9 点也没有了,井仓先生就推荐新来的客人吃一种名叫"バチコ"(口子)的食物,说是搭配日本酒的绝佳品。客人应允,他便拿出一块三角形的肉脯放在炭火上烤，很快烤好，撕碎成小块装在盘子里，果真香气四溢。

"什么东西那么香？"

其他客人也都好奇起来，井仓先生一脸严肃地解释说："海参的生殖器。"我第一次在居酒屋里听到"生殖器"三个字，不觉肃然起来。

继续和邻座的两个男人聊着天，听闻我正在写日本的海，神奈川人表示镰仓远不及冲绳。他过去因工作关系在冲绳离岛住了几年，住的地方走路三分钟就能抵达海边，但南国夏天炙热，自己绝对不下海，而是选择随着当地人去山里，在河里游泳才是纳凉避暑之法。我对于他能在离岛上找到工作表示羡慕，便得知了他的职业：辗转于日本各地为观光机构拍摄宣传片。他愉快地向我展示了最新拍摄的一个南淡路岛宣传片，说无论风光还是美食，淡路岛都自成一个王国，京都和大阪无法望其项背。井仓先生表示同意，说南淡路拥有最美味的海参。

"一定要去观看鸣门海峡的漩涡，去看人偶剧，去住民宿，去吃很多海鲜。然后，把南淡路岛的这些好处，全部告诉中国人！"神奈川人在醉意中朝我高喊。

我认真地答应了他，准备离开。距离打烊不到半个小时，吧台位还站着八九个人，露天位的三桌客人也不见要结束的势头。井仓先生整个晚上都忙得不可开交，穿梭于冰箱、油锅、菜台和炭火炉之间，尽管还有另外两个打工的服务员，但料理总是由他一个人来做。出门前我抬头瞥见墙上挂着一个牌子，上面写着"京都木材协同组合会员之章"，意识到井仓先生白天还要经营木材店，心中有些钦佩：这个人

京都居酒屋漫游地图

一定拥有超乎寻常的旺盛精力。

周一到周六，44岁的井仓先生每天过着一样的生活：早上进行木材的配送工作，临近中午结束，随即出门进行当天食材的采购，主要是鱼类，回到店里立即进行食材的准备处理工作，再稍微休息一会儿，下午5点正式开始营业。如果遇上哪天配送的木材较多，或是处理的食材比较费时，就省去休息时间。

在30岁之前，井仓先生从未预料自己会过上这样的生活，他不曾想过要继承家业，成为一家百年木材店的四代目当家。大学毕业后，他留在大阪成了上班族，工作到第十一年，存够了开一家居酒屋的钱，便辞了职。每周两天，他在相识友人开的居酒屋里修业，学习料理知识，同时在京都市内寻找合适的开店地段。店铺还没找到，经营木材店的父亲突然去世了，尽管父亲从未提及让自己继承木材店，但一切发生得措手不及，店里留下了许多尚待处理的工作，建筑业的熟客们还源源不断发来配送需求，仓库里也还堆积着大量的库存。家里只有他一个独生子，不能就这么置之不理，只好暂且回来继承了木材店，从零开始学习木材的各种知识。但心中仍有放不下的纠结：怎么办才好呢？我又不是为了经营木材店才从公司辞职的。如此过了一年半，不能再等下去，想到"索性白天经营木材店，晚上经营居酒屋"的法子，自己动手把木材店三叠[1]面积的事务所改装成吧台位，居酒屋便开业了。

---

[1] 日式榻榻米的面积单位，1叠=1.62平方米。——作者注

从很早之前开始,井仓先生就想开一家居酒屋了。他自小在这个街区长大,大学虽在大阪上,但每天都从京都通学[1]。直至工作留在大阪,才算真正开始了解京都以外的世界。第一次听说大阪的立饮居酒屋,他立刻表现出一个京都人该有的抵抗态度:"我为什么要站着喝酒?!"彼时他对于立饮屋的印象是:虽然价格低廉,但品质与之相应,食物都是罐头食品或者膨化小零食。某天下班后,他偶然闯入的立饮屋改变了他的这种刻板印象:"一个人心血来潮去喝一杯,突然端上来非常美味的食物,不输给任何传统的居酒屋,而且还很便宜,氛围非常好。对当时的我来说,无疑受到了冲击,竟然还有这样的店啊,我从来没见过这样的店。"2000年初期的京都还保持着古都的矜持,不像今天一样到处能找到立饮屋,用井仓先生的话来说,那是"落后于大阪五至十年的饮酒文化",他动了回京都开一家立饮屋的心思,觉得当地人也会受到和当时的自己一样的冲击。

我第一次光顾井仓木材,多少能体会井仓先生初次踏入大阪立饮世界的心情。不过短短十分钟,我就和身旁的人们聊上了天,度过了有趣的夜晚。我没想到,井仓先生也记得这件事,他后来无意中对我提起:"那天你刚刚来,不就立刻和大家搭上了话吗?这是我决定'开居酒屋,一定要开站着喝酒的那种'的理由。很多人第一次来到这里,初次相遇的人们,能够愉快地聊起天来,这样的事情只会发生在立饮屋。在传统的居酒屋里,坐在桌前的人们挥着手跟隔壁说

---

[1] 前往学校。——作者注

'喂喂',你能想象这样的场景吗?"立饮居酒屋拥有神奇的魔法,仅仅只是撤掉椅子,就能让对话随时发生,人和人之间轻易产生出亲切感。

作为酒客的井仓先生,直到走进了立饮屋,才开始感受到"外食"的魅力所在。无论多么美味的料理,如果独自在家里吃,总觉得没那么快乐,人们愿意花更多的钱,专门在外面找个地方喝酒吃饭,这个地方就应该提供让人心情感到愉悦的附加价值。美味的料理是理所当然的,在那里感受到的快乐——也许是氛围,也许是会话,也许是别的什么——才是一家店的魅力所在。

成为店主的井仓先生,为了让客人们感受到"家里没有的"附加价值,无论如何都想使用炭火。如今的家庭里几乎失去了炭火的踪影,至多是在户外BBQ的时候,人们才会稍稍使用它。没有人会在家里用炭火烤一条鱼,但煤气烤出的食物,远不及炭火带来的美味。炭火炉最初放在小房间里的料理台下,不久后因为烟雾无法消散,搬到了门口,成为意想不到的风景。它还有更重要的功能:所谓"美味",并不只是"吃了以后感觉美味",还有一种是"看上去就很美味"。

炭火炉后面的木材仓库里摆着三张桌子,严格说来是用酒箱架起来的三块木板,到了夏夜,是人们青睐的饮酒乘凉场所。偶尔下午很早去,客人很少,我也会独自站在仓库里喝酒。一天在激烈的台风雨之中,照例点了土豆沙拉和炭火烤鲣鱼,烤到半熟的鲣鱼和黄色芥末搭配在一起,被微微冲鼻的辣味掩盖了鱼肉的腥味,我很是喜欢。我站在雨水打湿了一半的桌子前,等待井仓先生给我烤夏天的小香鱼。

这张桌子稍稍有些与众不同，凡事喜欢自己动手的井仓先生把店里卖出去的日本酒瓶盖全部攒起来，存到大约 900 个的时候，把它们拼成了一个桌面。他说："还在继续攒着瓶盖，盘算着哪天再拿来做点什么。"因为是住宅区里的居酒屋，桌上也留了一块牌子，写着：安静喝酒就很好。空气中木材与炭火的香气混合在一起，抬头大雨倾泻而下，屋檐上静静立着一个鬼瓦，井仓家的老太太从里屋走出来，点一碟蚊香在我脚边。我觉得自己像慌乱世界的一个避雨人，手里端着酒杯，内心得到了片刻的安宁。

站在仓库里可以随时望见炭火炉，那小小的炉子在日语里被称为"七轮"，也架在红色的塑料酒箱上。虽然简陋，火力却格外旺盛，在哗啦啦的雨声中腾起烟雾，井仓先生时而走出来看一眼炉子，将鱿鱼干撕成片，放上我的小香鱼——像观看一场即兴演出，赏心悦目。

我要是走上前去拍照，邻桌的大叔们就会凑过来，好奇地确认我在拍什么。

"这种东西，中国满大街都是吧？"其中一位指着炭火炉问我。

"可是在日本很罕见啊。"我向他们展示刚拍的照片，"而且中国的烧烤炉上没有小香鱼。"

"原来如此！"大叔们看起来对这个答案感到满意，也掏出手机拍起照来。

那是晒干的香鱼幼鱼，五分钟后我尝到了它美妙的苦味，不用筷子，直接用手拿着吃。此时就不能继续喝啤酒了，应该改喝日本酒。

除了井仓先生的炭火炉，仓库里还有另一个舞台。在我的正对面，

酒场　井仓木材

不到两米的墙角，整齐地摆着几块贴满手写菜单的木板，抬头确认菜单的时候，余光总会瞥到旁边的一个男士小便器。起初我以为那只是个摆设，什么样的人能够在众目睽睽下使用它？无法想象。直至有一天，某人向井仓先生打探厕所，他挥一挥手，指向小便器。那人显然也惊愕，难以置信地望着眼前的景象，周围好事的熟客起哄起来："也没那么不好意思吧？""那我就真的去了哦。"男人说，径直走向小便器，背对着众人，也带了几分表演成分。我来日本多年，明白这不是什么人不了的事，身旁的年轻女孩比我更加坦然，目光不为所动。待到那男人离开小便池，有人鼓起掌来，也有人走过来拍照，竖起大拇指，真是有勇气啊。我还听到隔壁桌有两位窃窃私语："卫生条件能保证吗？"

"那个小便器可真厉害啊。"有一次我对井仓先生提起，说我当年第一次来日本，在新宿横丁的酒场里也遇见过类似的景象，前往女厕的道路上要先经过一排正在小便的男性，内心慌张不已。

"对我来说，它自然就在那里，尽管有时会有人'哎'地吓一跳，我也觉得它应该在那里。"井仓先生说。我才又想起来，在成为居酒屋之前，这里首先是木材店，所谓的"舞台"，都有它的功能性：对穿着工作服的人们来说，要把笨重的靴子脱掉，走进屋里上厕所是一件很麻烦的事情，为了方便前来取货的木工，为他们设置了这个小便器。井仓先生自小就看它在那里，今后也将如此。

和井仓先生聊起闲话，多半是在吧台前。但这样的谈话十分短暂，他多数时候在忙碌之中。从90日元的土豆沙拉到3000日元的螃蟹，店里的下酒菜种类丰富，每天大约有60多种，全部都由他自己一个人制作。"我是那种喜欢尽可能所有事情都由自己来做的性格"，要说他辞去干了十一年的上班族工作的契机，也是因此。那是一份洋服销售的工作，他并不讨厌和人交谈，也不讨厌以数字来考量业绩，唯一令他感到讨厌的是：销售的不是自己设计的服装，不由自己挑选和购买面料，当然更加不可能自己缝制，只是售卖成品后的服装，并且倾听顾客抱怨。"不是我自己做的啊，对我抱怨有什么用呢？"他内心想做那种自己从头到尾贯穿一线的工作，不只是成为其中某个环节，才能拥有解释权。想来想去只有饮食业可以实现，"亲自购买食材、亲自考虑菜单、亲自料理烹饪、亲自端给客人，虽然不可能从种植蔬菜这一步开始，但基本都是自己可操控的，每一个环节都可以按照自己的方式来"。

说这些话的时候，井仓先生正在我面前制作一个海胆年糕。烤得蓬松的年糕，戳破之后，放进海胆和芥末，浇上几滴酱油，用一片海苔，像包饭团一样包上。最高贵的海胆和最平民的年糕，实在是奇妙的搭配，旁边的女孩看到，嚷嚷着也要吃吃看。这是在吧台前时常会发生的事，井仓先生在眼前制作料理，目睹的客人之中总有跟风者。

"虽然被经常问起，但是我们家没有代表料理。"井仓先生总是这么说。在井仓木材，固定的料理都写在墙壁黑板上，售罄之后就会在菜名上贴一个红色的小圆点。桌上还摆着另一份手写菜单，是季节性的限定料理，以鱼类为主，根据当日入手的食材不同，每天都在细微的改写之中。夏天是河鳗、海鳗和鲣鱼，还有岩牡蛎，我亲眼看见两位客人点了一个，比猪脑还大，令人惊叹。此时还有沙丁鱼，井仓先生自己做的橄榄油浸沙丁鱼，和装在罐头里那种几乎不能称为同一种食物。我还一直期待着到了冬天吃一次螃蟹炒饭，井仓先生说那也不是他自己的主意，兴许是从前在哪个料理节目看过，默默记下笔记：以后自己开了居酒屋，一定要做这个！在他酒客时期的笔记本上，从电视、杂志和常去的居酒屋里，记下了许多类似的灵感。

因此，在井仓木材的菜单上，都是井仓先生自己喜欢的下酒菜。这些年常有外国客人来，他也坚决不制作英文和中文菜单。为了向外国客人讲清楚每道菜是什么，特点如何，他正在努力学习英语。

"直接写一份英文菜单不是更省事吗？"我问他。

"这和我去海外旅行时候的体验有关。"他说。

"没有日文菜单是吗？"

"有些地方也有，比如韩国，但基本都是些语法很奇怪的日语。"井仓先生露出意味深长的笑容，"就好像你在京都的大多数中华料理店看到的中文菜单一样。"

我表示理解："相反会让店的印象变得不好。"

"更重要的是，这样不就没有旅行的感觉了吗？我在韩国的一些餐厅，看到日语菜单的时候，一瞬间会有些混乱：这里是韩国还是日本？反而若是看到全是韩语的菜单，才会意识到：我在国外了啊。我喜欢享受这种旅行的气氛，也希望来到日本的外国人，能体会同样的感觉。再来，比如说鱼类的细微的部分，很难用英语描述清楚。"

井仓先生说服了我。对不熟悉日文菜单的外国人来说，享受井仓木材最好的方式，就是对井仓先生说："拜托你推荐了！"这样他就一定会推荐当天最新鲜又最受外国人欢迎的料理。

如我相识的那位店主所说，井仓先生确实是很有意思的人，热情亲切，偶尔会向我展示一两句中文。他会说自己的名字，会说"鸡皮饺子"，还会说"百春"的"春"字，因为他爱读的浅田次郎的小说《苍穹之昴》中，主人公就叫这个名字。"百春"是我在井仓木材偶尔会喝的日本酒，来自岐阜县，是甜口中更偏甜的一种。来到店里的男人们爱喝日本酒，倒在一个大杯子里，满满的一合，不与人分着喝。这些酒基本都是纯米酒，并排放在吧台的冰柜里，名字一目了然，种类经常在换。固定的四种写在墙壁的小牌子上：除了"百春"，还有兵库县的"播州一献"和"小左卫门"，以及广岛县的"西条鹤"。

"没有京都的地酒[1]呢。"日子久了，我看出其中端倪。

"没错！"井仓先生似乎很高兴被我识破，"虽然如今也有很多外地的客人会光顾，但日常主要还是住在京都的本地人。比起自己当地的酒，喝喝其他地方的酒不是更有趣吗？全国各地的日本酒如同繁星一样数不清，想让更多客人喝到更多种类的酒。"

我看到冰柜里有一瓶酒上写着"夏辛"之类字样，猜测是"夏日辛口"，就又问道："日本酒也会根据季节变化吗？"

---

[1] 当地的酒。——作者注

酒场　井仓木材

"酒的名字当然是不会变的，但酒造会根据季节的不同推出各种口味。一年的最开始是'新酒'，接着是'春酒'，然后是'夏酒'，到了秋天是'冷卸'。在这期间，酒米的种类和酿造方法或许稍稍发生变化，又成为新的种类。"因此这家店里的酒，就也有了季节感。

在井仓木材，我一直没有勇气尝试的是一种青汁兑烧酒，光看着名字就不禁皱眉。井仓先生在它的名字下面特意注明了"限定一杯"，说这是一种健康志向的酒，并不是一次要喝许多杯，而是可以每天喝一杯。其实也不是真的只能喝一杯，只是这么写比较有趣，有些人会问为什么，有些人反而变得想喝第二杯——它是为了和客人之间发生对话而设定的小心思，会话开始之后，人们在井仓木材的距离感就又被拉近了一些。

我最喜欢井仓木材的味醂梅酒，一杯酒喝尽，会被店员提醒：梅子也超级好吃哦。吃了酒浸梅子，果肉肥厚，果然不错。梅酒也是井仓先生自己酿造的，6月的梅雨季里，他掩饰不住高兴告诉我："今年的梅酒已经封瓶了，11月就能喝到新酒。"每年他都会酿造超过10公斤的青梅，1升瓶可整整装满12瓶，喝到10月，刚好一滴不剩。

今年夏天的第一条鳗鱼，我也是在井仓木材吃的。"土用丑日"[1]的前一周，井仓先生在Instagram上宣布："今年的鳗鱼登场啦！"傍晚店里便挤满了闻讯而来的人。我站在门口看他在炭火上烤鳗鱼，觉得

---

[1] 在日本，立秋前18天被称为夏季的土用丑日，是一年之中最炎热的时期，有吃鳗鱼祛暑的习俗。——作者注

十分有趣，但他总是走进吧台里，令我有些焦虑，更加关心那条鱼的状况。但井仓先生总是恰到时机走出来，将鱼皮刷上酱汁，烤得焦黄，胸有成竹地说："放心吧，我是算好了时间出来的。"平生第一次，也是在井仓先生的劝说下，我吃掉了半个鳗鱼头，味道尚美。

吃鳗鱼的时候，我心里盘算着下一次登场的主角，该是8月底的秋刀鱼了。井仓先生表示今年会很难，因为罕见的不渔[1]，处处都是秋刀鱼价格飙升的新闻，北海道的海鲜市场已经卖到了5000日元一条。这个8月很多事情都变得很难，京都夏日风物诗"五山送火"宣布缩小规模，市中将不能看见点火景象。从开业的第一年起，井仓木材都会在8月16日这天举行"大文字之夜"[2]活动，店里从午后开始营业，到了点火时间，带着醉意的人们一齐站在门前的马路上，遥望一个"大"字在道路的尽头燃烧起来。今年的8月16日，井仓先生还是决定照常举办"大文字之夜"，虽不能观火，至少可以一起喝酒。这天还在盂兰盆节假期中，他不做炸物也不做烧烤，只提供一些简单的食物，自己也稍稍喘口气，和大家一起喝一杯。

我突然意识到，我从未见过井仓先生喝酒。

"偶尔有客人邀请，会喝一杯，但基本不怎么喝，因为在工作状态。"他说。

"这样一来，从居酒屋的客人变成店主之后，不就失去喝酒的机会

---

[1] 指捕鱼量少。——编者注
[2] 每年8月16日，京都举行传统的"五山送火"活动，大文字山会点亮火把。——作者注

了吗？"

"我在开店三个月后，才意识到了这件事：我没有时间去居酒屋了。"他笑起来，没有苦涩和无奈，"明明我是因为喜欢喝酒，因为喜欢在外面吃饭，才想要从事这份工作的。"

井仓先生不能轻易戒酒，他还是每天喝酒，只是变成了工作结束之后在家里喝。尽管很少有时间去喜欢的居酒屋，他还是从这份工作中得到了一种难得的满足感，深夜喝着酒，想着今天客人们也很开心，这一天很好地结束了，又考虑着明天可以做点什么，就觉得生活是一件幸福的事情。

"我心中理想的居酒屋是，有一个人，在一周中的某一天，工作结束之后会想着：要去井仓木材喝一杯。酒场这样的存在，在西班牙或者在大阪，是很多人每天会光顾的地方，是日常的一部分。如果你的这个日常刚好是井仓木材，我会非常感激。"为了让人们更好地感受到井仓木材的快乐时光，他有个建议：不要一群人吵吵闹闹来，最好是自己一个人，至多两个人。

2012 年井仓木材开业的时候，它所在的上京区一家立饮居酒屋都没有。最开始到来的客人总是质疑："为什么没有椅子？不是很奇怪吗！"对于一家居酒屋要站着喝酒这件事表示不可思议。井仓先生在心里窃喜："太好了！"坚信对那么多人来说，立饮是一个崭新事物，可以一直在京都开下去。一年多后，日本全国掀起一股"立饮风潮"，井仓木材成为京都最受欢迎的场所之一。要庆幸那个时候井仓先生面对客人，总是紧咬着牙："现在要是把椅子拿出来，游戏就结束了。"

今天的井仓木材和他在八年前想象的样子已经很接近，只是没想到，居然会来那么多客人，气氛变得那么热闹。原本没想过使用仓库，客人多起来就搭起了简单的一张桌子，后来变成三张桌子，还总是有人流连在门口等位。

我问起他木材店的事情，既然居酒屋生意这么好了，木材店的生意干脆就别做了吧？但井仓先生越来越坚定，要把延续了一百年的家业继续下去。父亲在世时自己从未说过要继承，他要是知道会有这一天一定会非常开心吧。在父亲的工作之外，井仓先生又找到了一些新的业务，给相识的鱼店制作菜板，或者给新开的饮食店制作吧台，客人也都很开心。我却很感激他执意要开居酒屋，令我在京都又多了一个容身之处。

那天也是雨天，我站在井仓木材喝酒避雨，不久后走进来一位熟客，指着冰柜道："摆在那里的日本酒，香味最少的是哪个？"我抬起头，认出他是我在另一家相识的居酒屋经常遇见的客人，相视一笑，在京都的居酒屋混迹得久了，就是会发生这样的事情。又多喝了一会儿，雨就停了。

鳗鱼饭 第四夜

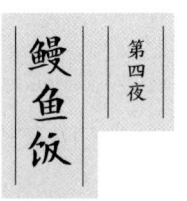

鳗鱼不能自己在家烤，再厉害的家庭主妇，也无法传授关于烤鳗鱼的个人经验。把鳗鱼这种高价的鱼类作为日常下酒菜也是奢侈的。既然是那么昂贵的鱼，就应该在它最美味的时候吃，奇妙的是，尽管鱼肉以秋冬最为肥厚，但吃鳗鱼这件事，却是日本的夏日风物诗。

日本人把立秋前的18天称为夏季的"土用丑日"，说它是一年之中最热的一天。为了安然度过酷暑，从江户庶民之间流行起吃鳗鱼的风俗，延续至今日。在更早的古书中有记载，人们认为鳗鱼营养价值极高，可以增强体力、防止中暑。

从前住在大阪，每到7月，就要打电话预约一家人气小店，常常约不到晚餐，只能在中午去吃，可见日本人对鳗鱼的热爱。京都岚山也有一家被评为米其林一星的鳗鱼料理店，从前总是排着密密的长队，前两年改为完全预约制之后，情况好了许多。"不必总是去店里吃。"近来有城中老人指点我，"你应该去镰田川鱼店，鳗鱼在店里烤好，买回家去吃，百年来的美味，京都人没有不知道它的。"川鱼店这个名字，听来就知道有一定历史,且是京都特色。从前海鱼无法运输进入,川鱼是京都人的重要食材,沿海的人们却不以为意。

镰田川鱼店在京都开了一百年,主要卖鳗鱼,如今传承到第四代,秘制的酱汁代代延续,不少市民也跟着吃了好几代。店里生意很好,早上10点开门,过了中午就会售罄。夏天生意好,店主却定下古怪的规矩:"土用丑日"这天是休息日。也不知道是担心客人太多无暇应付,还是为了供奉这种代代养育自家的鱼类,总之如果想在土用丑日吃到镰田鳗鱼,就得提前一天去买。但队伍也是十分壮观的,听人说曾经排过长达两小时的队,我就打了退堂鼓,等到土用丑日过去的周末,才一大早赶去。

我在京都最喜欢的一条庶民街道,是被称为"西阵的厨房"的北野商店街,两旁都是支撑着周边居民衣食住行的小店,不那么时尚,有点土气,确实也只有当地人光顾,但热热闹闹的生活场景仿佛停留在过去的时代。镰田川鱼店是北野商店街上的名店,这里的烤鳗鱼是典型的关西风:将鳗鱼从腹部剖开后刷上酱汁在炭火上烤熟,省去了关东人的"烤完再蒸"这一工序。镰田家是现场烤鳗鱼,烤好的都整齐地摆放在案板上,供客人挑选,根据大小不同,一条鱼的价格在2800~3800日元之间,是这一年的行情。我挑了较小的一条,镰田家慈祥的老太太问我:"要切吗?"听闻回答后,细心地帮我切好,装进塑料盒里,外面又包上一张纸,用橡皮筋扎上。我见案板上还摆着八幡卷[1]、昆布卷[2]和鸡蛋卷

---

[1] 用鱼类或肉类包裹着蔬菜的一种料理,因源于京都八幡市而得名。——作者注
[2] 海带卷。——作者注

之类的小菜，想着要喝酒，就又买了一串烤好的鳗鱼肝。

听镰田家的老太太说，美味的鳗鱼有两个决定要素：一是肉质要紧实，二是不能有鱼腥味。因此要严格选择产地，只使用爱知县产的高级鳗鱼，还要每天风雨无阻地前往京都中央市场，每一条鱼都要亲自用手确认其肉质，这是延续百年的做法，不可轻易懈怠。另外，炭火始终使用和歌山的备长炭，它火力强盛，还能吸收鱼肉的腥味。

从镰田家买回来的鳗鱼，不能就这么草草地直接吃，老太太给了我一小袋酱汁，它勾起我的食欲，回家又煮了一锅米饭，做成鳗鱼饭。如果去料理店里吃鳗鱼饭，会有一个等待鱼烤好的过程，有些店家趁机端上小菜，我尊敬的美食家池波正太郎先生在书里写过："此时无论吃什么，都会影响鳗鱼的美味，什么都别吃！就饿着肚子等着。"因此我也咽着口水，等待着米饭煮好，再把鳗鱼铺上去，浇上酱汁。

近年来有一些考据者说，为了防止中暑而食用鳗鱼是没有医学根据的，怀疑是江户人的一种促销手段。但为了给吃高价的鳗鱼找一个借口，我觉得是很好的生活态度。这天晚上的鳗鱼香味四溢，撒上山椒粉后更甚，与冷酒是绝配，而等待米饭果然是值得的，浓厚的酱汁和米饭拌在一起，再吃一口鱼肉，可以慰藉任何一个灰心丧气的人。我心中有感叹：普天之下没有不好吃的鳗鱼，有的只是好吃和更好吃的鳗鱼，因为光是"鳗鱼"这个词，看上去就十分好吃了。

今夜的酒 | Summer Snowman（夏日雪人）

在一位居酒屋店主的推特上看到这款酒，橘色的酒标上画着白色的雪人，上书 Summer Snowman，十分可爱，猜想是年轻的清酒口味，很愿意喝喝看。因为是秋田县的地酒，在京都的商店是买不到的，上网去搜，也只有一两家店，才知道是今年限定的新酒。

秋田县的横手市有一家名叫"日之丸酿造"的老铺酒造，始于1689年，已经有三百多年历史。我从前就向往此地，因为它是世界上屈指可数的豪雪地带，冬天人们会举办冰雪祭典，在雪地上建造雪洞，坐在洞里饮酒。日之丸酒造尝试利用当地自然条件酿造新酒，每年夏天的限定酒"雪室吟酿"就是其中一款——将新酒放进自然的雪室中酿造，能够保持温度的安定性，使酒拥有沉稳的口感，吸引了一群追随者。今年却遇上意外，由于气候变暖，无法建造雪室，十八年来"雪室吟酿"第一次停产了。为了不让粉丝失望，酒造用和雪室同样的温度（1℃）酿造了这款 Summer Snowman。

我在网上见过"雪室吟酿"的酒标，是一个站在蓝色雪花里的白色的雪人，带着冰天雪地的清凉感。再仔细端详 Summer Snowman 的酒标就觉得有些好笑：想必是天气热了，没有雪了，才变成夏日炎热的橘色的吧？雪人失去了冰天雪地，被迫套上了游泳圈，泡在椰子树下的大海里。

既然这样，我也让它更凉快一些吧。这样想着，放进冰箱里冰镇了一夜，次日作为冷酒喝。它口感柔和，带着热带水果的夏日香气，和鳗鱼的香气混合在一起，让我度过了这一年中最热的一天。

可我还是不甘心，身在夏日却盼着冬天，暗自祈愿今年冬天能够冷一些，下几场暴雪，让我明年也能喝一喝藏在雪室里的酒。常说日本酒中能够喝到四季，原来是这样。干脆先去横手旅行吧，坐在雪洞里喝酒，没准还能去参观三百多年历史的日之丸酒造呢。

柳小路酒场 〈鸟〉

【静】【荞麦面 酒 松本】【柳小路TAKA】【たつみ】【sour】

柳小路是京都最短的一条路。

这条躲在繁华的河原町后巷里的石子小道，全长仅有60米，因为狭窄，只容步行者通过，京都人称之为一种"路地"。我过去也在书中提及它，说"柳小路是我在京都最喜欢的一条路"，原因是这里住着名为"八兵卫明神"的狸猫之神。八兵卫明神神社不过只有一个迷你鸟居而已，但种种因缘，令我深信这位狸猫大人拥有超凡神力。几年前，八兵卫明神隔壁那家摆放着森见登美彦签名海报的杂货店悄悄搬走了，但我仍常来，因为有风格各异的居酒屋分布在狭窄小路两侧，且多从中午开始营业，是宝藏一般的庶民酒场。若是有体力一家接一家，一场一场地喝下去，可以成为美妙的京都酒场巡礼。

柳小路上最有名的居酒屋，名字只取一个汉字：静。开店时间无法考据，只从片断式的情报中得知：它大约始于20世纪30年代，如今传承至四代目的杉田女士。总有京都人向我提起它，说"请你务必去一去"，其中某位还说过一段逸事：有天刚开门就去了，店内空无一人,正端详着挂在墙上的一位居酒屋名人海报,突然格子拉门"嘎吱"一声被拉开,那人真的走了进来,身后紧跟着扛着摄像机的工作人员。

"静"的营业时间颇有些任性,每周一、周二、周三连休三天。我初去是在周四的下午5点半,格子拉门紧闭,店内寂静无声,也看不到灯光流出,仅从门口的"静"字招牌亮起了灯判断:应该是在营业了吧?才试探着拉开门走进去。但入口也不像是入口,玄关堆着凌乱的纸箱,几张毫无章法散落的椅子,眼前就是厨房。往右才是餐厅,光线昏暗,随意挑一张桌子坐下后,杉田女士才会从厨房里走出来,道一声"欢迎光临"。

这家居酒屋之所以名声在外,是因为在墙壁上——不光是墙壁,从天井到桌子,从屏风到窗户格子——无处不写满"落书"(随手涂鸦)。甚至连厕所里也不留一块余白。据杉田女士所说:这些留言大约始于1964年,始作俑者是京都市内的大学生。"静"和京都大学生早有渊源,它的前身是大正时代的"正宗ホール"(正宗酒场),过去曾经是旧制"三高"[1]学生痛饮的场所,如今也是传说一般的历史。"静"的女性店主在二战将结束时买下这栋木造建筑,更名再开,"大学生圣地"的血脉却遗传下来,最初的客人中90%以上是学生。又有传闻说战后学生运动时期曾有驻日盟军司令部闯入店中,至于当时发生了什么么,便无人再细说了。

我坐在"静"喝酒的时候,爱读墙上的留言,心想写下它们的既

---

[1] 京都大学前身之一的旧制第三高等学校。——作者注

然都是大学生，应该充满了人生和恋爱的烦恼，青春的憧憬和梦想。然而由于年代久远，四壁褪色发黄，加之字迹实在过于密集，难以从中读出完整的故事。倒是诸如"美国大统领""中小企业万岁""猎奇者的自觉"之类意味不明的词组，过于醒目。有一段时间我热衷于在墙上寻找京都市内大学的名字：京都大学、同志社大学、立命馆大学、精华大学……皆能找着出处，再往后细看，甚至还有龙谷大学和佛教大学，俨然是一本京都大学名册。

"静"作为学生酒场的地位，不仅是从这些留言，从菜单上低廉的定价也能看得出来。其实也不能称为菜单，只是一张白底黑字的纸片，正反两面简陋地写着菜名和价格，在日语里被叫作"舌代"。听说纸上的菜式从开业至今几乎没有变过：玉子烧、金平牛蒡、豆渣、鸡天[1]……皆是家常得不能再家常的菜式，价格也都在500日元左右。啤酒只提供中瓶的朝日，日本酒也只有伏见的"富翁"这一种。我把"静"当作晚餐食堂，因而鲜少喝日本酒，总是先点一瓶啤酒和一份玉子烧，此后再追加一份炒杂菜——前者是店里最有名的一道，确实是家庭料理的味道；后者在卷心菜之外又加入许多黄瓜、胡萝卜和茄丝，像是把冰箱里剩下的蔬菜全都一股脑炒在一起，却十分美味。我经常坐的位置，抬起头来便能看见厨房里杉田女士做饭的身影，冰箱开开合合，上面挂着一个可爱的计时器，此时炉子上又有油溅出噼里啪啦的声音，果真像极了来到某个人家里。

---

[1] 炸鸡天妇罗。——作者注

来到这个家里的人们,都礼貌地遵守着做客之道。无论是老年夫妇还是学生模样的年轻人,从不见喧哗。因此如同它的名字一样,"静"总是静静的。这样的安静又并非京都式的端庄或礼仪,而是一种身心的全然放松,有些人吃着吃着就脱了鞋,抬起脚来半蹲在椅子上,旁观者也不觉得不雅,反而感到安心。留言读腻了之后我就看电视,一台旧式电视机摆在吧台里,成天开着,播出的也是池波正太郎过时的时代剧。电视机上方的架子上摆放着一堆陶器,能辨认出是狸猫、罗汉或平安时代的女人像之类,纷纷落满了灰。吧台上还放着一个显眼的木质吉他,也和这家店里所有的一切一样,显出一种落后于时代的破旧。

"静啊,从以前开始就是这副模样了。"面对这样的景象怀念起青春的老人们说。

据说很多生活在京都的前辈经常会带着后辈来,不厌其烦地讲述在"静"度过的年轻的日子,也有一些人在离开了几十年后才回到京都,也要专程前来喝一杯,多的是感叹:"自己与周围的人事,纷纷发生了巨大变迁,世界也彻底地变了,却仍然有这样一成不变的地方。"我听到这些谈话的时候总是走神,始终望着电视机后面那个通向二楼的木质楼梯,柳小路上的居酒屋全都有二楼,但把二楼开放为接客区的,只有"静"这一家。我总是好奇地望着那个楼梯上的黑洞,一次也不曾动过心思要上去,我心中隐隐有个感觉:这家居酒屋不变的秘密就在那里,那是一个从很久很久以前开始就静止了时间的场所,又或者是一个通往异次元的入口。

我深爱的八兵卫明神就住在"静"的隔壁,在这家封闭的居酒屋里

感觉不到它，但柳小路斜对面有一家"そば酒まつもと"，坐在吧台的第一个座位上，永远能看见八兵卫神明的伟岸身姿。"そば酒まつもと"的意思是：荞麦面、酒、松本。店名的三言两语就说清楚了它的属性：一家喝日本酒的荞麦面店，店主姓松本。

我好几次路过松本先生的店，透过风吹起的暖帘看见他沉默着站在吧台里的样子，总是反戴着棒球帽，不太平易近人。我也从未想过有天我会动了吃荞麦面的心思，35岁之前我一直认为它是宇宙中最乏味无趣的一种食物。转机出现在另一家常去的居酒屋里，邻座精通日本酒的熟客总是向我感叹荞麦面的美味，甚至说："江户人为了打发等待荞麦面煮好的时间，要先喝一两合日本酒，这就是日本居酒屋的最初形态。喝酒是为了吃面，而这段等待的时间，有个专业名字叫'荞麦前'。"我又去读书，身为小说家同样也是爱酒人士的池波正太郎先生，喜欢在日落前走进浅草下町的荞麦屋，点一壶热酒，等待夏天的天妇罗荞麦面或是冬天的鸭南蛮荞麦面，他说这是从祖父传到父亲，又传到自己这一代，家族里的男人们代代相传的吃法。在散文集《散步时总想吃点什么》中，他写道："要是没有喝酒的心情，就不必去荞麦面店了。"

难道我从前都误解了荞麦面，是没有喝日本酒的缘故？我因此生出蠢蠢欲动的好奇心，并且一发不可收拾，终于坐到了松本先生的店里。和常见的荞麦店不同，它只有一张天然木头的吧台，更加年轻时尚，但也并非那种吵闹的店。起初我学着其他客人的做法，先喝一杯生啤，吃两道小菜，然后再点一合日本酒，喝完一半才要荞麦面，剩下的半合酒就着荞麦面吃掉——如此节奏感确实张弛有度，此后这样的顺序再也没变过。

"そば酒まつもと"的小菜都写在吧台里的小黑板上，不会超过十种，但能看出花了心思搭配：肉类有鸡、鸭、猪、贝类，蔬菜类则有卷心菜、山药和青大豆等，到了冬天还有鸭汤关东煮，很受欢迎。我很喜欢吃一道名叫"蒸鸡"的菜，像是白斩鸡的做法，浇在上面的酱汁却带着淡淡的豆瓣酱余香，是新鲜的味道。也常点另一种半生的鸡肉刺身，佐以现磨的新鲜芥末泥，有植物清香。日本酒的种类非常多，冰箱里摆满了1升装的大瓶子，目测大约有四五十种，据说二楼还储藏着更多，是出于松本先生个人对酒的热爱。但因他总是在沉默之中，我便不再追问细节，只是说"请给我日本酒！"。确认过要热喝还是冷喝之后，他就会拿出当天推荐的一种来，喝得最多的是大阪的"秋鹿"，那也是松本先生的挚爱。酒器的种类更加丰富，无论酒壶还是酒杯，我得到的每次都不一样，也是松本先生从各地搜罗而来，不乏陶艺家的作品。

四季里我最喜欢夏天，坐在这家店里总有穿堂风经久不息地吹过。暖帘扬起来，就能看到门前柳条飘飘，在醉意中对街的八兵卫明神冲我扮了个鬼脸。店内低头吃荞麦面的人们，无一不发出"嘶啦嘶啦"的夸张吸面声，我光是从声音的响亮程度，就能感受到那碗面有多美味了。夏天这里惯例只有"もりそば"（冷荞麦面）这一种荞麦面，将滤干了汤汁的冷荞麦面装在盘子里，蘸着酱油调味料吃，是江户人喜欢的吃法，据说也是和日本酒最搭的一种。很难说清楚，究竟是一种心理作用，还是到了年纪，光顾过几次松本先生的店，我就真的爱上了荞麦面，并且在理解到这种食物的好之后，随即感受到一种欲罢不能。荞麦面和日本酒是恋人关系啊，我在心中感叹。也是因为在某个瞬间，突然体味到荞麦面竟然泛出丝丝甜味，而日本酒一直是甜的。待到荞麦面都吃完，酒也喝尽了，松本先生就会递过来一个小壶，里面装着温热的荞麦面汤，嘱咐我兑在剩余的酱油里喝掉，也是自古的吃法，可以慰藉胃。

无论怎么看，松本先生都是典型的京都人。荞麦面搭配日本酒的吃法，却不是京都人的做派，即便在关西也不多见。后来才知道，松本先生也是个怪人，他的确是土生土长的京都人，小学时代才第一次在从关东转校来的同学家里吃到了冷荞麦面，当场被掳获了内心："这也太好吃了吧！"爱上吃荞麦面的小学生，该说是不可思议还是少年老成呢？总之他从中学生时代开始在各种荞麦面屋巡礼，到了毕业就职时，意识到自己的性格恐怕不太适合进入正式的公司，索性做自己喜欢做的事，在京都的手打荞麦名店"蕎麦屋じん六"（荞麦屋　甚六）。经过六年的修行后，终于在2013年独立开了这家自己的店。如今他也辗转于日本全国的荞麦产地寻找食材，也坚持每天自己手工打面。

我渐渐留意到，松本先生的店里偶尔会光顾一些城中名人，无论是艺术家还是料理家，都出于对他技术的认可，也因为喜欢这家店里的氛围。客人之间大多互相认识，刚走进来的人很快会发现角落里坐着熟人，有次我邻座的两位碰头就突兀地聊起了鱼，始终讨论着鲷鱼和牡蛎的话题，令我难免揣测，是开鱼店的吧？一打听果然是，在附近街区开了九十年的小店，眼前是三代目店主和他的常客。我感叹于一种长久的主顾关系，那位比我还年轻的三代目谦虚地笑着："在京都这样的地方，没有一百年算不上老铺呀。"

我想起来又问："这个店的客人为什么总是能遇到熟人呢？"

"为什么呢？"俩人一同笑了起来，并不告诉我答案，"这里就是这样的一个店啊。"

松本先生是那种见到熟客走进来立刻会绽放笑容的人，会亲切寒暄"今天也工作了吗？""最近是不是晒黑了啊！"之类的闲话，有时竟还会一起喝起啤酒来。熟客中常见结伴而来的年轻女孩，三人聊起天来就不会中断。偶尔也有女孩从外面掀起帘子来，松本先生就"哈！"叫一声，走至门前跟她们长久地说着话。我以旁观者的视角打量着这一切，然后明白了：这些女孩是专程来找他说话的。因此也会听到身旁的客人点评："哇，在女性之间果然很有人气呢！""在男性中有人气的店不奇怪，在女性间能有这样的人气，松本可真是厉害啊。"

这样的松本先生，却成为我在京都居酒屋探险生涯中遭遇的最大挫折。我始终未能与他顺利搭上话，屡次套近乎失败，他从不对我露出亲切表情。我试图向他邀约过一次采访，他立刻进入警戒状态："因为我不会英语，通常都会拒绝外国客人，除非对方也会说日语。"又强调说："因为是这样一家小店，担心外国人来得太多，对熟客会失礼。"为了使我信服，又搬出论据来，说连米其林都拒绝了。可是再多跟我聊两句，他又会犹豫起来，断断续续道："但如果……你也能传达我的这些想法……我又正好有时间……也不是完全不可以。"我还在揣测这句话的意思，他又接着说："但现在是营业时间，我不能答复你。人们都是打电话约采访的。"反复确认过几次我是否知道正确的电话号码，他让我在营业结束的晚上8点再打电话来。

和松本先生的对话令我费解了好几日，依然百思不得其解，便给在京都生活了更长时间的友人苏小姐发消息，向她求救道："这个人究竟是让我给他打电话呢？还是在拒绝我呢？"

苏小姐哈哈大笑，说喜欢这个京都特色的故事，又分析说："他也在纠结，怕让你不高兴，也怕自己遇到什么麻烦事。他现在只是把压力推到了你这里，你打电话就是把压力推回去，这种摇曳多姿是最可爱的。"这就是典型的京都人心态，她极力劝说我一定要打电话试试："你把压力再推回去，头痛的就是他。他不得不做出抉择。他接受了，心里也不开心。拒绝了，心里也不开心。总之，他确实是痛苦的。"

我才豁然开朗："所以从我出现在店里的那一刻，对他来说就是一场灾难啊。"和松本先生的这段小插曲，是我在京都的生活中，像和许许多多的京都人交往那样，扒开层层迷雾终于理解他们行为模式的一个过程。虽然喝酒也有趣，但这样的"学习"无疑更有意义。

我一直没有打电话给松本先生。故事却没有到此结束：不久后，我又去了那家我最常去的居酒屋，和相熟的店主随口说起柳小路的松本先生带给我的挫败感。

那位店主沉思良久，才道："你喝日本酒了吗？"

"喝了，还喝了不少。"

"喝酒也不行吗？不应该啊。"他顿了顿，露出微妙的笑容，"你说的那位松本先生，是我的朋友。"

我仓皇失措，恳求店主不要把我的话转告给松本先生，并且再一次明白过来：京都确实是个小城，切忌胡说八道。店主接着又跟我说了许多城中居酒屋的逸事，哪位店主和哪位店主是一个圈子的，哪一代和哪一代又有什么风格差异，末了也劝告我："你打电话吧，松本不是那种会拒绝采访的人。"

"我担心他会陷入纠结。"我说，"他犹豫是因为不会说英语，也担心外国人来得太多，影响了熟客。我能理解这件事。"

店主又沉思了一会儿，也想明白了："毕竟店里只有七个座位啊。"

"从这样的松本先生身上，我能看见京都的职人作风。"我对店主说。对于这样年轻的人，仍然固执地做着一件专注的事，我即便带着挫败感，心中也是尊敬的。

后来，那位店主推荐给我某本当月号的杂志，里面刊登着他和松本先生一起坐在居酒屋的对谈，文章名字叫《黑带男子的闲暇酒场》。照片里的松本先生露出了毫无防备的灿烂笑容，是那个面对熟人的他，如此想来，这俩人在经营居酒屋的心态上确实是相似的。我于是释然了，明白过来许多事情需要缘分，与居酒屋店主的相遇也是如此。我终于还是没有打那个电话，只是仍静待着一个合适的时机再坐在松本先生的店里吃荞麦面。在日本的百年老铺纷纷进军海外市场的今天，在"观光立国"影响着京都经济动脉的国策之下，这些拒绝交流的小店能够坚持到什么时候，是我当下非常感兴趣的议题。比这更重要的是：人生是苦的，松本先生店里的荞麦面却是甜的。

我在松本先生那里遭受的挫败感，很快也由柳小路替我治好了。

荞麦面店的隔壁,"静"的正对面,有一家名叫"柳小路 TAKA"的立吞屋,是截然不同的做派,店内总是拥挤熙攘,有时候我坐在静寂的"静"里,能听到从对面传来阵阵的喧哗声。这都来自"柳小路 TAKA"的海外混血血统:店主西村崇先生,熟客称"TAKA",年轻时离开京都前往意大利米其林餐厅 NOBU 工作,一直做到厨师长,后回到京都开了这家居酒屋,招牌是烧鸟(鸡肉烤串)和日本酒。

我第一次光顾"柳小路 TAKA",不到五分钟就和 TAKA 搭上了话。彼时我站在角落的位置,看他在我眼前的炭火炉上烤着鸡软骨和鸡皮,都是我点的,比想象中更加肥厚硕大,待到都熟了,盘子也都要用火烤一烤,保持温热状态。

"这个位置风景真好啊。"我随口道。

"没错。"TAKA 抬头看我一眼,露出灿烂笑容,"那儿可是店里的景观位。"

于是我接着问了下去:"什么时候从意大利回来的呢?"

"五年前吧,休息了一年,才开了这家店。"

"在意大利待了很久吗?"

"有十八年呢。"

"京都人是意大利人的正反面吧?"

"诚然如此。非要说的话,大阪人和意大利人很像。"

"在意大利待了那么久,还会想回日本吗?"我道出了心中的疑惑。

"我可是非常热爱京都哟。"TAKA 说,自己年轻的时候一直为在海外推广日本料理而努力,如今也想向来到这个城市的外国人传达京都本土的好，因此这家店是欢迎所有人的店。"希望打造一个日本人和外国人能够相互交流的地方。"TAKA情绪高昂地说，"起初我还用英语和日语分别应对，后来店里就自由生长成日语和英语齐飞的氛围了。"

"第一次来我们店吗？"TAKA问我。

"嗯，今天是第一次，但其实两年前就想来。"

他的语调突然飞起来，用一种难以置信的语气道："所以，你这两年都干了些什么？！"

我也只好哀号一声："店门口总是站着等位的人，我实在很难挤进来啊。"

因此我感受到TAKA的可爱，感受到他的身上也带着一点点意大利人的色彩，呈现出一种随意自由、全然开放的心态。同时我也再一次明白了：居酒屋这件事，和人生中所有的事一样，看缘分。一杯酒喝尽之后，我几乎想要和他击掌相庆了。

我也和TAKA聊起对柳小路的喜爱，称赞这里是京都才会有的那种小路，又说八兵卫明神如何不可思议，他也会指引我："你知道还有七兵卫吗？如今在大仓饭店附近，你有空去找找看。"据说这里最早曾是一个名叫"欢喜光寺"的寺院境内，六兵卫、七兵卫和八兵卫分别是寺院里三只信乐烧狸猫，明治维新之后，这一带的面貌发生了巨变，三只狸猫也失散流落，各自创建了新的神社。

这里的招牌酒是一种名叫"金龟"的滋贺地酒，听闻TAKA和那间酒造的店主交情深厚，因此店里摆放着"金龟"的全部种类，精米步合度从40%到100%之间，大约有七款，又有一些季节限定生酒[1]，各自的味道和特征都写在一块黑板上。我在这里却来不及喝日本酒，因为水果酒过于丰富，我花了一些时间，才全部都喝了一遍：草莓烧酒调酒、猕猴桃烧酒调酒、麝香葡萄烧酒调酒、黑胡椒葡萄柚金酒……都加入了许多新鲜水果。TAKA推荐我喝一种蜜柑酒，如蜜般甜到了心底，疑心是加入了大量砂糖，他却说："这种蜜柑，本来就拥有异样的甜，因此才推荐你喝。"夏天的时候爱喝薄荷酒，杯子里装满切得细碎的黄瓜丝，才看见它的正式名称叫"河童薄荷烧酒调酒"——黄瓜是河童最爱吃的食物。最近又听说还有一种鸡尾酒名叫"柳荫"，是江户时代夏日解暑的甜酒，将味醂和烧酒各一半兑在一起，甘甜又易入口。在日本落语中也曾有登场，是为一种风流，也可以说是日式鸡尾酒元祖。心向往之，但因为TAKA总强调说这种酒十分易醉，而我在这家店里又总是喝得太多，不敢轻易尝试。

"柳小路TAKA"的水果调酒真的非常好喝，下酒菜也真的非常好吃，即便一开始没能与TAKA一见如故，想必这里也会成为我挚爱的居酒屋。墙上的菜单中若是画着五角星的，就是TAKA的推荐菜式，其中最让他引以为傲的一道烤鸡肝，因为是我最不擅长的内脏部位，直到第三次才鼓起勇气尝试。那肥厚的鸡肝蘸上一点点特制的花椒粉，不仅没有一点点腥臭味，还能令酒的味道也变得深刻了三分，此后我就总是想吃，并且不甘心自己浪费了两次机会。TAKA不轻易告知烹饪秘诀，只说店里使用的全是京都土鸡，且一定要在当天早上

---

[1] 没有经过加热处理的日本酒。——作者注

杀好了送来，才可保持肉质鲜美。我更爱的是各种季节限定料理，菜单每隔三四个月换一次，春夏秋冬我都吃过一遍。春天最爱的一道是烤卷心菜，足足有半颗，也可以一口不剩地吃完。4月底至8月初有一道"初夏的天妇罗"，正值旬季的茄子、蚕豆、秋葵、玉米和万愿寺青椒都在其中，还有小小的章鱼和更加迷你的琵琶湖西太公鱼，是我心中夏日的最佳风味。也爱吃一道蒜香炒鱿鱼，使用意大利橄榄油和日本黄油混合味食材，有一点点的意大利风味，但烟火气息十分浓郁，又带着我怀念的大排档的气息。

"不做意大利料理吗？"某天我突然想起来问TAKA。

"对面有家意大利料理店，你去过吗？"TAKA说，"那位店主是我的好朋友，也是他先来到柳小路，我才跟着来的。因此我不做意大利料理，这样的一条小路上，有两家意大利餐厅不是很奇怪吗？"但是，他笑着压低了声音："菜单上没有，如果熟客非要吃，也是可以做的。"

"来了！传说中的'里菜单'！"我也笑起来。"菜单只有这些，你也可以点其他的，只要是我会做，我都能给你做。"——像是这样我一直以为只在《深夜食堂》里才会出现的做法，在TAKA的店里同样存在着。

"柳小路TAKA"的熟客们可就太可爱了。一次，隔壁的三人不知因何契机聊起了大阪烧和广岛烧，不过一会儿，TAKA居然真的做好了一份端上来，看样子是心血来潮的简陋版。三人从中分出一块，也装在小碟里递给我，我小心翼翼地吃完，才开口问："这算是大阪烧吗？""不知道是什么，"他们哈哈大笑，"但是很好吃，西洋风味的大阪烧，没准可以成为招牌菜哟。"TAKA兴许是第一次做这道菜，听闻此言便也说："也给我一块尝尝！"吃了一口眉头皱起来，说："招牌菜？就这个吗？"但那三人却不是奉承，吃得不过瘾又追加了一份，接着又点了炒豆芽，热情地邀我一起品尝。

"这些东西菜单上没有吧？"我问。

"我们从不点菜单上的菜，吃了三四年都吃腻了，每次只跟TAKA说：请随便做点什么吧！"才知道三人都是在店里认识的，如今也成为很好的朋友，会相约一起喝酒，其中有位还是专程从大阪来的。

"是坐京阪吗？"我在心中推测一下路线，问道。

"没错！京阪最高[1]！"

对长期往返于大阪与京都的人来说，搭乘京阪电车还是阪急电车（JR实属少见），是一个能够表明成分属性的选择。喜欢京阪的人之间，最常会有"你果然懂行"的同好心态，如此便有了默契。他问起我名片上画着的太阳塔，我说我喜欢冈本太郎。

"日本人也都喜欢冈本先生哟！"大阪人说。

"我知道，可是我比日本人更加喜欢。"

"不可能！"

"我去了冈本太郎先生的墓地呢。"在这件事情上，我不可以认输。

"日本人把冈本太郎的照片放在家里，每天早晚要拜一拜哦。"他

---

[1] 指最好，最棒。——作者注

一脸认真,"尤其是大阪人,每个人都这么做。"

不愧是大阪人的幽默,众人哈哈大笑。能够吸引和接纳这样胡乱来的大阪人,是 TAKA 的厉害之处,店里还有两位年轻店员,也都和 TAKA 画风一致,十分活泼。两人经常对客人笑称是兄弟,起初我也真的难辨真假,久了才知道,他们只是常被熟人评价说"你俩长得真像啊",但其实是高中同学。

大阪人喝高兴了就拿着我的相机四处拍,一边拍一边也说店员的八卦:"这个人哦,前阵子花了 10 万日元去买了赛马券,你说是不是神经病?"

"结果呢?"我好奇地问。

"赢回了 13 万。"

"那也值得了!"

有一天,店里刚刚过了四周年纪念日后不久,有位客人进来就点了瓶香槟,分给在座的每人一杯,邀请大家和 TAKA 还有店员一起干了杯,表达祝贺之情。我以为他也是熟客,但他摆摆手,道:"直到去年,我还是里面打工者中的一位。"

我读江户时代的《万句合》,其中有一句描述立吞景象的川柳:"居酒屋之中,谈笑道是非,立而饮酒者,皆为熟客而。"很像我在 TAKA 的店里看到的景象。熟客之间还有个常见的行为:店的入口处有个小挂钩,上面挂着一把单独的钥匙,他们总是自然而然地把钥匙拿下来,出门右转。我好奇了许久,后来才有一位告诉我,柳小路上只有一间厕所,所有的店家共用,就在那边的荞麦面店隔壁,有个挂着"577"牌子的小门,必须用这把钥匙开门。又如同宣布重大科学研究发现一般,郑重地说道:"要说那厕所啊,从这里走过去大约是17步。"

我肯定喜欢的就是"柳小路 TAKA"这种轻松愉快的氛围,可以随便跟隔壁的人聊天,也可以很快就熟络。它很像我在海外旅行中遇见的那种店,来到这里的人生性热情,对世界充满好奇心,有相遇的期待,又皆为过客。这里是新潮时尚的居酒屋,同时某种程度上也是回归了本质意义的立吞屋:在古代的日本,立吞这种形式被称为"立ち酒","出立"的"立",指的是在离别之际的一种喝酒仪式,也可以说立吞是一种"旅酒"。因此在我不出门的日子里,TAKA 的店就成了我在京都的一场小旅行。我从不期待在这里会一直遇到同样的人,但是会期待下一次在这里遇见什么有趣的新人。

从柳小路喝完酒走出来,北面的一条街会变得人声鼎沸,高低起伏的声浪从各个明亮的屋子里流淌出来,在酒精的作用下人们吵成一团,还会一直吵闹至深夜。这个片区被称为"里寺町",是京都年轻人喜爱度夜的场所,如果在热闹中朝着河原町走去,最后会路过一个三岔路口。路中央突兀地立着一栋会馆式的三层楼建筑,一楼有另一家我常去的老铺居酒屋:1968年创业的"たつみ"。

"たつみ"是京都"立吞屋"的代表性存在,从中午12点到晚上10点,没有一个时间不排着长队。店内深处虽说也有桌椅位,但酒客们更喜欢站在正中央的吧台前——不是传统的"コ"字形,更接近一个封闭的"口"字。在这里并肩站立的处境是更加逼仄的:吧台下有一个小方格,但人们基本不把东西放进去,外套和背包都挂在身后墙壁的挂钩上，没有空处的时候，有的人也斜挎着包喝酒；手机放在眼前的吧台上，和食物和酒放在一起，再放一个烟灰缸，也就没有多余的地方了。店里的服务员都穿着白色工作服，面容过于年轻，应该是打工的大学生，都很擅长聊天，客人太多时难免混乱，经常见他们端着盘高喊："这是谁点的？"然后在角落里的某个位置，定会有一个人高高举起手来。

站在吧台前，能看见这间店里挂着蔚为壮观的"品书"（手写着菜名的黄色纸片），如同生长繁殖的枝蔓一般覆盖满整个店内，据说总共超过150张，需要360度旋转着观看，才能全部看完。炸海老芋、野菜天妇罗、炸洋葱、渍白菜、青花鱼、醋牡蛎、拌白子……我有时是专程为看这些黄色小纸片而来的，它们是昭和时代留下的做派，也是我心中日本居酒屋应该有的样式。我在这里喜欢喝的酒也是昭和时代留下来的，圆鼓鼓的黄色瓶身上印着"ハイリキレモン"[1]字样，是1983年东洋酿造推出的日本第一款烧酒调酒品牌，如今在其他居酒屋几乎见不到，但在"たつみ"的门口成箱堆积着，比啤酒数量更多，可见是人气饮品。

"たつみ"的酒客基本是一个人或两个人，长居者以老年人更多，中年人更像是进来抽根烟，不出半小时就会离开。有一些另类的年轻人也在这里谈恋爱，是看起来有些江湖气息的那种，要是对他们举起相机，恋爱中的少女也会做出调皮的鬼脸。我在这里遇到过一位住在

---

[1] Hiliki柠檬。Hiliki是1983年日本推出的第一个罐装碳酸酒品牌，仅有柠檬与原味两种味道。——编者注

岚山的老头，路途遥远，但每周有两三次要和朋友约在这里碰头，基本是在下午4点，之后再赶回家和太太一起吃晚饭。他总是先喝一杯啤酒，接着要一杯"酎ハイ"[1]，最后是绿色瓶子的日本酒"黄樱"，店员已经熟悉了他的惯例，在酒的尾声总会问一句："现在该来一份泡菜了吗？"

"我可是这家店三四十年的常客呢。"总有"たつみ"的老头老太太这么对我说，又经常会感慨，"对我们这些退休的人来说啊，每天都是休息日。"令我十分羡慕。有时候他们也聊起另一些店里的熟脸孔。"那个人今天没来呢。"

"谁啊？"我也会好奇地问。

"有一个更老的80多岁的老头，每次都是周日的这个时间来。"

"也站在这个位置吗？"

"不，他始终站在电视机的那一边。"他们指着对面一个位置给我看，又说起八卦来，"那个人啊，左边的耳朵已经听不见了，因此一定要站在他的右边说话。"

又有一次，一个老头和我讨论着黄色小字条上的菜名，一一解释那些我摸不着头脑的菜名的意思。后来不知为何说起了汉字的构造："'烧'的右边为何是个'尧'字呢？"我陷入了沉思，他便严肃地向我推荐起白川静和诸桥辙次编著的辞典来，一定要我去图书馆读一读《大汉和辞典》，又从随身手账中撕下一页纸，端正地写下二人的名字，备注了"说文解字"几个字，飘然离去。这些年来，我从日本人手中

---

[1] 一种以烧酒兑碳酸水的日式鸡尾酒，在居酒屋里常见。——作者注

接过了许多奇怪的小字条，在居酒屋里要求我去图书馆学习词语知识的，只发生在"たつみ"。

离开"たつみ"的时候，有时我不走入口处的门，深处的吧台后面还有另一个门，买完单可以直接从那里出去。两个平行存在的门，无论怎么看都很奇怪，后来知道：这栋建筑从前原来是一家钱汤（澡堂），在"里寺町"的大众酒场繁盛起来的20世纪60年代，店主迫于高涨的燃料费下的经营困难，毅然转身居酒屋行业，取名"万长酒场"，由伏见地区的一间酒造直供日本酒。"万长酒场"在京都老一代酒客之中可谓无人不知，在初代店主隐退的1985年，继承的二代目店主谷口先生才将其改名为"たつみ"，有一些酒场规矩却传承下来，如今在店内的墙上你还可以看到这些标语："当店拒绝一切请客喝酒""饮酒时间三小时以内""拒绝醉汉"……

"那地方全是老头吧？"听闻我去了"たつみ"之后，盐野老师问我。那里也是她偶尔喝一杯的地方，说是曾经在店里偶遇过池坊[1]的家元，也曾撞见醉倒在吧台上的老爷爷，又突然想起来："对了，很多老年人在'たつみ'进行婚活（相亲活动）哟。"作为婚活地标的居酒屋，我对它又多了几分崇敬。也才恍然大悟为什么在"たつみ"里的老年人总是向我推荐：不远处有一家某某店，另一头还有一家某某店，也都是立吞屋，但"那边年轻人比较多哟"。原来是目睹了我的格格不入，担心我寂寞。但他们不知道，比起年轻人文化，"たつみ"那种怀旧过时

---

[1] 日本历史最悠久的花道流派。——作者注

的氛围显然更加吸引我，隔些天翻钱包，发现买单时还获赠了一张小纸片，上书"集齐十张可以换一道下酒小菜"，就是这样我也很喜欢。

有时从柳小路出来，也不去"たつみ"，而是去路口另一侧的"sour"（沙瓦）。这家专门喝水果酎ハイ的立吞屋，是这两年Instagram上的新晋网红店，从农家直接购买新鲜水果为原材料，胜在颜值超高，很受年轻人欢迎。其中有一款"超级草莓"，几乎塞满了整整一杯草莓，开店之后很快就会售罄。我在这里喝过奇怪的花椒酒，喝过石垣岛的波萝酒，到了夏天，总会专程来喝一杯西瓜酒。沙瓦肯定不是我来到柳小路的第一选择，但经常会成为热身或收尾的一杯。

每次离开柳小路之前，我还有一件必须要做的事情：无论在怎样的醉意中，都不能忘记去向八兵卫明神鞠两个躬。柳小路尽管是京都最短的一条路，却也拥有漫长历史，它从安土桃山时代就存在，足以见证古都的历史。我听人们说，明治维新迁都东京之后，京都这个城市很是寂寞了一些日子，柳小路也不例外，始终荒芜着。后来随着附近新京极通的繁荣再度热闹过一阵，又渐渐沉寂下去。如今的石头小路是2008年之后再次整备的结果，杂货店和居酒屋也是在那之后才逐渐兴盛起来的，如今正经历着一个新的热闹期。高大的柳树仍然茂盛地长在这条街上，四季翠绿，但鲜有人知道：柳小路的柳树已经不是最初命名的那一棵了。最初的一棵，也随着"正宗酒场"一同埋葬在了昭和的青春里。

我在醉意中，偶尔会猜测如今的柳树该是第几代了，继而想起事物的荣枯盛衰，人间的轮回变迁，而眼前的八兵卫明神始终目睹着这一切，一动不动。

第五夜 百货公司地下美食

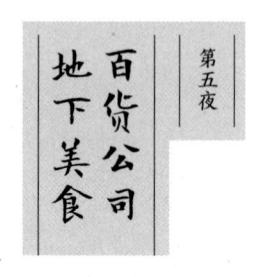

我坚信便利店不是现代都市白领的救星，百货公司的地下一层才是。似乎是一种日本特有的文化：但凡大型百货公司，地下必定设有整层食品卖场，以各家店的专柜组成，从各种熟食小菜、高级便当到日式果子、西洋甜点，还有酒铺、花店和面包坊，又配备了小型超市……种类繁多，令人眼花缭乱。

据说日本的第一个百货公司地下食品卖场出现在1936年的松坂屋名古屋店，推出后大受欢迎，延续到今天，也成为一种普遍状态。近年来这种卖场又受到海外游客欢迎，认为这里浓缩了日本食文化精髓，甚至成为一项观光项目。

于我来说，百货公司的地下卖场是重要的生活资源。京都有四大百货公司：高岛屋、大丸、藤井大丸和伊势丹，都拥有规模不小的地下食品卖场，各自有特色。由于平日里活动范围的关系，前两个去得最多。偶尔买菜或是给朋友选择伴手礼，总是在这里。懒得做饭的时候，也必定来这里。和追求廉价快捷的便利店速食品不同，地下卖场

第五夜

提供的不是工厂流水线上的食物，而是当天人工烹饪的料理，许多店铺配置有现场制作的厨房，又有一些平日里难以预约的名店，也在这里开设了专柜。

例如在高岛屋楼下有关西地区著名的"蓬莱551包子"，是我常常光顾的店。每次买完菜，都会再买一个招牌肉包子，再步行去不远处的鸭川边喝啤酒。若是有友人同行，还会再买炸鸡和烧鸟，也买过饭团和草莓蛋糕。总之，地下食品卖场里什么都有。

前两天又去了一次，买了咖啡豆和面包，高岛屋的地下也有进进堂[1]入驻，能够满足我的早餐需求。这天在超市的惊喜是大把香菜、哈密瓜和夏蜜柑，又发现了白色小芹菜——在西芹当道的日本，这一种才有浓郁的芹菜味，可惜并不太好找。相比其他大型超市，地下卖场的小型超市的路线是"稍高级一点"和"更小众一点"，因此总能有意外收获。

在京都的地下食品卖场里，能找到很多老铺便当，也是我最喜欢的一点。例如"吉兆"或"菊乃井"这样的高级料亭，店里不太好预约，价格也高昂，不可作为日常光顾对象。但它们都在地下卖场开设了小小的专柜，贩卖价格亲民的便当，也算是推广"老铺味道"。我想起来家里还储藏着一瓶花见酒，应该赶紧喝掉，把各家便当巡视一圈，竟然真的在"美浓吉"找到了花见便当。美浓吉是多年前我光顾的第一家京都怀石料理店，也是拥有三百年历史的老铺，今年它卖的花见便

---

[1] 京都一家知名面包店。——作者注

当取名叫"花霞",粉红色的便当盒大约就是这个词的意境:满开的樱花连绵不断,远远望过去,如同晚霞一般。

美浓吉的花见便当分为两层,上层装着出汁玉子烧、九条葱萨摩芋、三文鱼柚庵烧和香菇天妇罗,还有一些简单的酱油煮过的竹笋、海带和胡麻豆腐,下层则是散寿司和樱饼,还有一棵菜花和一粒蚕豆。以季节食材为主,每种料理只有一口,因此能装很多菜,这便是日本花见便当的魅力:对独食者来说刚刚好。

地下卖场还有许多甜品店,最诱人的是以草莓蛋糕为代表的西洋果子,12月还会有许多人前来预约圣诞蛋糕。其实这里也聚集了京都城中最好的果子老铺,和果子的红豆馅对我来说过于甜腻,但我又总是被其造型之美吸引,忍不住买下,也不喝抹茶,就着日本酒吃。和果子的造型总与季节有关,我买了"龟屋良长"的"五月晴"和"山踯躅",前者的名字是俳句的季语,指的是梅雨季节中难得晴朗的日子,在靛蓝色的清海波纹样上点缀着嫩绿的若叶。后者则在青绿色上点缀着淡淡玫红色,是春夏之交的此时正在京都开得满山遍野的杜鹃花意向。

和果子果然太甜了,即便和日本酒搭配在一起。我吃着最后一个"长久堂"的"对母亲的思念",想到这家店明治时期曾经在巴黎世博会上得过奖,所以才会制作西洋人节日主题的和果子吧。然后也因此意识到5月来了,该给母亲打个电话了。

今夜的酒 | 奥播磨"春待ちこがれて"（焦急待春）

兵库县姬路城的酒，出自 1884 年创业的下村酒店，这家店的代表的酒铭是"奥播磨"。日本很多酒造会在春天推出自己的花见酒，这一款也在粉红色的酒标上绽放着满开的樱花，令人想起姬路市的樱花，像层叠的云一般，和白色城墙结合在一起，婉约美丽。我喜欢它在酒名中只字不提花，只道："焦急地等待着春天。"我能理解，在冬天期待着春天的生物的心情。

因为是生酒，可以从冰箱里拿出来直接喝，不另做处理。喝起来是甜中带着微酸的酒，春天的日本酒口感清澈，如同沐浴在明朗的阳光之中，又像春风拂面。卖酒的老板告诉我：这种酒和春天的蔬菜天妇罗很搭，配花见便当也适合。冷清之中，有些许淡淡的疏离感。只是春天马上就要过去，此时街市中只剩下最后的八重樱，再来一场雨，就会悉数散尽，就要立夏了。

神马

神马店主：酒谷直孝先生。

在弥漫着酒意的夜色之中,我有时候能看见路途与路途的交会,
等我把路走得再远一些,等神马把日子走得再长一些,
我们之间应该就有一条清晰而明确的重合线了吧。

食堂清水的店长水松纯平先生，总是这样和客人聊着天。

食堂清水

来到食堂清水之后,我对于京都的惊喜之情又回来了,我重新感受到:去哪里不重要,重要的是和谁相遇。喝什么酒也不重要,重要的也是相遇。

BAR ノスタルジア的店主：久保文成先生。

BAR　ノスタルジア

酒吧和客人之间,应该是一种"交往"关系。
像朋友那样,像邻居那样,成为他们人生和日常的一部分。

站在炭火炉前的，
正是井仓木材的店主井仓康博先生。

酒场　井仓木材

立饮居酒屋拥有神奇的魔法,仅仅只是撤掉椅子,就能让对话随时发生,人和人之间轻易产生亲切感。

店名：たつみ

店名：柳小路 TAKA

柳小路酒场

店名：静

风格各异的居酒屋分布在狭窄柳小路两侧，
且多从中午开始营业，是宝藏一般的庶民酒场。

店名：sour

店名：そば酒 まつもと

柳小路尽管是京都最短的一条路，却也拥有漫长历史，它从安土桃山时代就存在，足以见证古都的历史。

酒肴屋 じじばば的店主：松村信吾先生。

酒肴屋　じじばば

这里的人们在互相道别的时候,

从不说"谢谢光顾,欢迎再来",也不说"和你聊天很开心,下次再见"。

这里的人们在道别的时候,只说两个字:晚安。

吧台的尽头,わたなべ横丁的店主渡边周先生正在和店员下日本象棋

わたなべ横丁

只要从主干道上踏入一步,进入狭窄的横丁,便可治愈日常的疲惫。

祇园 BAR TALISKER 的店主内田行洋先生，他过去曾是东京银座的鸡尾酒名人

BAR　TALISKER

他往西瓜汁里兑了伏特加，又在玻璃杯口上抹了一圈盐，摆在我面前。
日本人平日里吃西瓜也爱蘸盐，
相信咸味能让甜味更甚，这杯酒也许是同样的考虑。

西阵麦酒的酿酒师：林田贵志先生。

西阵麦酒

"啤酒好喝的秘诀是什么?"

"有一起能喝酒的人。"

在西阵麦酒这样的地方,就算没有一起前来的人,也从来不缺一起喝酒的人。

于我来说,这是最快乐的事。

ぶたポンズ	かしわ揚もの	ピリ辛ウインナ	豚バラにんにく焼	もろ瓜	シューマイ	きずし	枝豆	ハムサラダ	自家製コロッケ
580	650	550	700	470	450	650	420	600	680

生ビールセット

- 大ジョッキ　1,350円
- 中ジョッキ　1,100円
- 清酒一合　1,050円

――セット内容――
- 豚串フライ　こいも
- 小いわし天　スパサラ
- 　　　　　　えだ豆

白州 森香るハイボール
¥750

京極スタンド
スタンドT シャツ
あります。Mしか
¥3000（税別）
¥3500（税別）

キレイ梅酒
¥700

京極スタンド

能够很好地融合"相席文化"的人,靠的就是这样的自觉,心中常有尊重,尽量不侵犯对方的空间,谈话也隐隐带着歉意,这是他们的"酒场准则"。

西本正博先生今年 75 岁了，他总是站在门前，和往来的街坊寒暄。

西本酒店

所谓角打,是可以喝酒的酒店。

和居酒屋不同,只提供一个角落,起初人们都是站着喝酒,后来一些店家开始提供椅子。

角打有个原则:绝不提供料理,也不能外带食物,

店里贩卖一些简单的下酒小零食,都是包装品,以罐头居多。

在中国待了十五年后，
植野谕树回到故乡京都，
开了一间小小的割烹店。

割烹 久久

"我觉得最好吃的食物,是在特别特别饿的时候,突然有一碗白米饭。"
植野跟我分享过他的美味哲学。

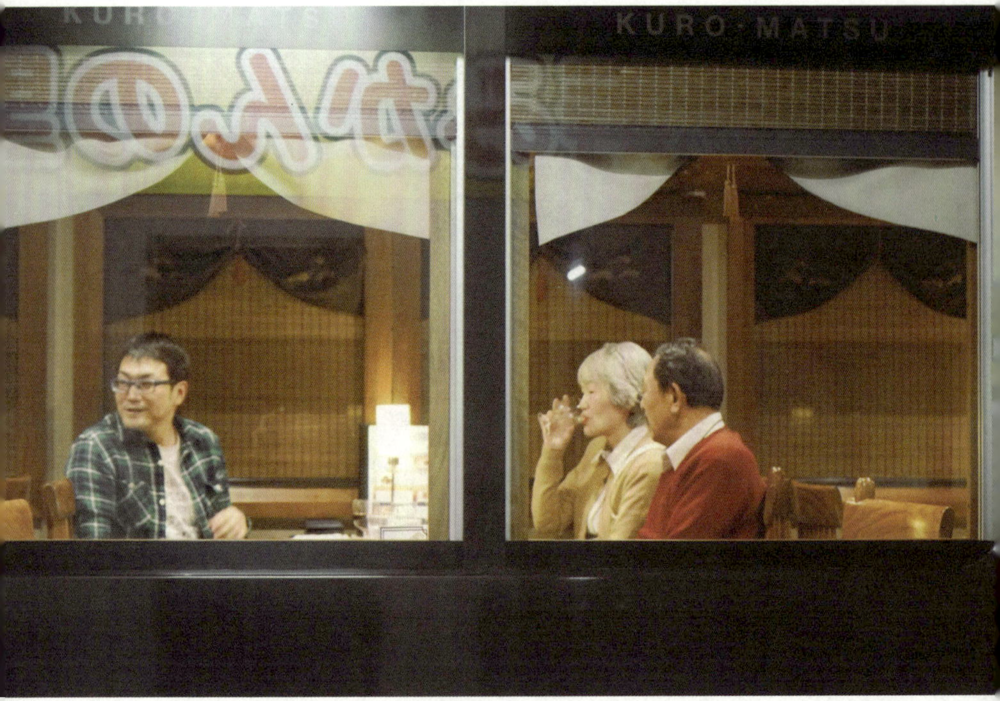
KURO·MATSU

微醺列车

在这个缓慢的世界里，窗外有海，窗内有酒，可以和偶遇的人聊天，可以知道一些故事。
喝酒的愿望和旅行的愿望，一起得到了实现。

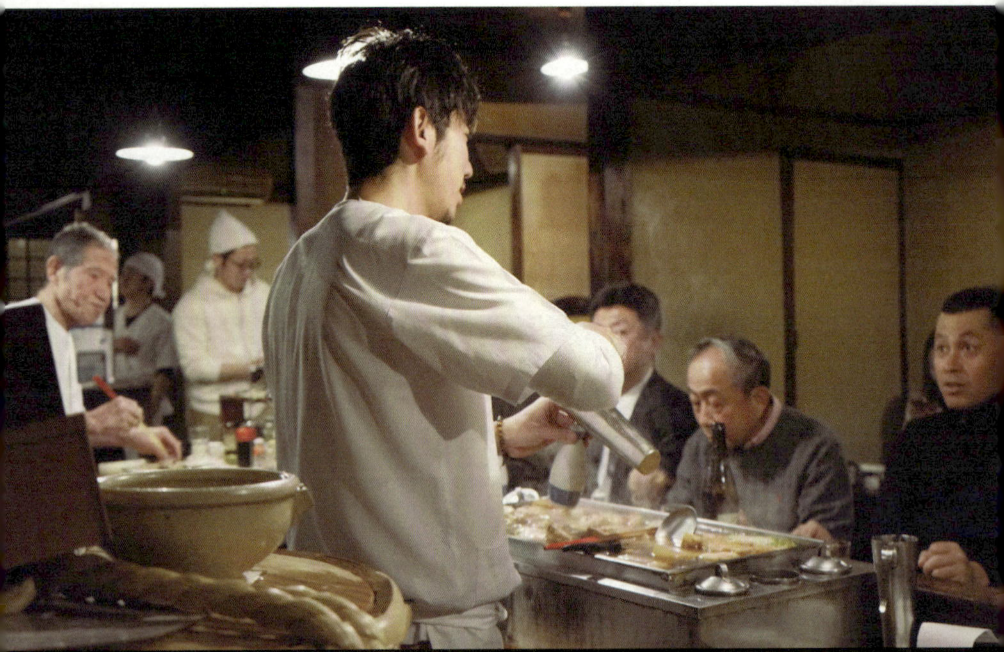

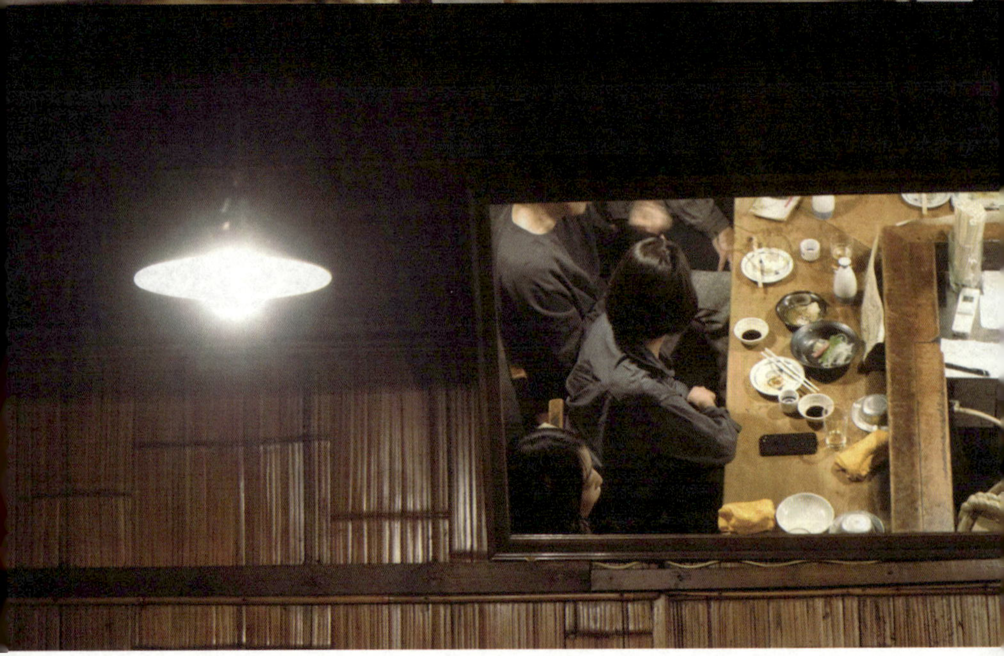

不存在的居酒屋

日本某位爱酒家有教诲：理想的居酒屋应该具备三要素，好喝的酒，好吃的下酒菜，好的谈话氛围。

到了我这里，若是再能加上一个元素——好看的店主。可真是堪称完美。

032

银鳕鱼西京渍

被日本人称为"西京渍"的食物,专指以京都白味噌腌制的鱼类。
京都西京渍老铺一之传的银鳕鱼,买回家自己烤好后,再撒上山椒叶。

向田邦子女士的私家菜谱。紫苏有浓郁香气，可以掩盖肉类的腥味，加之味噌搭配啤酒和日本酒，是在夜晚独自小酌时常令我想吃的一道菜。

紫苏鸡肉卷

材料

青紫苏叶 10 片
鸡胸肉 3 块
赤味噌 1 大勺
味醂 1 大勺

步骤

1. 鸡胸肉去筋,切成小块。赤味噌和味醂混合在一起,搅拌均匀后静置。
2. 铺开青紫苏,在叶片内面放上鸡肉,卷起来后用牙签固定,裹上调味料。
3. 平底锅色拉油加热,将鸡肉卷放进去小火慢煎,待到颜色微焦后,翻面,盖上盖子闷 3 ~ 4 分钟,出锅。味噌很容易煳掉,要时刻留意。

日剧《昨日的美食》中出现过的泡菜花甲汤，特别加上猪肉油脂的香，是泡菜锅的灵魂。
不可缺少的还有荏胡麻叶和韭菜，带着特殊的香气，也是调味的秘诀。

泡菜花甲锅

材料

去沙花甲 150 克
五花肉 50 克
泡菜 150 克
金针菇 100 克
韭菜 100 克
豆芽 100 克
豆腐 1 块
大葱 1 根

荏胡麻叶 5 片
姜 少量
鸡蛋 1 个
韩国小青椒 5 个
明太鱼干 20 克
牛肉味素 1 小勺
韩国辣椒酱 1 大勺

步骤

1. 花甲洗净,五花肉切片,金针菇去根,韭菜和大葱切段,豆腐切块,姜切片。
2. 荏胡麻叶切丝,小青椒切成圈。
3. 锅中加入色拉油,加入明太鱼干和五花肉小火炒,直至猪肉油脂炒干。
4. 加入泡菜和大葱,炒至变色。
5. 倒温水没过泡菜,煮开后加入牛肉味素、辣椒酱和少许泡菜汁。
6. 再度煮开后,加入小青椒、豆腐、豆芽和金针菇,沸腾 30 秒后加入花甲。
7. 煮到花甲全部张开壳,加入韭菜和荏胡麻叶,再打一个生鸡蛋,盖上锅盖焖 30 秒,出锅。

鳗鱼饭

有着百年历史的镰田川鱼店,夏日京都人喜爱在这里买鳗鱼回家度过暑期。
普天之下没有不好吃的鳗鱼,有的只是好吃和更好吃的鳗鱼,
因为光是"鳗鱼"这个词,看上去就十分好吃了。

百货公司地下美食

拥有三百年历史的京料理名店美浓吉，
在百货公司地下一层贩卖的花见便当。

日剧《倒数第二次的恋爱》中有一集，三个40多岁的独身女人在高级餐厅里喝香槟喝得乏味了，就说："去和新桥的大叔们喝ホッピー（霍皮）吧！"

苦瓜炒鸡蛋

材料

苦瓜 1 个

木棉豆腐 1/2 块

鸡蛋 1 个

SPAM 午餐肉 100 克

味素 1/2 勺

盐 少许

酱油 1 小勺

步骤

1. 将苦瓜对半剖开，去掉瓤，切成薄片，撒入少许盐，充分混合后静置 5 分钟，再用水洗净，沥干水分。
2. 豆腐切成小块，用厨房纸去除水分。鸡蛋打匀，午餐肉切成条。
3. 平底锅里加入半勺色拉油，油热后开始煎豆腐，至两面微焦盛出。
4. 平底锅里加入一勺色拉油，油热后依次加入午餐肉和苦瓜，加入味素和盐，炒至苦瓜断生。
5. 加入炒好的豆腐，食材充分混匀后，加入鸡蛋和酱油，30 秒之后出锅。

可乐饼

西富可乐饼和六歌仙的西瓜酒。
可乐饼真是时尚,身段柔软,变化无穷。

手工香肠

LINDENBAUM 的手工香肠和 KYOTO BREWING 的手工啤酒。

手工香肠大概是所有下酒菜中最省事的一种了，我懒得再做土豆泥和蔬菜沙拉之类的配菜，只稍稍煎至微焦，蘸着芥末籽酱吃。

鲑鱼粕汁是真正适合冬夜的食物。
吃起来有蔬菜的清香,又带着微微的酒意,重要的是:身体觉得很舒服。

鲑鱼粕汁

材料

酒粕 100 克
盐鲑（甘口）1 块
芜菁 150 克
胡萝卜 1/4 根
牛蒡 1/4 根
油豆腐 1 块
白味噌 1 勺
鲣节汤汁包 1 袋

步骤

1. 鲑鱼和胡萝卜切块，芜菁切片，牛蒡刮成薄片，油豆腐切丝。
2. 鲣节汤汁包放进冷水中，开火，沸腾 3 分钟后捞出，关火将汤汁静置。
3. 将固体状的酒粕放入碗中，加入一大勺汤汁，搅拌为糊状。
4. 开大火，在汤汁中加入鲑鱼和蔬菜，煮至鲑鱼变色，转至小火，用漏网慢慢将酒粕和味噌融入汤中，再煮 1 分钟，出锅。因为味噌和鲑鱼都有盐味，不必另外加盐。
5. 转至小火最后撒上葱花，或将芜菁叶切丝过水，用以点缀。

厚蛋卷

为什么好像每个日本人都能做出造型完美的鸡蛋卷呢?
我做不出来,就总是去三木鸡卵买一份,带回家蘸上萝卜泥吃。

海鲜盖饭

疫情期间，神马推出了外卖的海鲜盖饭。
我时常感叹海鲜盖饭最是能体现日本人"海之幸"的集大成者，
海的恩惠尽在这一碗中，也随着季节变化。
这个白瓷青酒杯也是酒谷先生送我的，上面写有"神马"二字。

从京料理人大原千鹤女士那里学来的简单料理。

大蒜和香菜都是自我存在感很强的调味料,能够掩盖鱼腥和防腐剂的味道。

更巧的是,它们都和日本酒非常搭——鲑鱼罐头的好朋友是日本酒。

香菜蒜泥煮鲑鱼罐头

材料

鲑鱼罐头 1 罐

香菜 2～3 株

大蒜 2 瓣

酱油 半勺

辣椒粉 少许

青柠 少许

芝麻油 少许

步骤

1. 香菜切成 3 厘米大小,大蒜切末。
2. 鲑鱼罐头放在烤网上,铺上一层蒜末,小火加热至油沸腾。
3. 加入香菜、芝麻油和酱油,再加热 30 秒左右。
4. 撒上青柠汁和辣椒粉,关火。

酒肴屋 じじばば 〈辛〉

『京都三大深度酒场』之二

酒肴屋　じじばば

"我想采访一下你。"独自坐在じじばば[1]的傍晚，我下定决心对信吾说。

"我从来不接受采访。"信吾依然低头忙着手中的酒，没有要停下来的意思，但他接着又说，"如果是你的话，我们就聊聊吧。"

信吾是我小心翼翼才接近的人。我从第一次见他心里就清楚：这种个性派的人，只有既不谄媚也不冷漠，还要不失自己，才能跟他们相处得好。但这中间有个悖论：无论怎样的人，但凡想到"跟这个人相处我要随性自由"，就一定随性自由不起来。总之我处心积虑，花了很长时间在じじばば里做一个尽职尽责的酒客，才渐渐感觉离信吾近了一些，终于到了能表明来意的这天。

他把调好的酒递过来，"只是我这个人，最讨厌专门约时间做什么事，我们现在就聊吧。"

---

[1] 日语中为"老头老太"的意思。——作者注

果然是信吾，我心服口服。信吾是京都车站附近"リド饮食街"（丽都饮食街）内一家名为"酒肴屋じじばば"的居酒屋店主。这种建筑物内部的小酒馆形态，与四富会馆很相似，年头也相差无几，都有超过六十年的历史。它们被酒客视为珍贵的昭和酒场遗产，一起被列入"京都三大深度酒场"里。

じじばば是丽都饮食街上最有人气的居酒屋，它的名字在日语里是"老头老太"的意思，亲切但略有些土气，也像它的气质。若深究，会发现以"じじばば"命名的居酒屋在京都大约有三四家店，幕后都是同一个所有者，但委托给不同店主，个性鲜明。因此这些店的菜单虽相似，味道却截然不同，更别说店内氛围是如何天壤之别，客人气质又是如何大相径庭了。

信吾担任店长的这家じじばば，是我坐下来立刻就喜欢上的店。因为我刚一抬头，就看见墙角的冷藏柜里放着几瓶啤酒，标签上写着："柚子无碍。"是我熟识的京都手工啤酒坊酿造的酒，在小众的爱好者之间流行，那家工坊的试饮店每周只开一天，我也常常光顾。

"那是'西阵麦酒'的啤酒吧？"我向店主询问，内心升起一种"他乡遇故知"的惊喜。彼时我还不知道店主的名字叫信吾，只见吧台里的人戴着黑色毛线帽，脖子上挂着硕大的一块石头，皮肤黝黑，不苟言笑。又从只言片语中得知，他偶尔也去那家试饮店喝一杯，和酿造啤酒的二位有些交情，因为"自己很喜欢"，便把"柚子无碍"放在店里了。

我不打算在じじばば喝经常喝的啤酒，决定从一杯 highball 开始。

酒肴屋　じじばば

信吾又问："highball 的威士忌有五种，要喝哪一种？"名字一一报出来，闻所未闻，于是就喝了他推荐的一种。后来酒瓶子摆到我眼前，才知道是鹿儿岛的威士忌，也很新奇，原来在菜单上就写着：地方威士忌 highball。信吾不喜欢大众品牌，店里都是从日本各地搜寻而来的冷门威士忌。

じじばば的招牌下酒菜是麻婆豆腐。这是日本人最喜欢的中华料理，发展出各种流派。我有位友人每年到日本短住数月，各处寻访名店，表示"日本的麻婆豆腐是升级版，我认为最好吃"。但じじばば不是中华料理店，它对外宣传主打"无国籍料理"，在这里既能吃到日式煮牛肠，也能吃到西班牙橄榄油浸虾，还能吃到意大利面和中华麻婆豆腐，没有条理，不成系统。我从前绝不承认这种店，总觉得什么都有，就意味着什么都不正宗，无非以廉价和多样性来招揽顾客罢了。但信吾的料理却让我感到惊喜，也不是京都那种需要修行好几代的端庄味道，那种感觉有点像是"去朋友家做客，意外发现他竟然做得一手好菜"。端上来的麻婆豆腐盖着厚厚一层辣椒粉，不是日本人一贯爱的甜口，更加接近我作为一个中国人喜欢的辣口。煮牛肠也加了辣椒，与酒更加搭配。后来又点了烤鸡软骨，腾起来满屋油烟，我也对这烟火气甚感满意。等待鸡软骨烤好的时间里，我环顾店里，看见处处摆放着古怪装饰，尤其是吧台上一个写着"祝新装开业"的牌子，落款署名是：变态吉野，敬上——果然是接地气的店，我在心中流露出笑意。这天客人不多，右边的角落里相偎着几位吵闹的年轻人，左边邻座是一对老年男女，我一边默默喝酒一边偷偷留意他们的聊天，暧昧的言语中又有几分距离感，于是在心中偷偷猜测着两人的关系。

要说我对日本酒的偏好，其实喜爱烧酒更甚于清酒。大约是喜爱浓烈更胜于婉约，喜爱直白更胜于斟酌，喜爱一针见血和直抵目标更胜于细水长流和步步为营。烧酒中我最喜爱的一种，是头一回去じじばば时信吾向我推荐的，说是鹿儿岛的芋烧，只在每年秋天开放预约，名额有限，若是错过时机，出再高的价格在市场上也一瓶难求。我见那瓶身的标签上白底黑字写着"安田"二字，实在平平无奇，就将信将疑地尝了一口，荔枝的香气瞬间在唇齿之间弥漫开来。我未曾预料烧酒竟能有这样的味道，掩饰不住惊喜。信吾又告诉我，酿造这酒的红薯也是传奇：1907 年，鹿儿岛当地发现了一种罕见的本土萨摩芋品种，取名为"蔓无源氏"，拿来作为主食或酿酒。二战后，随着廉价而量产的外来芋进入日本，本土品种渐渐被取代，到了 20 世纪 70 年代"蔓无源氏"便消失无踪。2003 年，鹿儿岛当地的一家"国分酒造"偶然得到 10 株幼苗，若获珍宝，小心地委托当地农家培育，经过两年才收获，便沿用过去的大正酿酒法，酿造出独一无二的酒。"安田"是之后又花了十年才潜心研究出的升级版，它妙就妙在，明明是荔枝味，却不曾使用荔枝，也没有使用香精，完完全全是来自红薯的味道。"如果你们遇到了最好买下来。"信吾也劝说诸位，表示店里去年 11 月预约的酒，手头这个已经是最后一瓶。

我也是因为这杯名叫"安田"的酒，第一次意识到信吾的个性。我表示想喝一杯加冰的烧酒，他却以"这种酒最好喝的方法是兑苏打水"为理由坚决拒绝了我的要求，我只好按照他的安排来。不久我身边的两位又跟他谈论起另一款同样需要预约才能入手的烧酒，说那家酒造每月开放一次电话抽选，抽中者寥寥无几，在亚马逊、乐天之类的网站上却终年高价出售：原价不到3000日元的酒，通常飙升到17000日元左右。

"我讨厌那个酒。"信吾面无表情地说。

"因为不好喝吗？"我问他。

"好喝是好喝的，"他掩饰不住嫌恶的表情，"但我讨厌那种炒作方法。"

"知道是炒作，为什么大家都要买呢？"我又好奇。

"那为什么最近大家都在抢厕纸呢？"信吾的语气更加冷漠了。

正是新冠病毒流行期间，我立刻就明白过来他嫌恶的原因。同时也明白过来他定是个不转弯的人，不会为了顾及场面而说一些附和的话，对于事物会简单直接地流露出爱憎。我开始有一点点喜欢信吾，我喜欢他的原因还有：他是那种会一边做菜一边大口喝酒，一边和客人聊天一边不停抽烟的人。原来京都也有这样的店啊，我心中窃喜。我的邻座显然也找到了他们喜欢的理由："在这里真好呢！能学到各种日本酒知识。"

那是我在じじばば第一次遇到的邻桌。一个58岁的老头，结结巴巴用中文跟我说着他的名字，说是年轻时因为公司需要，学了四个月中文，但还没派上用场，那项国际业务就终止了。倒是有一个意外福利：通过中文四级考试以后，公司组织大家去北京旅游，去了长城。还有，"烤鸭真是好吃啊"。

这个老头出生于滋贺，和他一起的女人则来自京丹后，两人如今都住在京都市内。他们和我聊起伊根很难预订的舟屋，说朋友在那里也有一幢房子。又说滋贺的樱花比京都更美，推荐我去看一看满开时的高岛湖岸，聊过了市内某家人气非凡的立吞屋，又说起井上阳水、尾崎丰、桑田佳祐和中岛美雪——音乐没有国界，恰好店内的歌曲也都是大家熟悉的，放过了几首米津玄师，曲风突然一转。

"这是竹内玛利亚，你不知道吧？"老头迟疑地问。

"去年的红白歌会有出场吧。"我怎么会不知道。

"没错。"老头示意我看吧台后方一个架子，"是那个人的妻子哦。"我望过去，架子上摆放着一个专辑封面的拼图作品，原来是山下达郎。

两人推荐我喝他们正在喝的清酒，一款来自埼玉县神龟酒造的酒，江湖传闻是"限定给35岁以上的人喝的酒"。如何确认客人的年龄呢？我向信吾打听。他却在这件事上不以为然："35岁是酒造定下的规矩，在我这里可以随便喝，只要到了20岁，谁要喝我都给。"我犹豫片刻，决定还是过些日子再来喝，因为那家酒造在宣传语里说：这瓶酒里藏着35岁之后才会明白的人生微妙。我担心因为提前解禁错失了感知人生微妙的机会，心想就忍一忍，反正也不用忍得太久。

犹豫着接下来该喝点什么，突然看见邻座独自前来的年轻男人，面前摆放着一杯粉红色的液体。忍不住探头去问："那是什么？"对方回答了一个词，完全不理解意思。他又指着菜单让我看，写着：バイスサワー（巴伊斯调酒）。我又稍微花了些时间才明白，"バイス"（巴伊斯）原来是一种紫苏和梅子调制的饮料，兑上烧酒和碳酸水以后就成了"サワー"。战后很长一段时间，这种酒风靡于京都下町的大众酒场，也是贫穷的人们为了让廉价的烧酒变得美味而生出来的喝酒智慧。如今能找到巴伊斯鸡尾酒的店越来越少，但在东京仍有一些酒场坚持推崇它，似乎是要证明在人和人保持距离的时代，依然怀念着那种浓厚的下町庶民血统。

我还是感到很好奇："'サワー'这个词我知道，是指烧酒兑苏打水的流行喝法。但'バイス'又是什么意思呢？如果'バイ'是'梅'的音读，那么'ス'究竟指什么呢？"

"也有人写作'梅醋'，但绝对没有加入醋。"那位年轻男人回答说，也陷入了沉思，"到底是哪个环节出了错呢？"

"喝酒就喝酒，就不要追究到那个地步了！"见我们喋喋不休，信吾露出一副"你们很烦人"的神情。

我赶紧转换话题，对他称赞："这个酒真是好喝啊，要是到了夏天，会更加好喝吧！"

"对的，要是到了夏天，会非常好喝。"他这才看起来高兴了一点。

我非常喜欢巴伊斯鸡尾酒，巴伊斯的酸紫苏的香和碳酸混合在一起，连喝两杯才心满意足。年轻男人不知何时离开了，邻座的男女也要告别，走的时候说："抱歉啊，这样的笨蛋夫妇，跟你说了那么多奇怪的话。"我连连摆手，同时在内心深处为刚刚猜测两人是不伦恋而感到抱歉。店里又吵吵闹闹来了几拨人，仅有的十个座位都坐满了，一对中年男女站在我身旁等位，我起身买单让座。听谈话的语气，女人似乎经常来，和信吾很熟，并向他介绍旁边的人，说是自己的丈夫。

じじばば大概是很受夫妇欢迎的店吧。

这天离开后，我专程去参观了丽都饮食街著名的厕所。那是一个要经过男士小便池才能走到女厕隔间的设计，带着观光的心情走进去，正好遇到一个少年走出来，红着脸连声道"不好意思"。那小便池果然奇妙，就是用马赛克砌起来的一个水槽而已，非常有昭和风情。在厕所里，隔壁居酒屋的谈话声和碰杯声就像在耳边，想来应该是只有丽都饮食街才有的独一无二的观光体验。

从じじばば回来之后，我忐忑了许久，酒醒之后想起自己跟邻座夫妇大放厥词，说了许多不该说的话。对经常泡在居酒屋里的人来说，召开"自己一个人的反省会"是难免的事，但也屡教不改。只是我想起信吾是那么挑剔的一个人，就多了几分顾虑，很长一段时间没有再去，是希望等到他更淡忘一些。

再去时是个雨夜，店里从傍晚起就挤满了人，我站在拉门外迟疑地看着信吾，他立刻露出见到熟人的笑容："不好意思啊，现在满席中。""那我一会儿再来！"我和他约定。再回来已是晚上9点过后，刚好空出两个位置来，然而空间实在拥挤，我拎着花袋和长柄伞，背着大包抱着外套，几乎无处安放，花了一番工夫，才终于坐下。

我又一次喝了巴伊斯鸡尾酒，听见右边的女人正在和邻座的两个男人讨论环游世界的旅行，左边坐的却是一位身穿和服的端庄女人，带着一群年轻的女孩，和店内的氛围很不搭的样子。这家店的客人风格真是无法统一啊，我又一次在心里下了判断。深信左边的宇宙和右边的宇宙绝对无法产生交集，毕竟一边正在倾诉恋爱的烦恼，一边则在聊零下20℃的旅行体验。眼前的信吾却完全变了一个人，多了几分亲切，跟每一位都大声说着话，还不时发出惊天动地的大笑，给我做麻婆豆腐的时候，也问年轻的女孩们："要来一份吗？"

邻座的女人在聊天中有了短暂空当，转过头来看我，眼神交会，她亲切地笑着："一个人来喝酒吗？"

"是啊，和朋友一起来喝酒吗？"我已经从他们之前的谈话中获取了情报：女人是札幌人，她邻座的男人是滋贺人，再邻座的那位是奈良人，目前应该都居住在京都。

"不是哦。"滋贺男人插话进来，指了指自己，"一个人。"指了指女人，"一个人。"又指了指奈良人，"一个人。"总结说："这里是一个人的酒场。"

"和隔壁这位是今天才认识的，但那边那位大概在这个店里见过十几次了吧。他们两人是经常遇见的。"女人自称 Emi，见我流露出疑惑表情，解释了三个人如此熟络的原因：他们都是这家店的熟客。

奈良男人也投来视线，缓缓说道："你又来了。"见我又疑惑起来，他接着说："是我，上次我们讨论过巴伊斯鸡尾酒的。"我感到惊讶，上次默默喝酒默默走掉的那个年轻男人，这时也完全换了一个人格，那样吵闹和喋喋不休。也许我的反省期根本是多余的，这家居酒屋里的人没准都大同小异，每个人都是惯犯。

"你一个中国人，在这种地方吃麻婆豆腐没关系吗？"滋贺男人又问我。他虽然是滋贺人，却姓"兵库"。

我老实回答："这里的麻婆豆腐超级好吃。今天也是因为突然想吃，所以就来了。"

"她点了两次哦！"吧台里的信吾也得意起来，向兵库炫耀着，比出了胜利的手势。

奈良男人接着告诉我，他姓"吉野"。"这倒是一个奈良人该有的名字呢。"我先是觉得这个店的客人很有意思，名字都是地名，随即才回过神来，震惊了片刻，"难道……你就是传说中的变态吉野？！"

变态吉野写得一手好字，不只是那个小牌子，挂在信吾身后墙壁上的挂历也是他送的，写在上面的"龟鹤年寿齐"几个字是他的书法作品。他说自己很喜欢米芾的《蜀素帖》，于是就照着临摹了，令我这个既没读过《蜀素帖》也写不好字的中国人，当下惭愧起来。

我还没来得及追究原因，但知道吉野和兵库都是喜爱中国文化的人。兵库对汉诗情有独钟，他最喜欢陶渊明，能当场背出《拟挽歌辞三首》那句"但恨在世时，饮酒不得足"，说也是他的人生追求。我趁机和他说起"五花马，千金裘，呼儿将出换美酒"，他就能用日语背出："五花の馬，千金の裘，児を呼び将き出して美酒に換えしめ。"令我越发惊讶，同时确认了じじばば的客人身上那种风流嗜酒的特性。

兵库告诉我，原本这个时候他应该在德国的，计划是在那个国家短居一年。じじばば的朋友们前阵子为他举办过隆重的送别会，如今却因为新冠病毒在全球蔓延，成为"无法完成的再见"。"我因为喜欢混浴，所以要去德国。"兵库半真半假地说，拿出随身携带的相册给我看，说是大家一起在龟冈的朋友家开了party（派对），果然吉野和信吾都在其中。我突然发现眼前的信吾和照片里有了一致性，根本不是

酒肴屋　じじばば

我想象中那样严格的人。Emi又告诉我，她断断续续来じじばば有七八年了，兵库和吉野更久，大概有十几年了吧。信吾原先是隔壁店的店主，后来他搬来这边，客人们也都一起过来了。

再过些日子我才从信吾那里听闻：他在居酒屋的世界里已经超过二十年了，来到丽都饮食街大约是十三年前，一直在隔壁的"DOSじじばば"担任店主，那是一家主要喝葡萄酒的店，直到去年11月才来到"酒肴屋じじばば"。因此我要是称赞他的日本酒知识丰富，他就会大叫说："一点也不！我对葡萄酒比较了解。但因为不了解，搞不好反而会很好玩，所以才到这边来了。"信吾这个人，对酒的喜好全凭兴起而至，正如对料理也是心血来潮，他向我炫耀一碟洋葱沙拉，说的是："昨天我去淡路岛玩，路上看见正当季的小洋葱，感觉很好，就买回来了。"

很快我就察觉到，じじばば的客人之间的关系是真正的亲密。有一个小细节：人们各自点了下酒菜，首先会传递一圈，大家分着吃，因此几乎什么都吃得到。我还察觉到另一个事实，在这家居酒屋里，没有不熟的客人，更加没有不同宇宙的人。不久前被我判定为"绝对无法产生交集"的左右两个宇宙，待年轻的女孩们走了之后，穿和服的女人开始和兵库、吉野碰起杯来，我听见他们亲切地叫她"妈妈"，应该是附近哪家店的老板娘，就再一次为自己叹了口气：我在这家店里的第六感真的从来没准过。"妈妈"拿出一袋小饼干分给大家吃，信吾并不介意，也拿出柜子里的杧果干分了一圈——这样的零食出现在居酒屋里是很奇怪的事，但大家都这么做。后来我收到朋友做的麻叶，也想给各位尝尝，就带了去，信吾慎重地装在小盘子里分给各位，最后大家得出结论："这东西感觉和啤酒很搭。"

"じじばば里所有的人都是熟人啊！"有天我这么感叹的时候，他们就说："你也是啊。"这间居酒屋的客人们不像其他日本人那样用日语发音叫我的名字，他们坚持用中文发音，叫我"DING"，像是清脆的钟声敲了一声，我很是喜欢。

如今我可以肆无忌惮地在じじばば胡说八道。因为在座诸位也都百无禁忌，甚至可以坦然聊起过往情史。某天我被拉着问："你来评评理，他都已经结婚了还和前女友这样纠缠不清，是不是不好？"我兴许也借着酒意说了："你如果希望得到全世界的爱，会遭到天罚哦。"大家就笑成一团，似乎我说了一个全世界最好笑的词。那个人离开时，我听见信吾在后面喊着："请不要再换前女友了！会遭天罚的哦。"某天大家又聊起了甲子园，一位和我是初识的熟客说，他每年夏天都会吃着炒面看甲子园，因为青春时代的他就是打棒球的。"毕业之后就放弃了。"他说。

"是那个吧？没有才华。"我脱口而出。

这下连吧台里的信吾也看不下去了，说："你这个人！怎么说话的？"大家又一起爆笑起来。

兴许是在京都过着离群索居的生活，兴许是30岁之后就学会变成知分寸的成年人，在来到じじばば之前，我没有想过自己还能这样"不礼貌地说话"。我之所以对这里产生迷恋之情，可能就是因为初次遇到"变态吉野"之后，又遇到了许许多多其他的"变态"。这里是"变态"

群居地,和"变态们"在一起的时候,可以放心地胡言乱语,第二天也不必再召开反省大会。

信吾再跟人们说起我的时候,说得最多的是:"DING只是单纯地来吃麻婆豆腐的。"

他说得没错,我是真的很喜欢他做的麻婆豆腐。在我几乎把城中的麻婆豆腐名店都吃过一遍之后,就坚信了没有能敌得过じじばば的,如同上瘾一般,要定期去吃。我也终于知道了信吾的麻婆豆腐秘方:加入很多很多山椒在其中,以及更多的辣椒和更少的糖。他说京都人其实很喜欢吃山椒,人们都会自己在家里做,祇园和清水寺周边很多商店也有卖,外地人会当成伴手礼买回去。我还见过他有一个巨大的密封保鲜盒,装着炒好的辣椒调味料,凝固成了块状,因为受欢迎,每三个月要做两次。

我也喜欢じじばば的几乎每一种酒。每次去总是从巴伊斯鸡尾酒开始喝起,又从信吾那里听说,从前的东京下町酒场除了バイス(巴伊斯),还有另外两种招牌酒:ボイス(罗伊斯)和ホッピー(霍皮)。罗伊斯是有着刺鼻药草味的茶色饮料,霍皮则是无酒精的啤酒味道,在并不富裕的20世纪四五十年代,庶民发明出这两种饮料,同样兑着烧酒喝,作为威士忌和啤酒的平价替代品。我在信吾的指引下网购了霍皮,自己在家里兑着烧酒喝,却始终没能找到罗伊斯,于是今天也在苦苦央求他:"什么时候也在じじばば里卖一卖罗伊斯吧!"

又喝过特制的柠檬烧酒调酒,基酒用的是96度的波兰伏特加"生命之水",当然是信吾自己的喝法:把柠檬皮腌渍在伏特加里,加一点点砂糖，泡好后兑上苏打水喝，有清爽口感。还喝过一款"弗朗明戈 orange（橘子）"，瓶身上画着鲜艳的火烈鸟，看起来是西洋风情，却是正宗的橘子味烧酒。如果我说我还是更喜欢"安田"，信吾就会从冰箱里拿出一瓶来，我就会很惊异："上次不是说没有了吗？"

"这瓶是最后的了。"他一本正经地说道。

"上上次也说是最后的了，你这叫'最后的'欺诈。"

"真的是最后一瓶，才从家里拿来的，只给熟客们喝。"

"知道啦知道啦。"我笑。倒是希望"'最后的'欺诈"能持续得久一点。

我跟信吾分享过我对烧酒的喜爱，说平日里在家加冰块直接喝，不太喜欢被苏打水稀释。"但如果是冬天，就喜欢兑着热水喝。"我想起那种发自心底的温暖，"那可真是好喝啊！"

"我也是热喝派的，夏天也喝热的。"信吾说。

"那这杯我也可以喝热的吗？"

尽管信吾一再声称自己绝不是那么讲究的人，但他制作烧酒的方法令我大开眼界：竟然是把那杯酒倒进铫子里，放在热水里慢慢煮——这通常是居酒屋热清酒的做法。还要放一个温度计进去，煮到57℃，稍稍有点烫口的程度，才是正好。没有比这更讲究的热烧酒的方法了，就连隔壁桌的两位熟客也大吃一惊："哎？热烧酒是这么做的吗？"他俩是日本人，也是头一回见到这样的热酒方法。可想而知，我后来喝到的那杯"安田"，加热后挥发出最大极限的荔枝香味，和麻婆豆腐是如此绝配，至今令我常常思念。

酒肴屋　じじばば

小心翼翼才接近的信吾，后来就变成了我很熟的熟人。他把我家附近的烤串店和居酒屋全都推荐给了我，说店主都是要好的友人和前辈，"你要是去，就说是信吾让你来的"。我还知道他经常去看演唱会，加入了不少后援会，传授给我不少抽票小窍门，不久前他还去看了久保田利伸，令我羡慕了好一阵子。我也熟悉了店里的作息，虽然网上写着深夜2点关门，但信吾到了晚上12点就会打烊，就算往后的时间还开着，也不再接待陌生人。

我问过熟客们："为什么总是来这里喝酒？"他们的答案就是我的答案："为了和信吾说话啊，有时候能遇见朋友，但是不说话也很开心。"我渐渐变成了他们，也不再称呼信吾为"信吾"，而是叫"master"（老板），真是深夜食堂一样的感觉。

属于我的深夜食堂，偶尔在胡言乱语静寂下来的时候，如同深夜潮汐涌上来，我能够听到它的心脏跳动的声音。就像那天喝着酒，美丽的Emi突然靠在我的肩膀上哭了出来，说道："半年来我是第一次来这家店。"我在じじばば的预感第一次准确了：它真的是一家深受夫妇喜爱的店。这里是Emi的丈夫最喜欢的店，七八年来经常一起来喝酒，信吾是他们夫妇的好朋友，前一个夏天还一起去看了南天群星的演唱会。"去年9月他去世了，我们关系是那么好啊。"我没有追问下去，摸着她的头，看着信吾对我笑。我只能说："你们在一起生活了二十年呢，这也是人生的幸运，多少人一辈子都没有遇见过真爱啊。"Emi一边哭着一边跟我说："你也要遇见真爱啊，像我遇见奇迹那样。"这下我似乎也要哭出来了，信吾还是对着我们笑，他原来也拥有那样温和的笑容。

じじばば的心跳声只是极其偶尔地出现，很快它又会淹没在音乐、大笑和胡言乱语之中。正因如此，那样的瞬间才会猛烈地击中我。有时候我会专程去居酒屋捡故事，但我在じじばば遇到的不是故事，是真实上演的人生。我活在真实的人生的片刻，也在这个片刻和人们相遇，和人们告别。我最喜欢这家居酒屋的告别时刻。这里的人们在互相道别的时候，从不说"谢谢光顾，欢迎再来"，也不说"和你聊天很开心，下次再见"。这里的人们在道别的时候，只说两个字：晚安。

和じじばば道别的夜里，我确实拥有了很多安睡的美梦。此刻我才想起来：是时候去喝那杯35岁的酒了。其实我已经能够猜到35岁才能体会的人生微妙是什么，应该就是在下雨的夜晚，总是有人道"晚安"吧。

わたなべ横丁

⬡刺⬡

横丁酒场的立吞之道

京都居酒屋探险之旅如同剥一个橘子，层层剥开之后，わたなべ横丁（渡边横丁）就在最里面。第一次站在这家居酒屋里，旁人纷纷对我在京都才住了两年这件事表现出惊讶："亏你能找到这里来！"

渡边横丁这个店名的前半部分，来自店主渡边周先生的姓"渡边"，在京都相识的居酒屋店主里，渡边先生是最特别的一个，我起初只是看了一眼他在杂志上的照片，就得出结论：此人一定很有趣。在那张照片里，他剃着光头，穿一件花衬衫——那种在京都绝对不会见到的艳丽色彩，像一个来自热带的人，还不是冲绳，至少是夏威夷。店名的后半部分则来自它所处的地理环境：虽然位于河原町的中心地带，但从主干道前往店铺的路途，需要经过若干蜿蜒的岔路，若不是特意去寻找，很难有机会偶然经过。这样隐秘狭窄的小路大约只是两臂伸开的宽度，两旁却林立着饮食店和住宅，在日语里被称为"横丁"，开在横丁上活力四射的酒场，就是"横丁酒场"。

"横丁酒场"如今是昭和时代怀旧的隐喻，它最早流行于战后政府主导的食物配给制度下,进入物资贫瘠的生活中,出现在民间诞生的隐秘的物品交易黑市中。往后随着经济的发展,黑市机能逐渐消失,"横丁"又变成了廉价酒场的代名词。进入20世纪90年代后,都市建设越发加剧,狭窄的横丁街道被大量拆除,直到近年才出现了"保护横丁酒场"的声音。有人如此概述它的魅力:"只要从主干道上踏入一步,进入狭窄的横丁,便可治愈日常的疲惫。"一些地方甚至开始打造属于年轻人的"新横丁酒场",过去只是大叔酒鬼聚集的场所,如今越来越多年轻人特别是年轻女性的身影出现,慕名而来的外国人也不在少数,使这里被期待成为一种新型的"异业种·异文化"交流场所。

渡边横丁是京都最有名的横丁酒场,人们也说它是"本地吞兵卫集合的庶民酒场"。我初去是一个雨天,才下午5点,狭窄街道尽头一个白色的灯笼已经亮起来,门外停着几辆自行车,一个小黑板上用粉笔字写着当日菜式,我弯下腰来探头进去看,对那阴暗而杂乱的空间有些退却,退回门口和对面一尊地藏像对视良久,再探头进去,站在吧台最外端的一位白衣女人像是等候多时,举着啤酒朝我猛挥手:"快进来吧!"

我掀开暖帘,沿着狭窄的通道一路走到底,尽头才是高高的吧台。才刚在白衣女人身边站定,角落里一位中年男人就开口了:"小姐,你今天包场哦!"我没能立刻理解这句话的意思,店里分明还站着其他几个人正在喝酒,除了白衣女人,还有一个染着黄发的学生模样的女孩,中年男人——我一眼就看出来了,是光头的渡边先生——身旁也还站着另一个稍年轻的男人。见我愣住不回话,渡边先生又道:"现在喝酒的这些,全都是工作人员。"虽说是工作人员之间的聚会,却不见节制,也不因偶然闯入的陌生客人而收敛,几位一杯接一杯喝着,气势十分凶猛。

我抬头看电视,电视里正在播放日本一个老牌乐队的演唱会。下面立着一块小黑板,也和门外那块一样写着"本日推荐",一半是刺身和海鲜,一半是蔬菜和肉类的熟食,价格都在400日元左右,最贵的刺身拼盘也才不过680日元,怪不得被称为庶民酒场。短册[1]贴满了墙壁和柜子,上面手写着酒水的名字,以各种日式鸡尾酒和清酒为主,醒目海报上则画着难得一见的巴伊斯调酒和霍皮。我点了大杯啤酒和茄子炒青椒,渡边先生不再打量我,和年轻男人一起低下头去,我偷偷瞥了一眼:两人在下日本象棋。

白衣女人热络地和我聊起天来,她在这家店里打工有些年头了,说自己其实是东京人,刚结婚就随丈夫搬来京都,这一年儿子已经14岁。她为宅在家里不出门的儿子十分发愁,忧心于他没有交际,终日只是关在房间看动画。"动画的世界很好啊!"我这么说了之后,她又问起我有没有看过一部名叫《实验品家庭》的中国动画,得知我连名字都没听过,她就有些失望,说那部动画实在是很有意思。从日本人口中听到动漫反输出的案例,在我的经历里这是第二次,上一次是那部名叫《罗小黑战记》的动画电影。

渡边先生偶尔抬起头来,我就趁机问他:"这家店开了多久了?"

---

[1] 写着菜名的细长字条。——作者注

"十年。"他字句简洁,又低下头去。

我在渡边横丁的唯一的包场没能持续太久,天色渐渐暗下来,雨也停了,熟客们一个接一个走进来,偶遇各自的相识,高声寒暄起来。等到客人将要站满吧台的时候,和渡边先生下棋的年轻男人就会首先停止战斗,在头上绑一根细绳,走进吧台里,拿出一条鱼肉切成薄薄的刺身。

渡边横丁的客人互相聊天,话题千奇百怪,常常能得到一些冷知识。例如他们教我"鳢烧霜"这个词的正确读法,向我讲解名字来源是由于这种海鳗的料理形态很像落霜一样,霜降牛肉同理。他们认为我应该吃渍物,说这在日本是老少皆爱的食物,又推过来自己的盘子,里面装着腌过的黄瓜萝卜和茄子,我皱着眉头不愿吃,他们就面露惑色:"中国人不也爱吃榨菜吗?"

"那是配粥的小菜,老年人才爱吃。"我说,转念觉得不该破坏他们对这种食物的美好印象,急忙补充,"但如果用来炒肉丝的话,就人人都爱吃,我最近很爱用来拌素面。"

他们对一个爱吃素面的外国人并不感觉奇怪,只是听说我把素面当汤面吃有些迟疑,认为刚煮好的素面不用冷水洗一洗就会黏糊糊的,口感不佳。又有两位老年客人问我:"你知道素面中也有古物吗?"

"那是什么?"惊讶的不只我一个,还有站在吧台前的全部年轻人。

"素面在冬春之际制造,不久后经过第一年的梅雨季,还是'新物',要经过第二年的梅雨之后,才能成为'古物',度过第三年的梅雨季节之后就是'古古物'了。"照两人所说,第三年的素面最好吃。

"如果放到第四年第五年呢？"人群中有人问。

"那样就会长虫啦！"两人笑起来，乐于与年轻人分享生活智慧，"素面一定要储存在冰箱里，否则容易长虫。"

我在关于素面的话题中，又接连喝了巴伊斯和柠檬烧酒调酒，人越来越多，理智告诉我：在一家初次到来的居酒屋，不应该太恋战。于是决定告别，择日再来。

"这就要走了吗?！"初次见面的酒客们已是熟人语气，故意露出错愕神情，"是要回家煮素面吗？"

"哈哈，我下次再来！"

"下次一定再来哦！"店员和客人齐声送走了初来乍到的新人。

再去渡边横丁时，渡边先生只用了三秒就认出我来："小姐，你又来了啊！工作结束了吗？"他说这话时仍在喝酒，只不过换到了门边的位置，面前放着一份刺身拼盘，吃得很满意。"这个真好吃！"不久就又转过头去下棋了，这一天对手变成了那个染着黄发的年轻女孩。

吧台内的店员明显换了一拨，小黑板上的菜单也完全不同于上一次，只有金枪鱼和刺身拼盘是不变的。我照例喝着啤酒，目睹店员在我眼前写下一张新菜单的全过程：一个年轻男孩，拿着黑色的水笔小心翼翼写着，似乎每写一笔都要耗尽全身力气，其他几位店员在大笑中吐槽他的字："你真的是大学生吗？"终于完成了，大家又讨论着要将那张短册贴在哪里——这确实很困难，毕竟墙壁和柜子上连一丝空隙也没有了。终于有一位突发奇想，夺过来将它贴在电视机的左下角，众人称赞，真是个好主意！

我一边念着短册上的字："ツナマヨおにぎり。"心想，是金枪鱼蛋黄酱饭团啊！一边对众人说，"这个字的水平和我也差不多。"众人又高声笑起来，渡边先生看上去最开心："不不不，小姐，肯定是你的水平更高一些！"这时，站在旁边很久的老头也开口了："小姐，素面吃了吗？"我才意识到：他是上次分享素面智慧的其中一位。

我过了很久才意识到另一件事：店员们之所以不避开客人，现场就写起菜单来，也是一种刻意的表演行为。观看表演的客人们因此才有了互相搭话的谈资。又过了一些日子，那张短册莫名消失，我从渡边先生那里得知：店里的菜单变换无穷，新招了年轻的男孩来打工，要吃一些能够填饱肚子的食物才有体力工作，于是做了饭团，店员都觉得味道不错，索性也卖给客人。

与我分享素面智慧的老头是冢本先生，后来在渡边横丁总是遇见他，他每周有五天会在下班之后来喝一杯，因为公司就在外面主干道上临街的大楼里，走过来只要几分钟。我和他熟络起来是因为我抱怨"古物"的素面价格昂贵，售价几千日元，当作礼品来卖。他惊讶地看着我说："大家都是买回家以后自己储藏三年的啊。"

渡边先生永远在下棋，但料事如神。我学着他点了刺身拼盘，正要拍照，他就悠悠地抬起头来，朝着吧台里的店员大声说："是不是少了些什么？"那女孩惊慌地探过头来，"啊"了一声，从玻璃柜里拿出几根豆苗，点缀在刺身上。

渡边先生才收起严厉的眼神，转头问我："喜欢吃刺身吗？"

"以前很不喜欢生鱼类，也从来不一个人去寿司店，最近才开始喜欢起来。"

"怎么改变的？"

"大概是因为我变成大人了吧，开始能感受到刺身的甜味了。"我从渡边横丁的刺身里辨别出了那股甜味，因此也觉得"完全好吃"。

"既然变成大人了，"渡边先生笑起来，"也试试一个人去寿司店吧！你一定会觉得好吃的。"语毕，又转过身去下棋了。

渡边横丁的客人们点得最多的是 highball 和啤酒，但是冢本先生怂恿我喝一种名叫"サムライソーダ"的，字面意为"武士苏打"，是一种用清酒兑苏打水的喝法。日本居酒屋流行用威士忌兑苏打水，即 highball，或是用烧酒兑苏打水，即酎ハイ，用清酒兑苏打水我却是第一次遇到。听说是为了促进清酒销量才发明了这种喝法，在日本的酒吧或是居酒屋，凡以"武士"这个词命名的酒，皆为清酒调制的鸡尾酒。我喝过一次，带着淡淡的发酵酸味，又像冷却过的醪糟，是汽水一样的饮品。店里也放着许多清酒，几乎都来自渡边先生的故乡福井县，与京都的地酒相比，更加甘甜可口。听闻我喜欢喝烧酒调酒，冢本先生还推荐我喝过一种奇怪的酒，冰块里塞了满满的寿司红姜，是奇异的酒。

但我在渡边横丁喝过最奇怪的酒，是另一种名叫"ガリガリチューハイ"（嘎哩嘎哩君鸡尾酒）的，我在密集的短册中找到了这个醒目的名字。"嘎哩嘎哩君"是日本一个老式冰棍的品牌，最出名的是蓝色苏打汽水口味。这种酒就是用烧酒兑以波子汽水之后，再放进整根蓝色的"嘎哩嘎哩君"。6月的最后一个周末，京都在暑气腾腾之中，我玩心大起，放弃了喝啤酒的开场白，点了一杯"嘎哩嘎哩君鸡尾酒"。

两位店员低头交谈了几秒，其中一位走过来对我说："可以稍等一会儿吗？"

"要等多久呢？"

这天店里客人很多，要等待也情有可原。可那位店员接着对我说："同事去买嘎哩嘎哩君了，就在街角的便利店，很快回来。"过了几分钟，却是穿着花衬衫的渡边先生拎着一个袋子回来了。

其实喝起来就是掺了酒精的苏打汽水而已，但是倒插在酒里的冰棍很是有趣，还能替代冰块。我转动着"嘎哩嘎哩君"的棍子，希望它能够融化得快一点，以便我搅拌出一杯蓝色沙冰。

"好喝吗？"店员始终盯着我。

"很好玩。"我老实回答。

"我在这个店里工作了五年，总共只遇见三个人点这个酒。"她似乎想要褒奖我的挑战精神，"你是第三个。"

如果在网上搜索"京都+一个人喝酒"的关键词组合，第一个就会跳出来"渡边横丁"的名字，这是冢本先生告诉我的。来过三次之后，我已经很喜欢这里，但对它的人气至高还是不明原因。

"为什么会这么有名？"我问冢本先生。

"因为这里是一个无论什么时候来，无论什么人来，都可以交到朋友的地方。"

冢本先生说起渡边横丁的日常景象：吧台前的人们会分成前后排

站着，一些人将冰柜当成桌子用，一些人端着酒站在门外，像是在演唱会上才会出现的盛况。

这个说法很快得到他人的证实。不久后我在一家名叫 BAR Gaudi（高迪酒吧）的居酒屋里，向众人表示我是从渡边横丁找来的，他们问我："最近店里人多吗？"

"挺多的，但听熟客说因为疫情，大不如从前。"

"吧台前的人们站了两排吗？"

"倒是没有。"

"那就不算多，看来生意还是没有恢复啊。"

BAR Gaudi 是渡边先生在 2018 年开业的一家新店，在熟客之间有"渡边横丁 2 号店"的昵称。每天下午，渡边先生会来到 BAR Gaudi 和店长一起准备当日菜式，开店前就匆匆离去，原因是"自己和店里的气质不符"。这是一家完全西班牙式的居酒屋，名字来自渡边先生最喜欢的西班牙建筑师高迪，店内设计也使用了高迪建筑中大量出现的彩色马赛克——就连墙壁上一只醒目的海马拼图，也被他解释为："高迪建筑里不是使用了很多植物和动物元素吗？海马就拥有这种自然感，而且还很可爱。"不容置疑，他甚至将这只海马画到了名片上。

七年内开了两家居酒屋的渡边先生，却是从居酒屋的客人开始进入这个行业的。他年轻时从事着和饮食业毫无关系的工作，35 岁那年，在经常去的那家立吞居酒屋里，熟识的店主突然邀约他："要不要来工作？"因为太享受居酒屋的快乐，他从客人变成了店员。到了 40 岁，他决定开一家自己的居酒屋。

虽然只去旅行过两次,但是渡边先生很喜欢西班牙,尤其是当地的酒吧。"西班牙酒吧的风格,就是站立式吧台和沙发的组合,并且在人们的日常生活中无处不在,就算是我这样的日本人,到了西班牙的酒吧里,也能和周围的人高兴地玩乐在一起。"十年前决定开渡边横丁时,他就希望它拥有一种西班牙特质,因此在这家日式居酒屋里,也摆放着两张桌子,配的却不是常见的椅子,而是沙发,看上去像是在老式 KTV 包厢里才会出现的那种。

渡边先生原本希望渡边横丁也像西班牙酒吧那样,从早营业到晚,但独自创业之初,一个人难免手忙脚乱,最终决定从下午 5 点营业到深夜 1 点。BAR Gaudi 在起初两年也是同样的营业时间,近来又新推出了午餐时段,当然桌上也放着酒。

"这边是西式,那边是日式,两家店看起来风格差异很大,但要做的事情是一样的。"渡边先生有一次对我说,他的居酒屋要做的事,就是"让客人同志聚集在一起",其中还有更本质的东西,"无论哪一家店都拥有巨大的会话量。"

我偷偷观察过这两间店的客人是如何开始会话的,结论完全一样:始于店员的"表演"。

例如有位店员热衷于问每一个客人:"你是京都人吗?"如果对方回答"不是",她定会大喊一声:"你先别说!让我猜一猜!"

有个客人给了提示:"是和京都完全不一样的地方。"

"山口县!"她沉思片刻,大声说出了答案。这个猜测过于冷门,因此所有的客人都笑了起来:"为什么?!"

爱说话的客人，就会把话题接下去。"是因为河豚吗？"我旁边的一位大叔说。这天的吧台上贴着一张"鲷鱼风饭团"的短册，上面画着一条鱼，几分钟前我向店员吐槽说画得太像河豚了。而河豚正是山口县的名物。

店员表示："因为山口县就是和京都完全不一样的地方啊。"

"不一样的地方应该指的是关东吧？"如此一来，别的客人也加入了猜谜游戏。

"是东京吗？"

"可惜！"

"横滨。"

"反面。"

"啊，是埼玉吧。"终于，一位兵库县来的客人猜到了答案，埼玉位于地图上以东京为中点的横滨的反面。

因为店员的"表演"，从一个猜地名游戏开始，全部的客人都加入了聊天。"不觉得埼玉和滋贺很像吗？""对东京和京都来说是如此。"而那位猜过河豚的大叔，似乎对饭团念念不忘，对着服务员喊道："给我一个鲷鱼风饭团！"又嘱咐了一句："一定要放鲷鱼，不要放台风[1]哦！"可惜的是，店员在嘈杂中并没有听到后面这句话，只有我因为这个冷得不能再冷的谐音梗，偷偷笑了出来。

在京都不乏西班牙料理的居酒屋，但是像 BAR Gaudi 这样的立吞

---

[1] "鲷鱼风"和"台风"在日语里都读作"taifu"。——作者注

形式却很少。店里没有菜单，一张吧台旁摆了个玻璃柜子，里面都是做好的当日料理：最常见的是西班牙烘蛋、烤三文鱼和海鲜盖饭之类的。人们也常喝葡萄酒，有时开一整瓶，一半分给店员。但其实这家店里还有不少日式元素：例如挂在入口写着"西班牙菜"字样的红色灯笼，估计全京都也没有第二个。例如中央的一个吧台上放着酒精炉，总有店员现场制作章鱼小丸子。如果有一个客人点了章鱼小丸子，店员就会招呼大家，"还有人要吃吗？"要吃的人们就会纷纷举起手来——在一家西班牙式居酒屋，最出名的菜居然是章鱼小丸子。

这也是渡边先生的意思。他曾经对我说，居酒屋最重要的两个元素，一是交流，二是现场演出感。烤着章鱼小丸子，客人们打趣着说："如何？今天成功了吗？"店员立刻回话："完全没有问题！"就构成了一种互动式的现场演出感。这家店里还有一个法国男人，每周来打工一次，喝酒的时间比工作的时间还长，日语说得极好，喜欢满场找客人聊天。在渡边先生看来，这也是一种现场演出感。

两家店里的店员加起来超过二十个，虽然风格、年龄各异，但是渡边先生有用人准则：光是擅长聊天还不行，还要能够以某种风格表演出来，和客人进行互动。他总结为"有一颗体贴的心，又擅长玩的人"。店员每天可以免费喝一杯，自己掏钱或是客人请客都可以不断喝下去，因为渡边先生自己就是不喝酒就没办法工作的人。

BAR Gaudi 的店主名叫葵，胸前的牌子上写着英文名：blue[1]。她

---

[1] "葵"（Aoi）在日语里和"蓝色"（Aoi）是一个读音。——作者注

是个年轻活泼的射手座女孩,我总觉得她看上去像涩谷街头的时尚辣妹,本人却是如假包换的京都人,平日和朋友说话用的是京都方言,带着长长的敬语和尾音,让我感到意外。葵经常用手机放歌曲给我听,一次我和旁边的客人正在讨论李香兰,店里随即就响起《夜来香》来,接下来是邓丽君,我才知道《我只在乎你》里的日文名原来就叫《任时光在身边流逝》。那个夏天的夜晚,在一家京都小巷里的西班牙居酒屋里,终夜回荡着怀旧的中文歌曲,实在是梦境一样的经历。

有一个流连于 BAR Gaudi 的中年男人,九年前第一次光顾了渡边横丁,那也是他人生中第一次光顾立吞居酒屋,得到了温柔热情的对待,自此成为常客。两年前开始,他出现在二号店比一号店更多,说是因为"那边是男性气息,这边是女性气息,这边更治愈"。我和他聊过了"出町双叶"的大福和满月的阿阇梨饼,年糕杂炊在京都和各地的不同,才想起来问他的职业。

"我是个和尚。"他说。

我在京都居酒屋遇见的和尚不在少数,早就不觉得吃惊,继续问了下去:"哪个寺院?"

"西。"他说。

"啊?"

"西本愿寺。"站在他旁边的一位解释道。我才想起来,附近确实就是东、西本愿寺,原来本地人只以简单的"东"和"西"二字来称谓两者,可见亲密,也可见名气。

"我遇到过不少和尚酒友,可你是最有名的了。"我对他说,"跟世界遗产里的和尚喝酒,这是第一次。"

西本愿寺的和尚酒客,因为父亲的父亲是和尚,父亲也是和尚,所以自己也成了和尚。如今父亲是市内某个寺院的住持,他自己也会在将来的某一天成为住持,作为家里的长子,这是他从小学时候就清楚的事。日本的和尚可以娶妻生子、喝酒吃肉,因而即便从小就被决定了人生,他也未曾有过叛逆期,说自己过得自由自在。"我喜欢喝酒,喜欢美食,也喜欢女人,我什么都喜欢,这样就很快乐。"

自由自在的西本愿寺的和尚,说完这话看了一眼手表,人叫一声:"糟了!7点半了!"匆忙买单要离开。

"和尚晚上也有工作吗?"我问。

"没有,接下来纯粹是家庭时间。"他眨了眨眼,"为了明天也能喝酒而定下的规矩,一定要好好遵守。"

自由自在的西本愿寺的和尚,拎起他的公文包,正准备起身又停下来对我说:"我觉得我是一个上班族,只不过从事着和寺院相关的工作。和尚和上班族没什么两样,所以你看,我日常都穿着西装出现。"

因此我很喜欢 BAR Gaudi 的气氛,店内总共有三个吧台,喝上了兴致的人们都换着台子绕着喝,与任何一个人都能随时聊起天来。像是舞台剧的剧场,上来下去的人,拉开关上的幕布,有种戏剧性的来去自如。日子久了,我发现在客人之间,也有各自的角色设定,捧哏的和逗哏的,表演型人格和观众人格,职责分明。想要独处的人,如果他的脸上写着"勿扰"两个字,人们就默契地不再靠近,他就静静站立在吧台一角,喝完一杯又一杯啤酒,默默离开。

在渡边横丁和 BAR Gaudi 体会到的这种强烈的戏剧感，我一直在想它为何而形成，后来明白了：是由渡边先生决定的。他递给我的名片上写着"立吞之道"几个字，他坚定地对我说："我只做立吞形式的居酒屋，因为客人和客人更容易联系在一起，没有固定的座位，大家端着酒就可以自由移动，不只是和邻座的人说话，也可以到处去玩。"

如果只是提供商品，简单地说着"欢迎光临"和"谢谢再来"就太无趣了，所以要想尽一切办法和客人玩在一起。"你来到店里也一样吧？那天我问了你：'工作结束了吗？'这样聊过天之后，我们就互相认识了。我和你认识之后，你也会和旁边的人顺其自然地聊下去不是吗？"我原本以为只是无意识的一句寒暄，其实藏着渡边先生深深的考量，他将这样的思维方式教给年轻的店员。"这个客人是个怎样的人呢？下次是不是还会再来呢？"带着这些想象开启聊天，就能很快接近对方。他又说他的"立吞之道"是一种"无身份、无年龄"的玩法：来到这里的人们，无论男女，无论年龄，无论社会地位，能够开心地一起玩就好了。

熟客们显然也深谙渡边先生的立吞之道，因此总是独自前来。狭窄的酒场不适合群体聚会，但一个人肯定也不会寂寞。渡边先生有点担心慕名而来的游客会破坏这种氛围，向我透露了隐秘的心声：希望来到这里的外国人是真正想要了解日本文化的，因为会话是这家居酒屋最重要的元素，所以应该要会一点日语或者英语。他自己也正在精进着英语。

渡边先生每周有两个晚上待在店里，我每次见到他，他总是一副心不在焉的样子，自始至终喝着啤酒下着象棋，我偶尔又觉得他很像搞笑艺人。最近我向他分享了我的看法，却得知了意外真相。"我是在以客人视线感受着店里的氛围哦！"他说，在漫不经心的状态中，观察着客人的舒适度，同时也观察着店员的工作状态。

我才恍然大悟："所以你那天一眼就看出来我的刺身里没有豆苗了啊！"

"正是这样！"他满意地笑了，"所以我不是在店里玩哟，是在观察着各种各样的事情呢。"

看到客人享受着他打造出来的居酒屋演出场时，他会由衷地感到开心："做到了！"看到年轻的店员渐渐独当一面了，他也会有一些成就感。是这样看起来玩世不恭，内心却十分认真的渡边先生。

一个晚上，我站在渡边横丁里和热爱打麻将的兵库大学生讨论中国麻将和日本麻将的区别，关于东南西北到春夏秋冬的消失，甚至还试图向他们讲解了什么叫"捉鸡"。又有一个晚上，我用了很多时间向东京来的游客讲解诞生于东京下町的酒，他们却从未听闻，我先是感觉到我们之间深深的代沟，接着明白过来，这不是代沟，而是人和人之间的小宇宙。拥有迥异的小宇宙的人们原本不会在这个世界上相遇，但是在渡边横丁，没有交集的人们却真实地相交了。

对于我在京都只住了两年就找到了渡边横丁这件事，旁人总是露出不可思议的神情。

"亏你能找到这里来！这样的地方，我们日本人都觉得很难进得来。"

"我也是要鼓起勇气的啊。"到渡边横丁，我就有点高兴，因为我意识到我的京都居酒屋游戏差不多要打通关了。

第六夜 苦瓜炒鸡蛋

对冲绳料理一见倾心，大约与我的中国人的身份有关系。日本料理追求食材的原味，多有生食，调理方法则以蒸煮为主。我的胃被烟火气孕育，时常对炒菜有渴求，而冲绳料理有流行的做法"チャンプルー"（杂炒），就是将豆腐和蔬菜之类的食材混在一起杂炒。考据者普遍认为："杂炒文化"始于琉球王国时代，是中国、日本、朝鲜，以及东南亚诸国在海上贸易中多种文化融合的结果。至于冲绳方言的杂炒这个词，源头究竟是中文还是马来西亚语，仍未有确论。

在冲绳能吃到的杂炒有许多，例如炒丝瓜、炒豆芽、炒豆腐等，我最爱吃的也是最常见的一种：苦瓜炒鸡蛋。苦瓜是冲绳和南九州才有种植的蔬菜，偶有少量出现在京都的超市里，也都是产自这两地。冲绳人对苦瓜是怎样的态度呢？我曾经在一家民宿的早餐里看到，苦瓜切成圈，和西瓜还有杧果摆在一起，不做任何加工地生吃。可见冲绳人真的不怕苦。

苦瓜炒鸡蛋的灵魂，既不是苦瓜也不是鸡蛋，而是午餐肉。比起

第六夜

外地人爱用猪肉，冲绳人尤其是石垣岛一带的冲绳人，非午餐肉不可。午餐肉是战后驻地美军带到冲绳的新兴饮食文化，被冲绳人发扬光大，开发了许多本土做法，流行的是包在饭团里或是煮进味噌汤，家庭餐桌上最常出现的是午餐肉煎蛋，比较另类的则是用来做咖喱或天妇罗。虽然日本各地都能买到SPAM[1]，但只有冲绳的超市里才拥有繁多种类，以盐味浓厚和脂肪含量细分为十几种：汉堡专用，饭团专用，炒饭专用，沙拉专用，煎蛋专用，意大利面专用……还有加入了辣椒或是胡椒之类的奇怪口味。我因是SPAM狂热分子，每次离开冲绳前都会快递一大箱回家，常年储存的则是盒子上画着苦瓜炒肉的一种，依照标签上的配方，是"薄盐味"。最近才听说，其实冲绳的午餐肉分为两派：SPAM派和TULIP[2]派。前者是美军带来的，后者则是丹麦品牌。又听闻多数冲绳人其实更爱TULIP，其肉味浓厚而盐分更少。总之，多亏了午餐肉，冲绳也成为日本全国罐头消费量第一的地区。

最近在超市里又见到冲绳苦瓜。尚未立夏，还没进入最盛旬期，因此不够肥满。但它带着鲜嫩的青翠色，和外面铺天盖地新绿的季节一样，勾起了我的憧憬。便擅自决定：是吃苦瓜炒鸡蛋的时候了。食材不费事，再买一块木棉豆腐就好。冲绳人有自己的"岛豆腐"，质感更粗糙，调理时直接用手撕，但在外地买不到，只好使用替代品。

许多年前，黄伟文给陈奕迅写过一首《苦瓜》，我一直认为写出

---

[1] 世棒，品牌名。——编者注
[2] 郁金香，品牌名。——编者注

了这种蔬菜的世界观。其中有两句歌词："真想不到当初我们也讨厌吃苦瓜，今天竟吃得出那睿智愈来愈记挂，开始时捱一些苦，栽种绝处的花。"完全是我的心路历程。作为一个中国南方人，小时候家里餐桌上隔三岔五就会出现凉拌苦瓜，我厌恶它长相吓人，味道更堪称生化武器。年少时谁不爱甜呢？以为日子如同蜜糖，往后都是大好天光。苦瓜的苦，不只是令人皱起眉头的苦，是会让人避而远之的那种苦。

妙就妙在，苦瓜的这种苦味，一旦有了爱上的瞬间，爱意便会日渐深厚。我爱上苦瓜是30岁之后的事情了，也如同黄伟文写的："今天先记得听过人说这叫半生瓜，那意味着它的美年轻不会洞察吗？"几年前我遇到一位日本的出租车司机，聊起"什么食物是从前讨厌后来变成挚爱的？"便想起苦瓜来。对方露出了然于心的笑容："学会喝啤酒的人，就会爱上吃苦瓜，它们的苦味异曲同工。"

也许如同啤酒应有下酒菜，我至今仍不爱吃凉拌苦瓜，觉得没有被中和的苦缺乏了一些意味深长。有些人为了去除苦瓜的苦味，料理前会先将它煮一煮。我也不喜欢那样，被煮过的苦瓜变得软绵绵的，丧失了原本清脆的口感。我的秘密武器是盐，将切成片的苦瓜腌制5分钟后冷水洗净。盐是生命的光，能让苦瓜的苦味也变得隐秘起来。

我很喜欢冲绳的陶器，它作为食器的质朴和粗糙感无与伦比，也像是冲绳人亲切的气质，和苦瓜炒鸡蛋这种乡土料理是绝配。今年我在吃着苦瓜炒鸡蛋的时候，似乎也闻见了南国的海的气味。苦瓜出现在餐桌上之后，意味着夏天不远了，在炎热的酷暑之中，那样的苦味正好抚慰没有食欲的胃，也是这么抚慰了失去了期盼的中年人的心。

那首歌最好的一句是怎么唱的?"做人没有苦涩可以吗?"仿佛中年人的人生格言。

ホッピー(霍皮)

今夜的酒

霍皮被称为"东京下町酒场三大招牌"之一,其实是一种啤酒味的清凉饮料,原材料里加入了麦芽和啤酒花。它诞生于1948年,正是战后啤酒价格高昂的时期,庶民轻易喝不起啤酒,就发明了这款替代品,兑上廉价的烧酒一起喝。既能感受到啤酒味,还能满足酒精需求,关键是很便宜,很长一段时间里在大众居酒屋里风行。今天人们青睐它的原因似乎是另一个:因为不是真正的啤酒,无须担心痛风。

在京都的居酒屋几乎见不到霍皮,我因为憧憬那种昭和时代的味道,就在网上下了单。寄来套装的除了基本款的白瓶(普通啤酒味)和黑瓶(黑啤味)两种以外,还有一瓶金官烧酒和印着LOGO(标志)的啤酒杯。于是家里的霍皮就该这么喝:先把霍皮和烧酒都在冷冻室里放一个小时,这样拿出来的时候,会有些许浮冰。杯子也先打湿水,然后冻一小时或更久,杯壁会结上厚厚的冰,就取代了冰块。把烧酒和啤酒按照1∶5的比例先后倒进杯中,竟然真的浮起泡沫,像啤酒那样。

我喜欢的日剧《倒数第二次的恋爱》中有一集，三个 40 多岁的独身女人在高级餐厅里喝香槟喝得乏味了，就说："去和新桥的大叔们喝霍皮吧！"新桥也是东京知名的庶民酒场，和霍皮的气质是一致的：平易近人，不拘小节，以烟火气治愈中年人的疲惫。

但其实霍皮并不是那么美味的酒，比起生啤来说差远了。为什么还我要喝它呢？大概是为了确认自己的心意：今天能够轻易喝到廉价又美味的啤酒是多么值得感恩的一件事，人间值得。

BAR TALISKER

〈骡〉

祇园的银座时间

内田先生和我一样,是这个城市的新参者[1]。

京都的祇园是我不轻易踏进的地带。它可以分为两个区域:"外面的祇园"和"里面的祇园"。外面的一带总是挤满了吵闹的观光客,里面的一带,以我在这个城市的资历地位,总觉得有些难以进入。但自从在祇园遇见内田先生,我也可以拥有花街的夜世界了。

内田先生在祇园深处开了一家"BAR TALISKER"(泰斯卡酒吧)。夏天的花道课结束,我去找他,穿过寂静无人的花见小路,拐进某条隐蔽的巷子,在一排紧闭着门的料亭尽头有一幢小楼,一楼便可以看见 BAR TALISKER 的入口。这天我刚站在门前,就听见屋内传来"砰砰砰"的响声,怀疑是在装修,推开厚重的门,原来是内田先生正在敲打冰块。昏暗的店内没有一个客人,见我走近,他慌张地跑出来,指向玄关桌上的一瓶酒精,道:"消毒!消毒!"日本的疫情正在反复

---

[1] 新来的人,或新手。——编者注

之中，内田先生说，4月初遵从政府的紧急事态的指示歇业了两个月，7月初客人才稍稍回来了一些，几天前传出附近舞伎确诊的消息，又空无一人了。

"大概是神发怒了吧。"我在靠门口的吧台位坐下，内田先生又道。提起近来九州各地泛滥的洪水，他也说："全部都是神在发怒。"

神发怒了，我思考着这句话的深意，向内田先生点了一杯西瓜酒。他一边调酒，一边向我解释起各种水果挑选的小常识，例如西瓜一定要买那种标签上注明了含糖量的，糖分在13度以上的才可以被用来调鸡尾酒。又说夏天的另一种限定酒是桃子酒，选择和歌山县产的蜜桃——多数人只知道和歌山县的梅子有名，其实蜜桃、黄桃和葡萄都在日本屈指可数。挑选蜜桃有个关键，一定要用手拿起来掂一掂，不可以选择太轻的，果肉干涩。其实所有的蔬菜水果都是这个道理。他往西瓜汁里兑了伏特加，又在玻璃杯口上抹了一圈盐，摆在我面前。日本人平日里吃西瓜也爱蘸盐，相信咸味能让甜味更甚，这杯酒也许是出于同样的考虑。

唱片机里流淌着的古典钢琴曲告一段落，内田先生走过去，毫不迟疑地换了一张唱片，店内气氛一转，响起了爵士乐。吧台里的一个酒架上塞满了古旧的黑胶唱片，书架上的音乐书籍也十分专业，我了解甚少，无法与他细谈。只是心中牵挂着他最初的那句话，终于问道："你是教徒吗？"果然不出所料。他说自小如此，他出生在日本一个有名的天主教之家，某年特蕾莎修女来到日本时，就是母亲担任了接待工作。又说20岁出头的时候，差点被意大利一位神父收为养子，那时候要是答应,现在就不在日本了。

"在京都也去教会吗?"

"最近这阵子身心都没有余裕,很久没去了。"京都的教堂远不及东京那样多,其实很多事情都不同于东京,"我来到京都就没有朋友了呢,明明以前在东京有很多朋友的。"他看着眼前空荡荡的酒吧,像注视自己的人生。

其实京都也不全然如此,我上一次来到 BAR TALISKER,店内是很热闹的,吧台前坐满了人,一杯酒要等很久,内田先生自然也无暇跟我聊起私事。

"其实我来过一次,大约是在去年春天。"我向内田先生提起,那也是我知道 BAR TALISKER 的最初。2019 年春天,作家森见登美彦的小说《热带》和京都的四家酒吧合作,推出了名为"夜之翼"的解密探险活动,几家酒吧均以小说中的某某岛为原型,特制了配合故事主题的神秘鸡尾酒。BAR TALISKER 是其中一间,化名"芳莲堂之岛"。我对于在祇园的高级地段竟然有一家酒吧会参加这个活动感到好奇,前来一探究竟。那天店里仅剩一个空位,吧台里也只站着一个人,同时担任调酒师和服务员的,便是内田先生。我等了许久才喝到的那杯酒,有绝妙的酸甜平衡,弥漫着夏日清新。

"这杯鸡尾酒是沙漠的印象。《热带》不是发生在岛屿的故事吗?但沙漠也出现了。容易被人忽视的沙漠,却藏着至关重要的线索。"记得当时内田先生这么对我说。

"比起沙漠,我觉得它更像是甘露。"我当时真诚地回答,充满了对那杯酒的喜爱。

说到那个晚上，我指了指吧台里的酒架，那里摆放着一排各式各样的玻璃杯。"那天我走的时候，得到了其中一个，现在偶尔还会用。"

内田先生从中拿出一个布满波点的杯子说："是这个吧？"他向参加解密活动的客人都送上了那个杯子，对每个人说："务必带回去试一试，用来喝威士忌也是可以的，希望大家能感受到美味的酒的享用方法。"

那晚坐在我邻座有一位中年男士，和内田先生断断续续聊着过于专业的威士忌话题，名称、年份、特征、市面价值和入手方法，我偷偷学习到不少。他说他专程从静冈来京都参加次日某个威士忌活动，又翻出手机相册向我展示他的收藏，足足超过600种威士忌。中年男士告诉我，BAR TALISKER能喝到许多罕见的威士忌，一些在市面上已经不可寻。我记不清他喝的是一杯1956年的TALISKER还是别的什么，总之对那杯酒只要10000日元流露出一种喜出望外的神情。内田先生还向我们展示了一个空瓶子，说那是全世界只酿造了六瓶的白葡萄酒，可惜已经卖光了。

"如果还在银座，我就不参加这样的活动了。"一年之后，内田先生对我说。

《热带》的活动最初是在福冈举办的，那里有一位调酒师是内田先生的朋友，邀请他一起参加。他在京都资历尚浅，需要摸索一些在这个城市生存的方式，才欣然答应。那次活动总共带来了200多位新客人，大半是年轻女孩，许多人不曾进过酒吧。

我有些羡慕："人生中的第一家酒吧就来到了祇园，可以说是最高的起点了。"

那天回家之后我就知道了，BAR TALISKER是过去在银座非常有名的酒吧。2016年夏天它刚搬来京都，城中的业者都在讨论："那位内田先生来京都了！"我在一本酒场专门杂志上读到它的报道，印着超大的醒目标题：《银座名酒吧，上洛[1]。》我有点喜欢"上洛"这个词，带着京都人的骄傲和矜持，像我和内田先生在这个城市的共同遭遇。

在此有必要介绍一些内田先生的过往。出生于1966年的内田行洋先生，21岁开始接触调酒师的世界，22岁进入六本木著名的THE BAR工作，此后辗转于后麴町和赤坂的酒吧，32岁在银座独立开了自己的酒吧，取名BAR TALISKER。在银座开店是1998年夏天的事情，这条街道作为东京顶级酒吧的聚集地，鲜少接纳外来者进入，但他当时已经在东京的调酒师界有了名气，就像后来来到京都时那样，街上的业者们讨论着："那位内田先生来银座了！"

"25岁那年，我其实已经可以独立了。"内田先生说，从六本木的THE BAR辞职时，收到了来自八家酒吧的邀约，对一个年轻的调酒师来说，这是莫大的肯定。如果要接受某一家，就意味着必须拒绝其他七家，他很犹豫，心想不如自己开店吧？他已经存够了开店的资金，也有了一些相识的熟客。但彼时正值泡沫经济刚刚开始，又想还是再

---

[1] 古时"进入京都"的较正式的说法。——作者注

修行一阵，一晃又是数年。

当时要是开店了也会很好吧？今天内田先生还会这么问自己，但转念一想，又接受了：一切都是天命，早早已经注定好。他把成为调酒师的契机也视为天命。他原本在东京一所料理学校读书，目标是成为料理职人，在六本木的餐厅修行时，隔壁酒吧的调酒师招呼他："如果有时间的话，也请来喝一杯吧！"内田先生某天早早结束工作去了，第一次见到调酒师和客人亲密聊天的场景，受到了冲击。"调酒师这份工作有点像是精神科的医生，倾听烦恼和分享快乐很重要，再加上酒的作用，某种程度上是一种治疗工作。"他在那时决定，要从事这样厉害的职业。

"就连来到京都这件事，应该也是早就注定好了。"内田先生常常对我说。银座的 BAR TALISKER 闭店是在第十八周年，那之前发生了一件事：他举办完十周年的纪念活动，理所当然觉得下一次就是二十周年，但到了十五周年，有一位熟客说："庆祝一下吧！谁知道到了二十周年会发生什么呢？"在银座工作了十几年的人，生活在一种安定感中，心想还能发生什么事呢？但还是半开着玩笑在第十五周年纪念时举办了活动，满足了客人的要求。谁也没有预料到，真的没撑到二十周年，那幢建筑突然被告知要拆掉。

他想过继续留在东京，也有人邀请他去酒店开酒吧，但他心中顾虑重重："银座的人之间有一个共识，这个区域是全日本酒吧的顶点。如果过去在银座来喝酒的客人，知道我去了东京其他地方开店，如涩谷和六本木之类，他们也会生气——为什么你明明在日本的顶端，要跌落到这样的地方来？没有人能够理解。"内田先生起初试图在银座寻找新的店铺，但正值奥运会前期，已经找不到什么好地点了。

出生在东京，成长在东京，工作在东京，在东京度过了半生，自称是绝对的"cityboy"（城市男孩）的内田先生，因此动了来京都的念头。"全日本唯一能让银座的客人们抱怨着，同时心里还能接受的地方，只有京都了。毕竟'西之京'和'东之京'都是日本的中心。"他和京都也算是渊源深厚，直至四百年前，世世代代的先祖都住在京都，自己算是京都血统。其实他还有个私心：京都有许多自然风光，也有观光遗产，应该是一个能够转换心情、治愈自己的好地方。

"来到京都的时候，我已经身心俱疲了。"内田先生说。BAR TALISKER 在东京名气太大，本打算悄悄离开，但关门前一个月，一位店员无意中在网上走漏了这个消息，此后每天门前排着不间断的长队，比 12 月的忘年会时期更忙，关门那天，他觉得自己用尽了一生的力气。

来到京都，有位相识的调酒师建议说，祇园倒是很好的地方。结果他无意中来到这个城市金字塔顶端的一条街：祇园南边的小巷里，皆是紧闭着门的舞伎茶屋和高级料亭，更加不乏米其林名店。某种意义上，这里也是保守的京都最不接受外来者进入的区域之一。那位给出建议的调酒师得知经过后也吃了一惊："你竟然去了南边？我说的可是北边啊。"比起祇园，还是在热闹的河原町做生意更轻松——这也是内田先生过了些日子才知道的真相。

"在这样的祇园把店开到今天，有什么生存技巧吗？"在只有我一个客人的夜晚，正巧这天是 BAR TALISKER 来到祇园的四周年纪念日。

"你也看见了,周围都是茶屋和料亭,如果被这些人讨厌,无论来多少客人,生意都会做不下去。从前的银座也有过这样的时代,外面来了新人,如果被银座顶端的人说它不好,立刻就会倒闭。京都至今仍是如此,并且更加严格,所以和周围的人们相处,是非常重要的一件事。"内田先生有个观点,银座和祇园的这种排外性,本质上是从前日本的"村八分"[1]属性,他笑称它们是"银座村"和"祇园村",在这样的街道上,不仅不接受外来事物,谣言还总是传播得特别快。"但是,在银座有个奇妙的现象,如果你有信用,没钱也能喝酒。祇园更加如此,尤其是茶屋,不少还延续着挂账文化,消费之后不必立即付款。正是这样的信用机制,让店家对新来的客人都会问一句——是介绍来的吗?拒绝贸然来访的客人,这是祇园和银座相似的地方。"

是因为BAR TALISKER在东京拥有了那样的地位,才会得到京都人的认可吧?我心想。但似乎也并不如此,外人难以揣测京都人蜿蜒曲折的心思,内田先生向我分享了他的小小心得:如果一开始就向京都人炫耀自己的成就,多半只会得到冷漠的一句"真是厉害呢",也许永远都无法进入他们的世界了。相反,如果谦卑地让京都人感觉到"这个人什么都不知道啊""真是拿你没办法",他们反而会产生一种"那么,我就稍微教教你吧!"的照顾心情来。兴许是先祖的京都人血统发挥了效应,内田先生得到了祇园的人们的接纳,倒是那些从前在

---

[1] 日本传统中对于村落中破坏成规和秩序者进行消极制裁行为的俗称。——作者注

银座的熟客，在京都再见时纷纷吓了一跳，男性客人们说他变得圆滑柔和了，女性客人们则很担心："整个人的气场都变弱了，你过得还好吗？"

在只有我一个客人的夜晚，我又多了解了一些内田先生的事。他拿出一本自己写的书给我看，收录了许多他的招牌鸡尾酒，多年前被翻译成中文在中国台湾出版。在另一本名叫《王牌调酒师》的漫画里，他和银座的 BAR TALISKER 一起登场，讲了一些关于金汤力的小故事，他还得意地告诉我，后来"岚"的某位成员主演了同名电视剧。

那本书里写道：第一次去的酒吧，应该从金汤力开始喝起，看起来是最简单的酒，其实每家店都有自己的味道，最能喝出调酒师的水平差异。现在有一些年轻调酒师，去到别的酒吧第一杯就喝啤酒，真心建议各位，还是喝点别的吧！

我直到这时才第一次喝了内田先生调的金汤力，此后便上了瘾，觉得自己从前喝到的都不能算是真正的金汤力，每次到来，总要先喝一杯。不久后从京都某位知名料理职人那里听到过一句话：至高美食的美味，是让身体感觉到舒服的美味。那么至高美味的酒也应该是让身体感到舒服的酒吧？有了这个念头，首先想到的就是内田先生的金汤力。

其实内田先生最有名的代表作是莫斯科骡子，许多客人为了这杯装在铜制马克杯里的酒慕名前来。日子久了，我也知道它从银座到祇园，进化出了 4 种口味：1 号是基本款，以伏特加兑姜汁啤酒，挤上青柠汁，最后放进一块新鲜青柠；2 号将基酒换成了更辣口的伏特加，

BAR TALISKER

味道刺激；3号和4号是来到京都后才开发的新口味，分别是在2号和1号的基础上，又加入了新鲜的姜末。我常常喝4号，尤其在冬夜，一杯加满冰块的酒也能令身心温暖起来。其实还有隐藏版的5号，内田先生偷偷告诉我，因为来到店里的舞伎说想要喝更甜一点的，于是开发了舞伎口味的一款。来到祇园之后，客人和从前银座里的那些商务型精英截然不同，店内的墙壁上装饰着许多附近茶屋的团扇，不知是否舞伎们留下的，但常常能在店里遇见内田先生和下班后的她们聊天，他很会说话，看上去很讨她们喜欢。

从银座到祇园，一些酒也在稍稍发生变化。从前到7月里还能喝得到的莫吉托，因为京都的薄荷品种不同于东京，如今过了6月就不见踪影。还有曼哈顿，未必每个人都能喝出来其中的微妙差异，但因为京都人嗜好甜口，偷偷地改造得更甜了一些。调酒师的世界有很多类似的隐秘细节变化，京都盆地夏日炎热，冰块也更硬一些，如果仍使用和东京一样的冰块，很快就会在杯中融化。恰到好处的冰块对一杯酒来说太重要了，内田先生选择酒吧地址，一定要在一楼或者地下，也是这个原因：高楼越往上，温度就会越来越高。

祇园的酒吧开在地上一层，银座的酒吧则完全在地下。我见过照片，一条通往地下的阶梯，隐于黑暗之中，莫名有种令人心跳加快的氛围。想象银座的 BAR TALISKER 并不是一件太难的事情，内田先生花了高价运输费，把它的内装全都搬到京都，在祇园复制了一家银座氛围的酒吧。这里有一张我在全京都最喜欢的吧台，它的边缘上有一道沟壑，可以用来放置手臂，不会硌手。这是个明显低于一般酒吧高度的低吧台，坐下来的时候，脚可以碰到地上。内田先生为此想了很多："如果吧台太高，椅子自然也会高，脚不能触碰地面的情况下，人在内心深处多少是会有些紧张的，不能完全放松。加之屋顶距离头顶比较近，会令人产生压迫感。还要担心喝醉的客人会不会有掉下来的可能性。"他从开店之初就喜欢低吧台，移植到祇园之后就更加合适了，毕竟客人中有许多是附近的舞伎。

内田先生是酒吧里的职人，除了一杯好喝的酒之外，我从他那里了解了另外一些知识。

他向我讲解"东"和"西"在饮酒文化上的差异。其中一个最明显的是苏打水文化，夏季京都空气湿热，来到酒吧要求苏打水兑酒的人是东京的数倍，最受欢迎的就是 highball；东京人是难以想象在酒吧里把苏打水兑进威士忌的。喝酒的观念也不尽相同，东京的人们三五成群，吵吵闹闹喝许多，把酒吧当成聚会和聊天的场所；京都的人们常常独自前来，在一天的辛劳工作结束后，去酒吧喝一杯是对自己的奖赏，花 5000 日元坐很久，是一种日常。

他向我追溯过日本调酒师在世界上的地位，这个职业直到二战后才真正出现在日本，身份地位远远低于欧洲国家，不是拥有社会地位的工作，也缺乏专业认证。我提及日本调酒师在世界上拿了许多奖，常给人一种日式专业的感觉，他认为那要归功于日本人过于认真的"真面目"的性格。西方的调酒师更注重表演性，笑容和动作不可缺少，日本调酒师舍弃一切多余的动作，只是沉默着调酒。这种做法起初在世界上并未得到认可，要归功于日本文化在西方的流行，调酒师也和茶道花道、寺院神社一起，成为日本文化的一个片段。

我还从他那里听闻了，日本酒吧有独自的严格规矩，最不懂事的就是擅自坐下的客人，要入乡随俗，听从店员指定，每个座位都有其存在的深意，店员在心中时刻协调着客人之间的关系。

内田先生来到京都，渐渐有了新的熟客，人们说："很高兴在京都感受到了银座时间。"这里正在成为一种祇园时间。内田先生总是去北白川和鸭川散步，我不知道这个城市的风物有没有治愈他疲惫的心情，但至少现在他可以在午后骑着自行车上班，只要短短几分钟。上班前在家里一边做饭，一边悠闲地听着喜欢的音乐。客人中有许多是料理职人，每周一天的休息日，他会去客人介绍的店里享用美食。他还想着，什么时候要去神社寺院一边看着风景一边作画。他从前就喜欢绘画。

"来京都后悔了吗？"最近我问他。

"就算现在去死，我也没什么可遗憾的了。"他又告诉我一个人生哲学，"人生只要做过的事情就不算后悔，没有去做的事才会后悔。"

此刻的内田先生想着，至少在祇园把 BAR TALISKER 先开到十周年。"京都人其实很爱照顾人，一旦进入了他们的世界，立刻就能得到无微不至的关照和疼爱。在这样一百年时间也不算什么的地方，如果我能把店开十年，应该会得到自信吧。"他越来越觉得，只要在银座祇园能够把店顺利开下去，今后无论在哪里开店都能成功。

"未来没准哪天就去意大利生活了呢？"他又一次说起，在意大利，调酒师是和医生、律师一样拥有很高地位的工作。又指给我看摆放在店里的一本证书,那是他年轻时从料理学校毕业的证明。又说:"也许以后去意大利开日本料理店呢?"

"你在20岁的时候拒绝的生活,现在要重新选择一次吗?"我有些惊讶。

"因为人生只有一次啊。"内田先生笑了。

第七夜 可乐饼

在京都，以可乐饼为主题的居酒屋只有"西富可乐饼"这一家。自2012年开业以来，一直很有人气。可乐饼搭配葡萄酒，十分新潮，是年轻人会来小喝一杯的地方。可惜店内只有十个座位，总是满座，我只好选择外卖。捏好的可乐饼陈列在入口处的透明柜台里，每天大约有六七种口味，可以直接买了带回家自己炸，也可以拜托店员炸好。夏天里的几个味道分别是：基本款、炖牛筋、蓝纹奶酪、奈良腌菜和柠檬皮、加利西亚风味章鱼，还有烟熏三文鱼——凭名字难以想象的奇特口味，是它得到年轻人推崇的原因。

我挑了三个：基本款、奈良腌菜和柠檬皮，还有蓝纹奶酪，吩咐店员炸好，站在门前等候。店内很小，架在吧台里的油锅随即传来噼里啪啦的声响，过去有人对我说过：人在下雨天会变得想吃油炸食物，原因是油锅沸腾的声音和雨声是一样的。这天正好在暴雨之中，我在途中被迫去便利店买了一把雨伞，没想到竟然撞上一个吃可乐饼的好日子。过了几分钟，热气腾腾的可乐饼出锅了，店员把它们装进一个特制的纸袋子里,在透明的一面贴上标签,写上里面的几个味道。这家店距离鸭川只有几分钟步行距离,很多人拎着它去河边发呆,度过懒散午后。我虽心向往之,但仍在暴雨之中,只能拎着它坐上公交车,炸土豆的香味在车厢中弥漫开来,心里觉得有点抱歉,但又偷偷迷恋着这般生活的日常感。

可乐饼里没有可乐,这是一件有趣的事情。它的中文名来自日文名"コロッケ"的音译,其实它的日文名也来自法语"croquer"的音译,指的是这种食物一口咬下去清脆的声响。由此可知,可乐饼也是西洋的舶来品。这种将煮过的土豆压碎成泥,和肉末、蔬菜混合在一起油炸而成的食物,在明治时代的文明开化之后才随欧洲人一起来到日本。就连土豆也并非日本原生作物,它是在更早之前的安土桃山时代随荷兰人从长崎进入的。日本人嗜甜,据说起初并不喜爱土豆,糖度更高的萨摩红薯才是心头好。因为可乐饼的出现,土豆才翻了身,不久后它和咖喱饭、炸猪排一起,成为"大正三大洋食"之一。昭和时代洋食在都市之间流行,可乐饼更是成为家庭餐桌上不可缺少的存在,很多精肉店和熟食店都能找到它的身影。

和大多数舶来品一样,可乐饼在日本完成了本土的自我进化。人们首先改造了面衣,使用日本独特的面包屑,口感更加酥脆。其次是蘸酱,除了特制的蔬果酱汁以外,也很流行蘸着蛋黄酱吃。它出现的场合越来越多样化:放在荞麦面、乌冬面和咖喱饭上,夹在面包和三明治里,混合在鸡蛋盖饭中……在日本熟食销量和冷冻食品制造排行榜上,可乐饼长期占据着第一名。

第七夜

西富的可乐饼是猎奇的年轻人才会喜欢的口味，因为它的内馅全是异想天开的配方。我在店里偶尔会遇见店主西富先生，他看上去大约40岁，自称从小热爱可乐饼，还在学生时代就立志为它开一家专卖店。除了两三种固定的，其余的口味还随着季节的食材变化，在春天里来，会遇见竹笋、花椒叶、卷心菜、新姜等。也听人说起，曾经吃到过孜然、罗勒、番茄肉酱、葡萄干和核桃味。

我平日里不吃可乐饼，为了温习它的传统味道，西富的第一个总是吃基本款。基本款是可乐饼最中规中矩的味道，有土豆和肉香，夹杂着淡淡的奶油酱汁。奈良腌菜带着柠檬风味，对年轻人来说，无疑是人生中初次体验的味道，就连我这样平日对腌菜退避三舍的人，也承认它有些妙。真正令我念念不忘的是西富先生力荐的蓝纹奶酪，一口咬下去，浓郁的奶酪味扑面而来，不同于日式奶酪的甜，这种臭奶酪的味道属于成年人，下一个瞬间，就想喝葡萄酒了。难怪店内总是贩卖葡萄酒。西富先生说他花了许多时间，才研发出这种令自己引以为傲的味道，这实在是奇妙的脑回路：西方世界的可乐饼来到日本，被改造成日本口味，又逆输入回了欧洲，而日本的可乐饼，在西富先生的手里，却变成了比西方更西方的口味。

可乐饼真是时尚，身段柔软，变化无穷，我这么想着。

今夜的酒

西瓜利口酒

热爱西瓜的人，希望西瓜也能变成酒。两年前的夏天，三得利的水果酒"ほろよい"（微醺）系列，突然推出一款盐西瓜口味，整个夏天我把它们塞满冰箱，在冬天也常常怀念。

今年到了7月中旬，便利店里仍不见它的踪影。思念起来，在亚马逊上找到一款山形县六歌仙酒造的西瓜利口酒。西瓜是山形县的特产，这款酒为了发挥名产的最佳风味，将西瓜肉熬成了西瓜糖，和砂糖、果糖按照精心研究的比例混合在一起，酿造成酒。

买回来一尝，果然味道甘甜，且酒精度只有8度。单独作为酒未必合适，更适合用来调酒。学着近来在某家居酒屋看到的烧酒鸡尾酒调制方法，加入些许烧酒和碳酸水，又扔进去一根从便利店买回来的西瓜冰棍，做成了独一无二的西瓜鸡尾酒。有了碳酸，就成为夏日汽水的清爽口感。冰棍融化后，巧克力做成的"瓜子"漂浮在酒杯里，在甜蜜中就感觉回到了童年的暑假。对许多日本人来说，可乐饼也是小时候的味道。

这天直至深夜都在暴雨之中，第二杯就想喝得更浓烈一些，用大杯子装了冰块和烧酒各半杯，再混合以少量西瓜酒和碳酸水，果然更好喝了，醉意也更快地袭上心头。又在醉意中听友人说，今年夏天，"西瓜玛格丽特"突然在全世界流行起来，内心蠢蠢欲动。

西阵麦酒

〖柚〗

手工啤酒吧的琥珀色之梦

我在京都居酒屋

　　我是在叡山电铁的地啤酒大会上遇见西阵麦酒的,近年来手工啤酒突然在城中流行,街头巷尾冒出来不少啤酒吧。地啤酒大会在炎热的夏日举行,京都几乎所有的小型酿造所都摆出了小摊,西阵麦酒就在其中,喝了一杯,得知它的酒吧每周只营业一天,在周五下午5点到晚上9点。

　　西阵是京都传统织物产业的聚集地,酒吧就开在西阵产业会馆的院子里,傍晚寂静冷清,只从建筑底层的一角露出橘色光亮,巨大的充气啤酒招牌背后,常会遇见一位戴着礼帽的老人面对正门喝酒,埋头于iPad之中。我第一次光顾西阵麦酒,并没有能够立刻融入其中:说它是酒吧,其实只是开在酿造工坊前的小单间,杂乱的空间里塞满了人,三五成群热闹地聊着天,更像是熟识的人们聚会的场所。仅有的六个吧台位已经满席,我只好在靠门的位置坐下,想吃点什么,被告知店里只卖啤酒,人们都是自己带着吃的来。点了一杯在地啤酒大会上也喝过的"柚子无碍",没有谈话的对象,陷入尴尬之中。喝完这杯酒我就离开了，走到半路又觉得不能认输，拐进对街的便利店，拎着柿干和薯片又折返回去。三位店员再见我，惊讶之余露出对熟客的热络："你又来啦！"店里刚巧走了一拨人，我得到了一个空出来的吧台位。

我犹豫着要点一杯什么新的酒。酒名都写在小小的黑板上，每天只贩卖四种，除了招牌的柚子无碍，其余的会经常更换，店员推荐给我名叫"室町黄金"的酒，说是加入了京都本地的米曲，带着奇妙的葡萄香味。

"黑板上的人是谁啊？"等待啤酒的时候，我发现黑板后面画着一幅肖像。

"是自闭症患者的脸。"胖胖的女性店员指指门前，"是老师画的，他刚刚还坐在那里。"

十年前，这个地区成立了名叫"HEROES"（英雄们）的非营利活动组织，是一家帮助周边身心残障者的福利援助机构。2017年，又开了这家啤酒酿造所，雇用自闭症患者工作，每年开发十五个种类以上的啤酒。

"说到为什么雇用自闭症患者，"自称"森"的女性店员对我说，"身心残障者的工作在京都街市中经常能看到，诸如做面包或曲奇，但这些毕竟是消耗品，工作需求也不稳定。我们想做一些不一样的设施，让他们有长期的工作，工资也相对较高。"手工啤酒刚好成为风潮，理事长本人也很喜欢啤酒，于是有了西阵麦酒。"装瓶、包装、出售这样工序化的需要专注力的工作，正好是自闭症患者擅长的。"

那位坐在门前的"老师"也是这件事的倡导者之一，捐了不少钱，每周都来喝一杯，听闻他是一位精神科医生，在京都市内做了许多福利事业。西阵麦酒开发的第一款啤酒，是在IPA[1]的基础上加以日本国产柚子中和苦味的"柚子无碍"，名字也是"老师"取的。

"其实是个谐音，又写作'融通无碍'，意思是突破障碍之后无拘无束的自由。"

"好浪漫的名字，像禅语。"

森女士做了点心，给每桌客人发了一个，包着咖喱酱的吐司卷，简单快速的做法，但我第一次知道还有吐司专用的咖喱酱，觉得十分有趣。聊开了，森女士就向我介绍周围的人，吧台里除了她，还有两位酿酒师，分别姓"林田"和"中大路"，他们在这里被称为"支援员"，和他们一起工作的两位自闭症患者则被称为"利用者"。森女士不顾虑跟人谈论隐私，很快我就知道了：她20岁出头就结了婚，没到30岁便离了婚，如今有一个31岁的儿子和稍小几岁的女儿，他们各自都拥有了独立的生活。独居的她，平日在法院里有正式工作，每周五来到这家酒吧做志愿者，总是带来许多小食免费招待大家。

"为什么要来这里做志愿者？"我问森女士。

她迟疑着，把手伸进外套里，摸出一个透明袋子来。"其实，我也是抑郁症患者，是老师推荐我到这里来的。"我看着递到眼前的袋子，没有标签，里面装满了白色的药粒。

从前在居酒屋里经历的尽是愉快时光，在西阵麦酒第一次有人露

---

[1] 印度淡色艾尔啤酒。——编者注

出伤口来，我感到措手不及。但是森女士说，倾诉也是一种治疗。她向我说起病因：在前一份长达数十年的工作中，以被最疼爱的下属背叛而难堪收场。那个年轻的女孩在她离开之后也很快辞职了。"我到现在也不能再相信别人。但那个人，也很痛苦吧。"森女士在漫长的心理重建中，没有责怪那个伤害她的人。

"那个人的婚姻状况有很多问题，丈夫是个沉默寡言的职人，被人际关系所困，自杀了很多次。"

"死了吗？"

"没死，这才是问题。"森女士叹了一口气，"听说她瘦了很多，一直不去看医生，周围的人都很担心。那个人，也是病着的人啊。"

不要那么多地考虑别人，先为自己好好努力活着——这是"老师"告诉森女士的话。聊着生病的人的人，也许不知道自己也正在病着这件事——这是森女士告诉我的话。西阵麦酒变成我心中特别的存在，是从这一刻开始的，我在两杯酒之后，遇到了在溺水中依然对人温柔的人，在倾听别人心事同时也向别人求救的人。这里存在着真实的人生，是相互伸出的手。

后来森女士也介绍客人给我认识。来这家酒吧的一半人是和慈善福利事业有些关系的，另一半则是真正的啤酒爱好者。邻桌的中年男性这一天专门调了班，骑着一辆自行车前来尝试新口味的酒，在一旁默默听着我和森女士的对话，似乎受到了触动，突然吐露真心："我打算要辞职了。"因为是交往很久的熟客，森女士吓了一跳。"辞了职要干什么？"

"总之，先去长途旅行。"

"要去哪里?"

"先去美国和加拿大。"

"然后呢?"

"然后回来,周游日本。"

"然后呢?"

"然后再想做什么。"

"真任性啊。"我想起最关键的问题来,"为什么要辞职?"

"我啊,从大学毕业就在干这份工作了,是饮食行业,一直很繁忙,根本没有海外旅游的时间。"他缓缓地咽下啤酒,"5月不是放了史上最长的十连休吗? 我们竟然一天都没放假。一直工作太痛苦了,我要放弃它。"

他露出坚定的表情来。"总之,先去旅行吧。在旅行的途中,一定会发生些什么的。"

不知道什么时候开始,林田和中大路也站在吧台里一起喝起酒来,坚持工作和准备放弃的,互相碰着杯。"辛苦啦!"在频频干杯之中,又喝了森女士最推荐的生姜啤酒,中大路拿出来酿好还没发售的夏蜜柑酒,结果,我只点了三杯酒,又被额外赠送了第四杯。被赠送的还有一袋咖喱酱,森女士说:"你自己烤片吐司,抹上试试。"她敏捷地做了一个咖喱香肠三明治给我。"明天早餐你吃这个吧。"

"几点打烊?"我终于感到了微醺。

"9点。"林田说。

我抬头看了一眼墙上的挂钟:"可现在已经是9点半了。"

不喝酒的时候，也去过一次西阵麦酒，每周有两天装瓶日，我想看看他们的工作情况。两名利用者沉默地繁忙着，林田坐下来和我短暂地聊天，中大路基本上不说话，但如果问起酒的事情，他就会滔滔不绝地说下去，全是听不懂的专业名词。林田说，虽然两人都是半路出家，但中大路对于啤酒的世界有着他难以匹敌的执念。"他是真的希望能够独立，拥有自己的啤酒工厂，他将这里作为一个出发点。"

"为什么会开始酿造啤酒？"我问林田。

"因为对发酵产生了兴趣。"

林田今年35岁，从2007年大学毕业到2017年的长达十年的时间里，一直在一家金融机关工作。"对于未来没有想象，为了许多琐事在烦恼，但还是辞掉了工作，决定专心做发酵相关的事情。"他只是在Facebook（脸书）上写了一条简短的消息：我辞职了啦！下一个工作还没决定，如果有和发酵相关的工作信息，请告诉我哦。"几个小时以后，就收到了HEROES的负责人发来的消息：'有兴趣过来吗？'可以说是被社交网络改变了人生。"

"普通人会对发酵感兴趣吗？"我不太能想象。

"有一部叫《萌菌物语》的漫画，你知道吗？"他有点不好意思地笑出来，"结婚以后，从妻子的书架上偶然看到，主人公能够看见普通人看不见的微生物，发酵好有趣啊！"林田开始试着自己制作味噌和盐曲，去参观酱油工厂，也对啤酒做了许多研究。来到西阵麦酒之后，他先用半年的时间在日本各地的啤酒酿造所进行修行，才正式开始工作。

我在林田那里读到了另一本漫画，名字叫作《醉倒在琥珀色的梦中吧》，一部以女性视角描写京都手工啤酒的故事。虽然是架空的设定，但书中登场的啤酒和酒吧却都在京都真实存在，提到三条商店街上的地啤酒祭的桥段，"柚子无碍"也登场了。漫画还在连载中，此后也将有西阵麦酒的其他产品登场。手工啤酒真的是在京都流行了，这股席卷全日本的风潮，被称为"第三次手工啤酒风潮"。

"总之，先来杯生啤吧。"这是很多日本人在居酒屋里说的第一句话。生啤是居酒屋的开场白，它们大多来自三个大厂牌：札幌、朝日和麒麟。日本人之间又有另一种说法："工作结束后的那杯啤酒最好喝。"由此可见，生啤是一种属于男性的、工作交际的存在，在居酒屋大灌啤酒的印象，日剧里也经常能看到。

"手工啤酒不需要那样的语境，一个人也可以慢慢喝，细品其中的味道。"我试图和林田探讨手工啤酒的魅力，他如此说。"以世界基准来说，啤酒有一百几十个种类，哪怕是同一种酒，制造的人不同，也会有微妙的味道差异，这是它的魅力所在。"他和中大路分别开发了自己的口味，据说熟客能喝出其中不同，又说情绪变化的时候，即便是自己酿造的味道也不太一样。

"我时常在想，喜欢啤酒和喜欢日本酒的人应该有所不同吧？"

"嗯，也许是在活泼中还能保持冷静的类型。"

"活泼和冷静吗？"

"喝了酒之后，人会变得活泼，你不这样觉得吗？但是比起红酒和日本酒，啤酒的度数没有那么高，所以也还能保持冷静。"

"年轻人会来得更多吗？"

"偶尔也会有20岁出头的大学生来，但最经常来的还是30岁到50岁之间的人。一个人来喝酒的女性也越来越多了，像你这样的。"

"每周只开一次，肯定不是为了赚钱吧？"如果遇上周六有活动，酒吧还会临时停业，我吃过许多次闭门羹。

"还是想让常客有个安定的去处，也想让不知道的人能有个知道的契机。我们这样的小工坊，客人能够见到酿造啤酒的人们的脸，也许会有安心感，也是一种人际关系的连接吧。"

林田和中大路每天都要酿酒，晚上再加班经营酒吧确实很难，自然无暇提供下酒菜。"可是，"林田告诉我，"附近就有很好吃的章鱼小丸子专卖店，经常买过来吃的人有很多。"

某天我就拎着章鱼小丸子去了，到了酒吧，森女士正在点燃一个酒精炉，准备做煎毛豆。在手忙脚乱之中，她指着一个看上去已经喝了不少的年轻男生说："他是来修行的，同志社大学的学生，每周都来，理想是将来自己酿啤酒。"

我站在吧台吃章鱼小丸子，点了名叫"白夜柠檬"的酒，这是林田发明的第一款配方酒。他说最初是想给在工作和家务中感到疲惫的女性制作一款啤酒，酒精度数只有3.5度，又加入了柠檬皮，喝起来更加顺口。度数很低，是在白天也可以像夜晚一样喝的酒，他试着在网上搜寻"一整天都是白天"，跳出来的名词便是：白夜。终日都很明亮，永不沉落的太阳。

"先是柚子，然后是柠檬，真是很喜欢水果啊。"我很满意这个一整天都能买醉的设定。

"前几年,不是有个叫米津玄师的歌手唱了首《柠檬》吗?真的非常红……"

"那个时候发明的这款酒吗?"

"就是那个时候!在女性中,柠檬应该会受欢迎吧?我当时这么想。"

"结果受欢迎了吗?"

"嗯!因为,光是看名字就很洋气嘛。"

"这个设计是怎么回事?"我指指酒标,纯白色和群青色画出一道明显的分界线。

"你见过白夜吗?"见我摇头,林田大笑,"我也没有。"他拿出手机,从谷歌上搜索出一张白夜的照片——在皑皑白雪的大地和湛蓝色天空之间,有微微的金黄色痕迹,是柠檬的色彩,也是太阳的光辉。

才第三次去西阵麦酒,店员们就恨不得把我介绍给每一个人。这一天邻桌坐着一个在埼玉工作的仙台人,努力用中文跟我练习口语,展示他跟着收音机自学两年的优异成果。我该和来自仙台的人聊些什么呢?当然是伊坂幸太郎。仙台人邻桌的京都人也加入谈话,说因为女儿是伊坂幸太郎的忠实粉丝,受到不少影响。在我们就"伊坂幸太郎小说改编得最好的电影是《重力小丑》"这一结论达成一致之后,两位又聊起了京都的手工啤酒吧。

"一定要去一乘寺酿造工厂看看。"京都人向仙台人推荐。京都市内如今有八个啤酒酿造所,以一乘寺最为知名,它比西阵麦酒还要早两年,很多酒吧都能找到它们的产品。

"可是很难遇上开门的日子。"仙台人事先做过功课。

"在市中心有开直营店,叫作BEER PUB ICHI-YA[1],下酒菜很好吃。"我夏天里和朋友去过一次,吃了关东煮和烤香肠。

"你有什么推荐的地方吗?"仙台人转头问我。

"十条的京都酿造所。是瑞士人、美国人和加拿大人在京都创业开的店,据说这三个人还是在青森旅行的时候遇到的。"我拿出夏天时拍的照片给他们看,试饮空间只在周末开放,位于十条偏僻的居民区里,门前摆放的桌椅都是简陋的箱子,在傍晚的热风之中,来的多是附近小区的人。

"我知道这家,他们的招牌酒叫'一期一会'吧?"仙台人果然有备而来。

"还有叫'一意专心'的,名字一听就是外国人会喜欢的那种。"这家店也没有下酒菜,但店门口经常停着移动饮食车,菜品经常会换,我去的那次在卖墨西哥烤肉卷,后来又见朋友吃到了比萨,很羡慕。

我又想起来,四条河原町有一家开在百年町屋里的"SPRING VALLEY BREWERY(春谷啤酒厂)京都",人气极高,经常需要提前预约。"喝法是招牌的六种啤酒组合装,各自搭配相应的下酒菜端上来。追加的菜式也很惊艳,譬如烤得微焦的万愿寺青椒,还有油炸的海鳗,撒满紫苏叶子的比萨。"七条也有一家"京都ビアラボ"(京都啤酒实验室),特色是用宇治茶做成的京都口味啤酒,还有戏谑高山寺的鸟兽戏画设计的酒杯,杯子上的猴子在灌青蛙喝酒。"那里有一款

---

[1] ICHI-YA啤酒吧。——编者注

酒,叫'宇宙之旅',是不是很酷?"

"好喝吗?"

"有点微妙。"

"微妙啊。"大家都笑了。

我又要了 Silky Weizen[1],这款是中大路发明的酒。

"Weizen 原本不是日语,是德语哦。"他说。

"是什么意思?"

"小麦。更多啤酒是用大麦酿造的,Weizen 这种酒,使用了 50% 以上的小麦为原材料。"中大路只要一说起酒的事情,就停不下来。

"西阵这个地方,不是以织物有名吗? 于是用了 Silky 这个词。"

"这款啤酒没有加入水果,因为 Weizen 本身就带有浓郁香味,你喝喝看,是不是香蕉的味道? 女性一定会很喜欢。因为完全没有苦味,不擅长喝啤酒的人也能接受。"

"你看,酒标完全是白色吧? 不是图省事,因为说起小麦酿的酒,就一定是白啤啦。"

就在我思考着如何从中大路的超快语速中逃脱出来的时候,身后一桌的客人伸出了援手。那位向我搭话的男性带着满脸惊喜,指着桌上的移动充电器问:"那个是小米的吗?"

"是啊。"我转过身去。

"我用的也是同款!"他高兴极了,"我还想拥有一部小米的手机,

---

[1] 丝滑小麦。——作者注

对于它的产品设计,我要表达最高的敬意。"

后来我知道,这个男人和他太太也是常客,店里的人都知道两人是在环游世界旅行中邂逅的。如今两人在京都市中心开一家日本职人专门品店,因为外国游客很多,还雇用了三位中国人,他甚至知道贵州在中国地图上的哪个位置。

"其实,今天是我们相遇七周年纪念。"男人说。太太坐在他对面微笑,两人是在爱尔兰遇见的,初次见面,彼此都在猜测对方是不是日本人。

"哇,正巧今天是'好夫妇日'呢。"森女士叫起来,"我们来干杯吧!"日本把11月22日这天定为"好夫妇日",取的也是谐音,鼓励夫妻在这一天应该互相感恩,互相感谢。

"其实,今天也是我的生日。"邻桌的仙台人一边举杯,一边低声对我说。怕别人听见,这话是用中文说的,真是无法坦诚的日本人。

"他说他今天过生日。"我把这句话转译给森女士听。她又叫起来,大家又一次干杯了。

我紧随仙台人之后,把这一天的四种酒都喝了一遍,甚感满意。隐约记得,森女士后来做了烤饭团,又把罐头沙丁鱼在酒精炉上加热,全都被众人一扫而尽。

"室町赛松,今晚最佳!"我宣布道。连续来了几次之后,我最喜欢它,这种源于比利时啤酒的酿造方法,原是农民在冬季农闲期为了次年夏天劳作酿造的水分补给品,口感清爽,十分解渴。

"真的吗?"林田很高兴,原来是他发明的酒。"大家都更喜欢中大路的酒呢。"又笑,"特别是年轻的小姑娘,专门来喝。"

"中大路的酒。今天是几号?"

"3号和4号。"

我看了一眼,3号写着"西阵白",4号则是 Silky Weizen,都是京都口味的白啤,这个人果然热爱小麦。

"3号很夏天啊,是青春的味道。"不久前我已经喝过一杯了。

"要不改名叫青春白吧,感觉比西阵白好卖。"中大路也笑了。我松了一口气,总算没有得罪人,于是变得又想喝白啤了。"最后一杯,给我青春。"

打烊时间又过去了许久,推门出去,林田已经把啤酒灯箱里的气体放空了,正在折叠起来。仙台人向中大路打听去车站的路,最后大家决定把他交给我,让我顺路带他去巴士站。

我们走在深秋寒冷的夜色之中,外面马路上的银杏树叶灿烂,衣服还要裹得更紧一点。仙台人说傍晚去了另外一家酒吧,总觉得氛围不太对,本来打算这里结束后再去别家,结果喝到打烊。

"这里氛围很好吧?"

"嗯,有家庭的感觉。"

送走了仙台人,我站在巴士站等车,想起曾经问过林田的问题:啤酒好喝的秘诀是什么?

"有一起喝酒的人。"他这么说的。

在西阵麦酒这样的地方,就算没有一起前来的人,也从来不缺一起喝酒的人。于我来说,这是最快乐的事。

第八夜 手工香肠

梅雨季的周末,终日绵绵不停。这样的雨已经持续一周,在炎热而潮湿的天气中,想吃一些振奋人心的食物。若不是因为疫情,东京和大阪的啤酒花园就该登场了,在高楼的露台上挂起灯笼,喝着冰冷的啤酒,吃着热闹的食物,是现代都市人的纳凉方式,一扫阴郁。

我想念夏日的啤酒,就也怀念起香肠拼盘来,在城中不少酒吧都吃过京都风味的手工香肠,似乎有许多名店。网上搜寻一番,果然找到名为"LINDENBAUM"(林登鲍姆)的小店,专卖香肠、火腿和法式肉酱,利用京都的季节食材,全部手工制作。城中有不少老铺香肠店,只有这一家难得被评价为:"既继承了正宗的欧洲风味,又开发了专属京都的新口味。"我好奇起来,决定就是它了。

与大名鼎鼎的京大熊野寮一街之隔的店,到了才知道我过去就曾见过它。我曾在对街目睹 LINDENBAUM 的年轻店员和外卖人员交接的场景,无论是明亮的玻璃窗,还是穿着绿色围裙的店员,都使它看上去更像一家时尚的咖啡馆。就算是立在门口的那个粉色小猪牌子,因为过于可爱，谁能想到它会是卖猪肉肠的呢？店内倒是始终保持着家庭氛围，小小的货柜里并排放着超过 20 种香肠，外观看上去都大同小异，我犹豫许久，向站在柜台里笑吟吟注视着我的老头求救："有什么推荐吗？"

"各有特色。"老头也犹豫了数秒，才道，"不如试试最具人气的四种的组合包装？"我看了一眼标签，大约是西班牙、德国和维也纳香肠组合，也想试试京都口味，见名叫"京番茶"的那种还剩下最后一袋，周日傍晚的下酒菜就这么定下来了。

后来才知道，那位老头就是店主吉田英明先生，在京都料理界也小有名气。他高中还未毕业就在京都一家老牌酒店开始学习西洋料理，先后两次前往法国、德国、奥地利等地修行，30 岁以后回国开了自己的餐厅。2009 年，他决定关闭经营了十二年的人气西餐厅，和妻子两个人一起经营这家小店，原因是"希望人们在家里也能享受到高级餐厅里的正宗欧洲味道"。如今吉田先生常常出现在电视上，是因为他的香肠拿下了日本"第一届法国肉类加工食品大赛"的金奖，去年他还出了一本食谱，专门教人们怎么制作香肠和法式肉酱。

手工香肠大概是所有下酒菜中最省事的一种了，我懒得再做土豆泥和蔬菜沙拉之类的配菜，只稍稍煎至微焦，蘸着芥末籽酱吃。从 LINDENBAUM 买回来的香肠中，我最喜欢的是一款西班牙乔利佐肠，有微微的辣味，带着热带的气息，与夏天的啤酒最搭。巴伐利亚白肠是浓郁的香芹和柠檬的味道，兴许喝日本酒会更合适。再说那种头一回吃到的京番茶口味，肉糜里真的掺杂了番茶的碎末，吃起来却不是违和的茶叶味,而是类似于烟熏一样的口感,极妙。京番茶竟被发扬光大到如此地步,怕是江户人万万想不到的。

有香肠的时候,啤酒就能一杯接一杯。啤酒的口味越喝越重,光是蘸芥末籽酱就很不过瘾,于是换成了从贵州带来的辣椒面,变成了专属于我自己的混搭吃法,能吃出一点点烧烤摊的气息,甚是满意。与此同时我也感到了深深的懊悔:应该也买吉田先生发明的另一款七味唐辛子口味的香肠,想必就不再需要辣椒了。

今夜的酒

周休 6 日

近年来京都手工啤酒坊蔚然成风,成立于 2015 年的 KYOTO BREWING(京都酿造)是人气最高的一家,它的血统很有意思:三个生活在京都的瑞士人、美国人和加拿大人,偶然在青森县的旅行中相遇了,决定一起创业:"就酿造我们自己想喝的那种啤酒!"因此 KYOTO BREWING 的啤酒既有浓郁的比利时风味,还带点美国口味,又加入了一些京都特色。

小小的酿造工坊位于东寺南侧偏僻的居民区里,试饮空间只在周末开放,去年夏天友人领着我前来,其实也就是现场打一杯生啤,坐在门口的黄色啤酒筐上边聊天边喝。虽然简陋,人气却很高,附近的居民路过总是要喝一杯,在夏日热烈的晚风之中,门口一台食堂车有时卖阿拉伯鸡肉卷,有时卖比萨,有时卖意大利面,偶尔也成为人们的晚餐场所。

这个夏天因为疫情,门口的试饮区已经很久不开放了。但周末依然营业,可以购买瓶装的啤酒带回家。我在周日的午后溜达过去,选了最喜欢的三个名字。比起便利店里的易拉罐啤酒,我更喜欢这些装在玻璃瓶里的,回程的路上它们在帆布袋子里碰撞,发出夏天才有的清脆声响。

这晚我首先喝的是一瓶"周休6日",是酒精度最低的比利时啤酒,带着柑橘系的香味。为了养肝,日本爱酒人士中常有"周休2日"的说法。但这款酒度数极低,才取了此名,并非每周休息六天不喝酒,而是每周六天都可以是喝酒的休息日。它实在淡如水,便又喝了一瓶"一期一会",是这家店的招牌,典型的比利时赛松啤酒。名字的四个字是京都这个城市最常见到的一个词,是这家店三个创始人相遇的心情,同时也是一个人与一杯啤酒相遇的场景。最后还剩下一瓶"与亲友的牵绊",听闻是花了数年时间才终于酿造成功的酒,是漫长旅途中友情的象征,因此我又默默地将它放回了冰箱里,等待下一个与友人共饮的夜晚。

京極スタンド 〈轻〉

『昼酒』的醍醐味

还未开始京都居酒屋探险之前，我也曾去过一次京極スタンド[1]。那年年末有位女友从国内来京都与我跨年，大晦日[2]前一天，是城中商铺营业的最后一日，我领着她在人潮拥挤的商店街闲逛，猛然抬头看见京极立食店的招牌，感觉是时机来到，遂提议道："不如进去喝一杯吧？"

　　更早之前我已经知道了京极立食店的人气。这家开在热闹的新京极通商店街上的居酒屋，是始于1927年的老铺，电视上关于京都的旅游或美食节目里总有人来寻访它，后来又在某位居酒屋名人的书里读到，赞誉它为"最喜欢的京都居酒屋TOP1"。此后，路过商店街我总是特别留意它，在门前徘徊过几次，偶尔也探头进去看一眼，店内人声高昂、喧哗，到底没能找到时机踏入。

---

[1] 京极立食店。——作者注
[2] 日本人把12月31日这一天称为"大晦日"。——编者注

京極スタンド

　这天我和女友走至京极立食店前，才是下午4点刚过。这家店从中午12点开始营业，此时人们又大多都放了假，门前已经摆着一个"满席"的牌子。我心中正要打起退堂鼓，身后两位新来的却径直掀开帘子，轻车熟路地走了进去。原来那立着的牌子是障眼法，熟客知道不必在意。店里翻台率很高，虽不总是空着太多，但若只是一两个人，随时能找到零星散位。我们尾随两人走进去，果真又有人起身买单，在长长的吧台中央空出来两个位置。

　无论是从午餐时段开始的营业时间，还是店门上红白二色的昭和风情招牌，或是玻璃橱窗里蛋包饭和可乐饼的食物标本，比起居酒屋，这里看上去都更像是一家大众食堂。事实上，从大正到昭和时期，这种形态就被称为"十钱食堂"。店内全部菜品为十文钱标均价，且菜单丰富，有不同种类的酒，亦有与之相配的各种下酒菜，有和食亦有洋食，细数起来可以达到上百种。

　店内的设计也保留了某种怀旧气息，人们称之为"摩登昭和风"，样式是我在京都其他居酒屋不曾见过的：右边一张大理石制长桌，五六米长，两侧固定着对称的圆凳，人们面对面坐下，皆为拼桌。左边摆放着三张圆桌，供三四位一组的客人专用。我和女友对面而坐，左右都是陌生人。对着的人面面相觑，邻座的人紧紧相挨，像是参加流水席一般。对初次到来的我俩来说，这样倒有个好处：看着邻座的菜，也可以对店员说："请来一份一样的。"省去许多研究菜单的心思。我一边和女友用大杯啤酒碰杯，一边观察这家店的顾客构成，各种人都有：三分之一是独自前来的老头，斜挎一个单肩包，坐下来点一合酒及一份小菜。三分之一是男女两人相伴，年轻的情侣或是中老年夫妇。另外三分之一是学生模样，两个穿着校服的中学女孩点了牛排和意大利面，并不喝酒，把它们当成晚餐吃。宛如波浪经久不息的人声中，四个身穿黑衣的店员忙碌地穿梭在人群中，在每桌前放下一张写满数字的纸片，接到点单之后，就在数字上画出一条红色的横线，并不记录菜名。我和女友研究那纸片许久，始终没能弄明白其中的计算方法。店里也没有菜单，菜名都写在墙上的黑板上，招牌的几道鲜少更换，经常更换的季节菜式写在角落的小白板上，后者数量不多，大约是9∶1的比例。经常光顾的顾客却从来不看菜单，之后我的邻座来了一个老头，还未坐定就大喊道："鳗ざく[1]！"又要了一合酒——将蒲烧鳗鱼切成小块，与醋渍过的黄瓜拌在一起，是老派居酒屋的吃法，搭配日本酒最佳。平成时代之后的年轻人似乎对那冲鼻的腌制味十分苦恼，并不十分感兴趣。我难得也想吃同样的，很不幸，店员露出抱歉神情："对不起，最后一份了。"老头才笑起来同我们寒暄两句，说自己每周都来几次，喝两合酒就走。这天我们一直喝到夜色降临，末了又在另一组中年夫妇的怂恿下，头一回尝到了粕汁的味道，回程走在鸭川寒风中，暖意席卷着醉意一同袭来，都是那碗汤的后劲。不久后新年到来，我和女友各自许下了美好愿望，不曾预料再过几个月整个世界将会天翻地覆，无论想起那个愿望还是在京极立食店的下午，都像是恍若隔世的迷梦。

---

[1] 一种鳗鱼和黄瓜的醋拌食品。——作者注

京極スタンド

京极立食店创业是在昭和的开头，经过平成进入令和，已是90多岁高龄。按照京都人以"应仁之乱"作为判断本地人的时间线，它其实也算不上正宗的古都血脉，应该称为江户的舶来品。初代店主杉山春雄是在关东大地震期间从东京浅草逃难到京都亲戚家来的，彼时的"新京极"刚刚发展为京都首屈一指的娱乐街，寄席、剧场、电影院无不聚集于此，热闹景象令他隐隐窥到些浅草仲见世商店街的面影，遂决定也在这里开一家东京式样的摩登食堂。取名为京极立食店，也因为当初并不设椅子，是立食形态。又有传闻说店内的设计模仿了当时浅草的"神谷吧"，将日式传统与西洋舶来相互融合，这是明治维新之后东京在各个领域的典型做法，嫁接到京都的土壤，想必也是在逃亡中的初代店主的一种乡愁之情。

和女友去过一次之后，我便随时都能独自走进京极立食店了。渐渐也了解到很多熟客喜欢从中午就开始喝起，称为"昼饮"。日本战后一代的老年人远比今天的年轻人要悠闲富裕，中午喝一顿，晚上喝一顿，也是他们中许多人的退休生活日常。我多少有些顾虑，不便做一个从中午12点开始就头脑不清的醉汉，但初次踏入的时间却如同宿命一样牵引着我：我总是在下午4点坐在店里，点一杯最大杯的啤酒。这里也提供啤酒套餐，配的是毛豆、小芋头和土豆沙拉之类的，作为轻食很受欢迎。因我总是连着午餐一起吃，就要另选一些分量更大的，例如日式炒蛋、炖牛筋，或者炸火腿，一杯啤酒配三四道小菜，恰到好处。但亦有失手的时候，有次听闻炒面是店里的名物，贸然点了，端上来却大约是两人半的分量，除了面条之外还有许多猪肉、胡萝卜和白菜之类的,像是学生食堂里最受男生欢迎的那一种,半碗之后再吃不下别的,悻悻写入"失败的探险履历书"中。

若要说名物,我在这家店里百吃不厌的一道是可乐饼,炸得酥脆的外皮包裹着柔软黏稠的内馅,后味弥漫着洋葱淡淡的清香,浇在表面的秘制酱汁也格外浓郁,想必正是日本人心中"妈妈的味道"的料理。"不就是炸土豆泥嘛!"从前的我深深误会着可乐饼这种食物,并不明白它为何会成为"最受日本男人喜爱的三大家庭料理"之一,是在吃过了京极立食店的一道之后才豁然开朗的。懂得其中美妙的并非只我一个,若遇上客人多的日子,这道菜刚过中午就会售罄,下午4点未必能够吃到。我甚至也爱作为可乐饼配菜的蛋黄酱拌空心粉,掺杂着几粒豌豆和玉米,也有细腻柔和的口感,若单独作为一道菜,蛋黄酱就太腻人了,如此两三口刚刚好。

我在京都有位韩国友人,某天向我倾诉对日本居酒屋的不解:"下酒菜就一点点,空着肚子就开始喝,这样很容易醉的啊。"我理解她的意思,韩国人总是以烤肉锅物之类来下酒,畅饮之前首先要饱腹,这是两国酒场文化的差异。我建议她不要去海鲜居酒屋,推荐了京极立食店这样的"大众食堂",在日本若是愿意在店名里取"食堂"二字,一定代表了它既亲民,也能够饱腹。听闻在二十七年前,如今的三代目店主在原有的菜单基础上,又专门加入了定食(套餐),终日供应。这和新京极这条街道发生的变化息息相关,"从前来店里喝酒的都是老年人,如今这条街上越来越多年轻人的身影,也得为他们提供吃得饱的食物啊"。每天随机更换的"京极定食",有时是蛋包饭,有时是意大利面，搭配沙拉和味噌汤之类的。其中最受欢迎的一道，是蛋包饭和咖喱饭一半一半的组合，果然只有年轻人的体力才能消耗。好在那些深受老年人喜爱的古风的菜式也还保留着：柳川锅、汤豆腐、炸牡蛎、烤内脏……这些才是我喜欢的。我还曾经跟着一个老头，点了他爱吃的炸章鱼肠，意外的是竟然很辣，我可以连吃两份。

我总是在工作日的下午 4 点，坐在京极立食店喝啤酒。偶尔我会想起盘旋于记忆中的一句话："下午 4 点的啤酒最美味。"不记得是什么时候在哪本书里读到的了，应该还是在非常年轻的时候，那时人约以为要一辈子过朝九晚五的生活，也还没有领会啤酒的真正美味。我真正意识到下午 4 点的啤酒最好喝，也是在初次走进京极立食店的这一年，是开始感受到夏日来临、在大汗淋漓之中一杯冰啤酒带来的透心凉，也是在对于自我的时间稍稍有一些支配权之后，明白过来原来还可以过另一种人生，一种从清晨 6 点开始劳作，下午 4 点便收工，以一杯啤酒开启自我时光的人生。下午 4 点的啤酒又好像成了一个隐喻，意味着我们和时间的关系。

在京极立食店，我看见了下午 4 点的另一些人生。鲜活的人生不在写字楼里，而是弥漫在街市之中。有穿着西装、拎着公文包走进来的上班族，重重地坐下，也不点菜，两三口灌完一杯生啤，匆匆起身就走。有沉默不语的老人，一杯接一杯地喝着枡酒，最后一份炸鸡吃完，半册文库本也读完了。一些看起来像是从事体力劳动的男人，两人成群走进来，大声聊着天。若是老年夫妇，多半和店员相识，客人不多的时候，热情的店员也站在旁边和他们闲聊下去。又偶尔会看见

20岁出头的年轻情侣，男生染着金发，女生穿着露脐装，下午4点就开始喝烈酒，烧酒调酒和威士忌调酒轮着点，一杯接一杯。独自前来的女性客人比想象中更多，眼前也都摆着一杯生啤，抽烟的时间比喝酒的时间更多——这些年城中的饮食店纷纷响应政府号召开始禁烟，京极立食店是少有的还会递上烟灰缸的一家。和夜晚的居酒屋不同，中午的人们大概率不会喝很多，一杯啤酒足矣。我因此感觉到在工作日的下午4点，坐在居酒屋里昼饮的人们都是来喘一口气的，像是长久在深海游泳的鱼群，在暴雨将至的闷热午后，跃出水面呼吸片刻的新鲜空气。

　　但是在这家店里，人和人之间的距离实在是太近了。有天下午4点，难得三张圆桌全坐满了，走进来三个男人，坐在我对面，一边喝highball一边抽烟，很快店里就成为烟雾缭绕的谈话空间。我清楚地听到他们在聊些什么：接下来要开车从某地到某地，因此其中一位只能喝苏打汽水，又听闻某某的工资情况最近如何，房租或是生活费大约是怎样的开销。那样近的距离，就像我也是他们之中比较不爱发言的一个。日本人注重隐私，拼桌的情况并不常见，像是京极立食店这样不可思议的近距离，因为反常才有趣，少有的一些喜欢这种气氛的人，称之为"相席文化"。后来终于有张圆桌空出来，三个人转移过去的时候，每个人都跟我说了一句："对不起，刚刚打扰你了。"能够很好地融合"相席文化"的人，靠的就是这样的自觉，心中常有尊重，尽量不侵犯对方的空间，谈话也隐隐带着歉意，这是他们的"酒场准则"。如何在极端的环境里做到"为他人考虑"？如此一想，京极立食店倒也是个能学习日本文化的好地方了。

我很喜欢京极立食店的"相席文化",因为能偶尔和隔壁桌说一两句话,独自前来也不会寂寞。好在这样的谈话极为随机而短暂。人多的时候,店里每天要接待450个客人,客人像流水一样换,我作为流水中的一员,下次再遇到邻座的可能性并不太大,知道是真正的萍水相逢,心中反而没有负担。店里的两端各自挂着一台电视,总是调到同样的频道,可以在聊天喝酒的同时,一边看着综艺或是新闻。又听说到了8月,电视里就会转播高校甲子园的比赛,很多人就每天都来看,那想必是非常热闹的景象,大家会互相碰杯吧。

日子久了,和京极立食店的店员也渐渐脸熟起来。有位阿姨点餐的时候总是冲我眨眼,我知道下午5点一到她就会下班,临走前一定会专程走过来跟我打招呼:"一直以来谢谢了!""那就下次再见啦!"和阿姨告别后不久,我也差不多要起身买单,带着微醺的心情回家去。赶在下班的人们拥进居酒屋之前离开,也是我下午4点的昼饮人生不得不打烊的时刻了。

近来我又终于了解到一些那张数字表的故事,它的正式名字在日语里是"计算早见表",来自过去一位京都大学教授的熟客的创意。每个横列最后用红色圈出来的数字加在一起,就能算出最终的价格,可惜我总是在醉意中,至今仍未破解算法。又知道收银处摆着的老式电动收银机,过去是时髦的美国制造,从创业之初一直传承到今日,这台机器固执地活在了过去,打出来的金额不是今天通用的"YEN"(元),仍是从前的"SEN"(钱)。我后来留意到数字表上写着店主名字的"杉山"二字,偶尔我也会在店里见到二代目的老太太身影,年纪很大了,精神还很好。店员中有一位兴许是三代目店主杉山贞之先生的妹妹,我有一次向她请求采访,她缓缓道出了自己的疑虑:"担心观光客来得太多,会打扰熟客的空间。"这是京都人才会说的话。后来她答应"回家跟哥哥商量一下",两天后的傍晚打来电话,道:"并不是要拒绝您的采访,只是如今正是疫情时期,经营十分困难,哥哥所有的心思都在考虑如何为继的问题。又担心一味拖延下去会耽误了您的截稿期,故而如实告知。若是等店里恢复了常态,您还愿意再采访的话,到时候再来联系吧。"电话那头是非常温柔的声音,也处处为人考虑,令我沉静下来,默默祈愿世界早日回归正常。

我仍然偶尔去喝一杯下午4点的啤酒,那些几十年如一日的熟客告诉我,京极立食店是他们的乡愁酒场。三十年或是四十年之后,下午4点的啤酒应该也会成为我乡愁一样的存在吧?近来我还有个发现:从前采访过的《孤独的美食家》的作者久住昌之先生,几年前写了一本《白天的钱汤酒》,他也迷恋"昼酒"这件事,说"在太阳高挂的白天喝酒,比夜晚更加元气满满",原因是"在满头大汗的时候,酒才会变得更加有滋有味"。汗流得越多,身体的水分缺失越多,对冰啤酒就越发渴望,因此他总是在午后去老式的钱汤先泡个澡,再奔赴一家又一家的居酒屋——此刻的我正在向往着这样的体验。

第九夜 鲑鱼粕汁

到了冬天,京都的酒铺会摆出"酒粕"来,来自酒造酿酒剩下的残渣,是这个季节的限定品。店主说,可以用来做味噌汤,加上萝卜、豆腐、青菜煮一煮,不费工夫,又很美味。由于酒米的营养成分都留在里面,对身体很好,近年来受健康志向的女性欢迎。有一位酒客向我分享了他的秘密食谱:用火烤一烤,蘸以酱油或蜂蜜,风味绝佳。

新年在城中的京极立食店吃到一碗粕汁,像咸版的酒糟汤,在寒冷的冬夜令整个人都暖和起来。过了些日子,偶然得到一包伏见黄樱酒造的酒粕,打开来,如同豆腐一般洁白,弥漫着浓郁的吟酿酒香,便也想自己做做看。

"酒粕"这个词,在一千三百年前平安时代编纂的《万叶集》中已有记载。当时有一种"糟汤酒",还是淀状物形态。到了室町时代,在奈良发展为现在的固体形态,用来腌咸菜。随着京都伏见一带酒造的日益发达,在关西地区出现了粕汁的吃法。粕汁,或称为"豆渣味噌汤",后扬名于江户时代通宵营业的居酒屋,尤其在吉原一带的花街,客人彻夜玩乐之后,总要在附近的小摊上以一碗粕汁收尾。江户人不知为何,认为这种汤有解酒功效,可缓解肠胃不适。然而宿醉的酒客们,又要再搭配上四合酒,醉意只会再加深几分。

在京都居酒屋吃到的粕汁,以京都蔬菜和猪肉片为主,加上味噌调味。我在超市里逛了一圈,决定了新的搭配:以厚切的银鲑取代猪肉,甘口少盐的一种,日本人常用来做早餐,酒粕能够掩盖鱼腥味,做成汤也无妨。用芜菁替代萝卜,圣护院芜菁是京都传统蔬菜的代表,此时正值旬季,有冬日凛冽的清香。加上胡萝卜和油豆腐,又见到宫崎县的新牛蒡,此时尚未完全成熟,削成薄片煮一煮,口感鲜嫩柔软。味噌选择了京都白味噌的代表"石野味噌",是延续了两百多年的味道,许多高级料亭都会使用它。为了省事,就不自己用鲣鱼和昆布熬汤了,高知县的森田鲣节有一种配比好的袋装版,只要扔一袋在热水中煮几分钟,味道就十分鲜美。

鲑鱼粕汁是真正适合冬夜的食物。吃起来有蔬菜的清香,又带着微微的酒意,重要的是:身体觉得很舒服。在雨天的夜晚,房间里也因此飘浮着淡淡的清酒的香味,比任何一种线香都让人觉得静谧安宁。又将余下的酒粕切成片放进烤箱,烤至表面微焦,冷却,一半蘸着酱油,一半蘸着蜂蜜,愉快地吃掉了。可以称之为日本版的烤芝士,是成年人才会喜欢的下酒菜。若是有牛油果一起烤,想必会有惊喜,下次应该试一试。酒也喝到尽兴了,给新年同去居酒屋的朋友发了条消息,她说:我记得那一碗,让我走进风中就醉了。

| 今夜的酒 | 萩乃露"雨垂れ石を穿つ うすにごり生酒 しずり雪"（水滴石穿 薄浊酒生酒 落雪）

琵琶湖西岸有着260年历史的酒铭"萩乃露"，这个词源于从前湖边群生的萩花，被朝露滋润，是拥有浪漫名字的酒。"雨垂れ石を穿つ"来自中文的"水滴石穿"，是酒造在2014年开发的新系列，以江户时代"米十石：水十石"的方法酿制。比起现代"米十石：水十二石"的主流酿造法，酒味更加浓醇甘甜，后味丰润清爽。这一瓶是冬季限定的浊酒生酒，残留些许醪糟于其中，在瓶中进行二次发酵，喝起来像起泡酒和日本酒的混合，更加适合年轻人的口感。要说的是末尾的"しずり雪"这个词，意指从树枝上落下的积雪。把酒充分摇匀后，便能够想象那个景象：漂浮在瓶中的絮状，也如同扬起的雪花一般。我很喜欢这个酒的信条："不是为了买醉的酒，是为了品味的酒。"搭配上鲑鱼粕汁，仿佛喝到了琵琶湖的清风，又也许接近融雪的味道。当积雪从树枝和房顶落下，就是太阳出来，春日将近的时候了吧？心中因此带着期待，朝着解封的日子去了。

西本酒店

〈地〉

下班回家路上顺道去『角打』喝一杯

西本酒店

我是在电视剧里看到西本酒店的。2019年末有部名叫《京都小住》的单元剧，失业的女主角从东京来京都探望伯父，短短几日，每天被差遣出门当跑腿，骑着自行车穿梭在京都大街小巷中，得到了片刻的喘息。剧中是我熟悉的鸭川风景，倍感亲切。结尾有一家卖酒的小铺，街坊邻居聚集在门前喝酒，酒杯放在酒桶上，架起几张简单的椅子，人们热闹地聊着天。

"既然是'京都人'，应该从战前开始就住在这里了吧。"

"所谓战前，是什么时候呢？"

"京都人说的战争，当然是应仁之乱。"

"哈哈哈哈哈。"

是我没有见过的喝酒形式。和居酒屋不同，聚在这里的都是左邻右舍，人们互相熟悉，外来者若是驻足片刻，就会被热情招呼加入其中。人情弥漫，像是昭和时期才有的风景。

这家店就是西本酒店。我第一次在日本看到"酒店"这个词，还是在金泽的街上，恍神片刻，明白过来就只是"卖酒的店"，回归了原本的字面意思。据说日本昭和时代卖酒的铺子多称为"酒店"，近来在街中已渐渐见不到，何况还能在门前喝酒。我觉得好奇，便在冬夜的傍晚摸索了去。

它的营业时间只到晚上7点，周六这天特别延长到8点。京都的冬天，下午5点半天已经黑了。从乌丸御池的主街上往小巷子里一拐，进入寂静的世界，果然看见了西本酒店，在如同按下了消音键的住宅街中，散发着橘黄色的灯光。门前灯笼下摆一张长桌，两三张折叠椅，其实是简陋的。我犹豫着站在桌前，一个老头从店里走出来。啊，我见过这张脸，在电视剧里一闪而过，是店主西本先生。

"要喝一杯吗？"西本先生问我。桌上放着四瓶酒，一个盖着保鲜膜的架子里也只有四个酒杯。我听从他的推荐，要了一杯名叫"城巽菊"的纯米酒，又从仅有的几种零食里挑了一袋坚果。西本先生转身走进店里，从冷藏柜里拿出1.8升的大瓶子，倒了一杯递过来，抱着酒瓶子直直盯着我，直到我喝下一口，感叹一句："好喝！"他才露出满意笑容。

西本先生是这家酒店的三代目，"城巽菊"是爷爷传下来的自家原创酒。明治初期，爷爷从隔壁的滋贺县来到京都，想要做点生意，于是开了酒造，开始自家酿造和贩卖这种名叫"城巽菊"的清酒。西本先生的父亲继承家业成为二代目，不久后战争爆发，连饭都吃不饱的年代，更不用说买酿酒的原材料。因此，西本酒店一度中止了生意。西本先生出生于终战那年，他长大一些之后，西本酒店恢复经营，接着他也顺理成章地继承了父亲的事业。

2002年，西本先生想要复活消失已久的"城巽菊"，然而家里早就不开酒造了，从前的酿酒工具也在战争中丢失，想要自己酿造不太可能，他多番寻访，终于找到了滋贺县一家"喜多酒造"，开发出比从前更多的种类：大吟酿、吟酿、纯米酒……总共五种。

"城巽菊从西本酒店消失的时候，我还是个小学生，一次也没有喝过。"西本先生说，当他决定复活这款酒的时候，已经没有人能描述它的味道。问遍了四周，只有居住在附近的两位老人还记得："真令人怀念啊。"然而这两位当时也是小孩，怀念的也只有"城巽菊"这个名字而已。所以今天的城巽菊，其实是西本先生和喜多酒造的主人共同开发的新味道，依据的是爷爷留下来的只言片语：在京都盆地特有的彻寒中生出的优雅和凛冽的味道。"我们俩人一起喝了，觉得很好喝，就这么决定了。但毕竟是新酒，刚开始三年几乎没有人买，坚持了十年才有了人气，如今是店里的招牌。"西本先生说，"能够坚持下来真是太好了。"

我只觉得在彻寒的京都冬夜里喝一杯"城巽菊"是让人精神为之一振的事，它容易入口又很清澈，且只要300日元一杯。正是古都最冷的季节，一段时间里只有我一个人坐在门前，全然不是电视里的夏日吵闹景象。因为是在街区中，行人经过的动静变得很大，偶尔路过一两个人，纷纷蜷缩着身体，骑自行车的人飞快闪过，自动贩卖机轰鸣作响，两个小情侣停下脚步，投币，买一罐热茶，一切琐碎显得格外具体。我在喝酒时望向来时的路，路的尽头挂着一轮明月，圆满无缺，才意识到：这天是满月夜了。我也听着西本先生和客人的对话，有人买菜回来，进门买一大瓶大吟酿。有一对夫妇打听一种烧酒，被告知今年难以入手，空手而归。

"为什么叫作城巽菊呢？"西本先生再走出来的时候，我问他。日本人似乎很爱用松竹梅菊给清酒命名，但西本先生的考虑很具体：二条城就在附近，酒店位于二条城的东南方向，这个方位古时被称为"巽"。二条城过去是天皇的居所，而菊花是天皇的象征。我看了看酒瓶，上面果然画着二条城和菊花的图案。"这个二条城的图片，因为设计公司迟迟找不到合适的，是我自己画的哦。"西本先生笑着说，为此他还专门去二条城写生了。

我又喝了一杯名叫"笑四季"的，名字听起来让人愉悦。是滋贺地酒中少有的甘口酒，我见它写着英文名，比传统的日本酒看起来时尚许多，西本先生则说："在女性之中很有人气。"就在此时，来了两位客人。男的在寒冷之中点了杯生啤，女的也在西本先生的劝告下要了城巽菊。西本先生抱着酒瓶出来时，手上还多了几张传单，我们每人得到了一张，上面有醒目大字：二条城筑城四百年！城巽菊诞生八十年！参观二条城回来的路上，顺道来西本酒店喝一杯吧。

"说起城，最古老的是松本城吧，有四百多年的历史了？"

"不，快要六百年了。"

俩人在我旁边坐下，聊起天来。

"是那个黑色的松本城吧？"我趁机加入，"听说大阪城原本也是黑色的，后来才被德川家康变成了白色。果然还是黑城更好看呢！"

"黑城也是出于战争的实用功能考虑。"男人说。

他们这天刚从大阪办事回来,对于一个中国人为何会出现在西本酒店感到不解。我说我是从电视上看到的。"上电视了吗?"女人露出诧异表情。我指了指远处墙上的海报,西本先生闻声走出来,又像不久之前带着我一样,带着两人去看那张电视剧海报了。我远远听见他们的寒暄。

"你还有个姐姐吧?"女人道。

"那个人已经去世了。"西本先生说。

"哎呀呀,什么时候的事情?"

"四十七年前了吧,年纪轻轻的,50多岁就死了。"

女人说她是秋田人,在这附近也住了四十几年。西本先生说出了一个名字,女人连连点头,他得意极了:"刚刚一看你的脸我就知道了!"

后来女人告诉我,她如今72岁了,也是第一次坐在西本酒店门前喝酒,这个角落似乎是新开设的,"从前是做'配达'的店,在附近很有名的"。

我并不太明白所谓的"配达"是什么,没来得及问,俩人又关心起来我是否因为近来流行的新冠病毒受到差别对待,我再三表示"遇到的人都很温柔"之后,他们终于放下心来,又陪我喝了一会儿。我决定再喝最后一杯,这一次,西本先生推荐的是名叫"北岛"的酒,来自滋贺县北山酒造,是他自己很喜欢的酒,"真正清透畅快的辛口感"。

我再一次被说服了，西本先生又抱着一个大瓶子走出来，见我倾斜着杯子接酒，旁边的男人嚷嚷起来："不行不行，这样是倒不满的哦。"我重新把杯子端正，西本先生接着倒酒，直至酒溢到了我的手心里。喝了一口，是强劲的酒。

"味道如何？"男人关心地问。

"感觉是这四种里面最男性化的。"

如此一说，他也要了一杯，尝过之后，对旁边的女人说："感觉你会喜欢。"

西本先生很在意，也走出来问："如何？"

女人喝过道："我非常喜欢，美妙的碳酸滑过喉咙的感觉。"

除此之外，那一天的记忆就只剩下在聊天中反复感叹的"好冷啊"，酒在寒冷中更加凛冽清澈，可惜京都不下雪，否则定会成为极好的雪见酒。看不见雪，能看见月亮也是特别好的。我在西本酒店的推特上看见有一条内容很有趣：日语里"今天月亮真美，能喝一杯就好了"，意思其实是：工作还没结束。后来在微醺中走回家，月亮无处不在，内心就也觉得，能喝一杯，确实真好。

过了些日子，天气暖和了，我想买瓶春天的酒，又去了西本酒店。住宅街里热闹了许多，我和下午4点放学的小学生们一起走过街区，看见两个女人站在酒店门前正和西本先生聊着些什么，骑自行车的人经过，也被招呼下来一起聊天。我站在对街默默看着，过了一会儿，西本先生发现了我，我走过去打招呼，才看到桌上多了一台小型播放器，电视台寄来了DVD，大家正在一起看那部有西本酒店登场的电视剧。

"这阵子怎么样,忙吗?"西本先生送走了那两位女人,寒暄着把我带进店里,召唤了一位年轻人过来。他把那人叫作"番头",这是在江户时代的商人之间常用的词语,指的是"雇伙计中地位最高者"。随着近代组织企业的形成,如今没人使用几百年前的老派古语了,但这个称呼在西本酒店平常地存在着,熟客来了,也习惯地叫着"番头",这就是西本酒店有趣的地方。"番头"把我带到冷藏柜前,推荐给我一瓶名叫"初樱"的酒,瓶身上樱花飞舞,听说是滋贺县安井酒造的女主人一张一张贴上去的,酒口感温柔,略有气泡感,能成为很好的花见酒。虽然一眼看上去就是春天的酒,但1.8升的瓶子对我来说实在是过于大了,最终我买了一瓶叫作"雨垂れ石を穿つ"的浊酒,是被名字打动了:水滴石穿。又听闻这种酒用很少的水酿造而成,成为很甜的甜口,还学到了有趣的知识。"日语里把感叹号读成'雨垂れ',想想看,雨水落下的样子果然像是感叹号呢。""番头"把酒瓶拿出来晃了晃,瓶底浑浊的沉淀物就漂浮起来了,他告诉我秘诀:每次都要这么摇一摇再喝。"番头"用泡沫纸把酒包装起来的时候,西本先生走出来,见到我买的酒,对此表示满意:"是一年里只酿造一次的酒。"

我又喝了一杯城巽菊,和西本先生站在门前一起看DVD。剧里那位老头严厉而苛刻,是我最棘手的类型。西本先生哈哈大笑:"上了年纪的京都人都是这样的,很严厉,让人害怕,他演的是真正的京都人。"我从前也这么认为,但西本先生一点也不凶,总是笑嘻嘻的。兴许是"应仁之乱"之后才搬到京都的缘故吧?我想,所以才有那份亲切感。西本先生又告诉我,电视剧播出之后,多了许多意想不到的顾客,前一周有个人从岐阜来,也站在这里喝酒。

"像是这样的角落,日语里叫作'角打'吗?"我问西本先生。从前在书上看过这样的说法:所谓角打,是可以喝酒的酒店,和居酒屋不同,只提供一个角落,起初人们都是站着喝酒,后来一些店家开始提供椅子。角打有个原则:绝不提供料理,也不能外带食物,店里贩卖一些简单的下酒小零食,都是包装品,以罐头居多。

西本先生带我去看贴在墙上的另一张纸,不久前一位本地记者前来采访,读了文章,他才第一次知道"角打"这个词。"是最近才出现的新词,我和番头两个人嘀咕:'是什么意思啊?'后来他上网去查,告诉我'角'这个词在日语里是'一隅'的意思,我就觉得说得没错,我们这里就是在角落一隅喝酒的感觉。"

西本酒店的"角打",是从六七年前应客人要求在店门口摆了台机器贩卖生啤。生啤的机器越换越大,客人越来越多,才想起来:不如日本酒也弄来喝喝吧!虽是京都的酒店,但这里能喝到的四种全是滋贺县地酒,店内贩卖的酒也以京都府和滋贺县为主。起初酿造"城巽菊"时,在喜多酒造喝到的美味日本酒,令西本先生对寂寂无闻的滋贺县地酒产生了好奇,命令"番头"四处去寻觅。他的直觉是对的,滋贺县土地肥沃,产优质稻米,又有琵琶湖,水质可以保证,再加上很好的酿酒职人,好酒三要素齐全了。滋贺县地酒越放越多,如今西本酒店里常年有来自13家酒造的各种酒。

西本先生今年就75岁了,他是家里的长子,从20岁开始,一生只做了这一份工作。"因为我是长男,在我的时代,长男继承父亲的工作是理所当然的事情。"从学校毕业那年,班上只有两个人回家帮助家业,西本先生就是其中之一。他一边帮忙父亲的工作,一边跟着学习。没觉得有什么违和感,也没有过抵抗的阶段,一次也没有想过做别的工作。同样的工作整整做了五十年,能够和很多人有很多交谈,告诉客人,这个酒的优点是什么,怎么喝才能更好喝,客人因此做出选择,找到自己喜欢的酒,这样的过程是西本先生最喜欢的。"都说现在是廉价贩卖时代,便宜的东西才能大量卖出。但我们家不是这样,西本酒店以'这个酒好喝'为第一前提,不卖好卖的酒,要卖好喝的酒。"杂志采访他,他也说:"我们的酒全部很好喝哦!关于什么酒搭配什么食物,欢迎前来聊一聊。"听到客人说出"好喝"这个词的时候,是西本先生最高兴的时候,也是他觉得"做这份工作真好啊"的时候。我想起每次站在门前喝酒,西本先生总要站在一旁盯着我看的样子,便明白了其中缘由。

开酒店不只是一种生意,更多的是一种交流,和这个街区的住民之间也是如此,和酒造的生产者也是。这也是西本先生喜欢滋贺县地酒的原因:和京都工厂规模的清酒品牌不同,滋贺县尽是小型酒造,类似于家庭内工业一样的感觉,更有人情味。从前一旦发现了好喝的酒,西本先生就会去拜访酒造,看看那里的人长什么样,用什么样的方法在酿造酒,和酒造的人们聊天,品尝美酒,听他们说酒的事情。"不看酒造是什么样是不行的,只有看到大家在那样的地方一生悬命[1]

---

[1] 拼命、拼死的意思。——作者注

地酿造酒,才能了解酒的特长。"西本先生年龄大了,渐渐跑不动酒造,就换"番头"去。"番头"甚至还帮酒造的人做大扫除的工作,如此一来,和酒造的关系越来越好,一些不对外贩卖的珍贵的酒,也都放到了西本酒店。坊间渐渐有了传闻:有些滋贺县的限定酒,只有西本酒店买得到。酒造的人们也经常来京都拜访,有一次我去,西本先生指着一位西装革履的来客对我说:"这位,就是北山酒造的社长。"那一位也笑吟吟地看着我说:"这里的酒不错吧!"

西本酒店从早上 10 点就开门,附近的住民们,一天之中随时可以来喝一杯。天气好的时候,心情好的时候,牵狗出门散步的时候,都有停留驻足的理由。牵着狗来的人,如果哪天独自来了,西本先生就会很关心:"今天狗去哪里了?"在这个纯粹的住宅区里,西本酒店代代延续在这栋老旧的町屋里,对那些同样世世代代生活在这里的住民来说,是难忘而美好的风景,毕竟在过去的时光里,四周全是这样的店铺。而如今,米店、鱼店、蔬果店,都随着时代渐渐消失不见了。

"我们家常客很多呢。"说这些话的时候,西本先生语气中是有些遗憾的,"从前来到店里的人,互相之间都知道住在哪栋房子,叫什么名字。最近虽然知道长相,却不知道名字,也不知道住在哪里。现代人如果被突然问起名字,会有人觉得很反感吧?如果愿意自己主动说倒是没关系。"

除了数不清楚种类的各种酒,西本酒店还卖京都最早的调味料,从西本先生出生时开始,店里就放着那种名叫"ツバメ"(燕)的酱汁,近来因为超市里买不到,许多人会专程来买,也买大包装的海苔,传说中"好吃到人们搭巴士来买,还会定期寄给远方的朋友"。昭和时期的京都,酱汁、酱油、味醂和醋之类的调味料都是司空见惯地放在酒店的。如今个人经营的酒店越来越少,便利店、超市和网络购物成为消费主流,只有西本商店,令人怀念的风景不曾变化,维持着日常市井之间的人们的关系。

因此西本先生想在这个小小的"角打"里,营造过去那种亲密的人情关系。住在附近的人们,工作结束之后,从公司走回家的路上,顺路在这里喝一杯,用悠闲放松的心情结束一天。来到这里的都是街坊邻居,也没有什么需要特别顾虑的,大家如果能聚在一起"哇哇哇哇"地说着话就好了。就像在那部电视剧里一样。

我去采访西本先生的时候,他也和我一起坐在"角打"里,如往常一样聊天说话。周五下午的住宅区里偶有小型私家车开过,放学的孩子们列队走过。熟人路过他总是点头致意,有人要买酒,他就起身走进店里,谈话暂时停止下来。客人离开时,也向坐在门口的我点头:"打扰你们了真不好意思。"想到这家店一百年来都是如此开在这里,带给来来往往的人们怎样的安心感,难免对眼下的日常充满了感激之情,觉得时代的喧嚣也不过是过眼烟云。西本先生说自己几年前戒了烟,但没戒酒,除了周一的休肝日,每天都要喝一点,夏天喝啤酒,冬天喝日本酒,但工作的时候不喝酒,因为"心情好的时候喝的酒就会很好喝,工作结束后才是心情最好的时候"。又说起店里的啤酒,有一种名叫"HEARTLAND"(心灵地带)的,瓶装酒只在部分地方贩卖,生啤更是难得一见。西本先生突然来了兴致:"我自己很喜欢这个啤酒，味道非常香醇。你没开车来吧？待会儿工作结束了喝一杯呀！"

也是在那一天我才知道，"番头"的名字叫中村。中村从大学二年级就在西本酒店打工了，因为喜欢酒，大学毕业后也没着急找工作，又在店里打了五六年工，才终于开口请求道："让我留在这里吧！"西本先生那个时候严肃地对他说："如今已经不是开酒店的景气时代了，到处都能买到酒，今后会越来越不好做。"中村回答："我知道，但是想做。"一直做到现在。他钻研了很多日本酒知识，又开通了酒店的推特和脸书，让更多人知道酒和酒店的故事。西本先生开玩笑说他"就是认真过了头"，但内心十分高兴，让他朝着四代目的目标修行。

西本先生果然在那天采访结束后请我喝了一杯风味绝佳的生啤。我也第一次尝试了店里的名物，来自天桥立的橄榄油浸沙丁鱼罐头。把排列得整整齐齐的沙丁鱼全部吃完后，我就离开了。西本先生一如既往地站在门口，笑吟吟看着我走到路口，笑吟吟对我挥手。我回了几次头，他一直笑吟吟站在那里，每次都是这样，直到我不好意思地奔跑起来。

我始终惦记着一件事，第一次来西本酒店时，那个女人口中的"配达"究竟是什么？后来我从西本先生口中得到了可爱的答案。"夏天泡完澡之后，心情不是会变得很想喝啤酒吗？但要喝生啤就得去啤酒花园，就算是附近的小酒馆，也不可能穿着睡衣去吧？那个时候，我做了一件事：把生啤酒送货上门。人们洗完澡，穿着睡衣，'啊，想喝一杯啊'的时候，只要给我家来个电话，立刻就送过去，用乌冬面店的那种外卖箱装上。"原来如此，穿着睡衣喝生啤也不是梦想。但由于迷恋这种梦想的人不是一两个,"配达"的人气越来越高,忙得不可开交,持续了两三年,不得不结束了。

对我来说,在家里穿着睡衣喝生啤已经是无法实现的梦想了。但我现在又有了另外的期待。西本先生说,酒店门口的那些五颜六色的灯笼原本是装饰用的,去年拍电视剧的时候,在工作人员的建议下全都亮起灯来了。"没想到这么好看!今年夏天我也想把它们亮起来,不是有那样的啤酒花园吗?"啤酒花园是近代都市的产物,在大阪和东京的商业公寓楼顶上很常见,京都反而很少,但西本先生接着就说起了古都该有的意向:"或者就在祇园祭的时候吧!"我想起祇园祭是那样炎热、喧嚣而又热闹,在那个非日常的奇妙世界中,巨大的山车都亮着灯笼,小小的西本酒店也亮着灯笼,那时的一杯冰啤酒是何等美味,又将让我跌入怎样不可思议的迷梦呢?

厚蛋卷

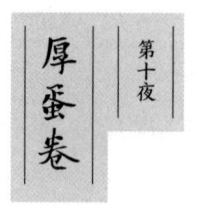

第十夜

  为什么好像每个日本人都能做出造型完美的厚蛋卷呢？我跟着好几个食谱学过，甚至配置了全套工具，不是火候不够，就是用力过度，始终无法尽善尽美。最后只好知趣放弃。想吃厚蛋卷的时候，就去京都人的厨房——锦市场的那一家"三木鸡卵"，它是1928年创业的厚蛋卷专卖店，昭和的味道经过了平成传承到了令和，再过些年就会跻身百年老店，仍然深受京都人青睐：平日里每天能卖出600个，年末和盂兰盆节生意更好，可以卖出超过1000个。"这家店店主的儿子很有名呢，以前是祇园祭长刀锌的稚儿。"就连这种事也会被京都人记着，当成八卦讲了二十年。

  三木鸡卵的厚蛋卷称为"だし卷"，和我们常说的玉子烧稍有不同，其中加入了高汤。关东人爱以砂糖作为调料，吃起来有点心的口感，但关西人加的是薄口酱油，喜欢的就是这股高汤味。我总觉得，玉子烧适合做早餐，老少咸宜，京都的厚蛋卷更适合用来做下酒菜，拥有成年人才懂的魅力。同在关西地区，京都的厚蛋卷和大阪的卷法

第十夜

又有不同，前者是从内往外卷，后者则从外往内卷，大阪和东京是同一种卷法，只有京都的被称为"京卷"。原因众说纷纭，有的说这样可以不让空气进入其中，保持造型紧致；有的说和京都的隐喻文化有关，如同庭院和枯山水，视觉效果有寓意。什么事到了京都人这里都不会简单，厚蛋卷也是如此，就算再有天赋，至少也要经过两年修行，才能卷出一个令人满意的作品。三木家据说都是做了十几年的厚蛋卷职人，在日常生活中，不到1000日元就能见识职人技，也是一种京都特色。

我在午后去锦市场，近来游人激减，一时没有客人，三木鸡卵的老太太正在整理摆在门前摊位上的鸡蛋。店里常年贩卖生鸡蛋，按照"大、中、小"的个头分类，成盒装着。厚蛋卷也做成三种型号，满足不同人群需求。很快门前又聚起了客人，一位主妇模样的女性，买了盒中号，也许是要回家当作晚餐。两个中学生模样的男生，各自买了一盒小的，商量着又买了一盒大的，要带回家当伴手礼，不久后我在别的摊位遇见他们，手里拎着许多零食，准备去鸭川边午餐。小小的玻璃橱柜里已经空了好几格，我犹豫着，问："穴子卷没有吗？""卖光啦！"老太太笑吟吟地说，"一直是这样。"因为晚到，我一次也没买到过穴子卷，总是意难平，据说是在店里亲手烤制的康吉鳗，切碎了卷进鸡蛋里，每天只烤两条，售罄即止，也不制作更多。此时橱柜里还剩下鳗鱼卷和蟹肉卷，无论哪种都过于郑重，便选择了中号的普通款。也想买鸡蛋，但路途遥远，担心碎掉，于是买蛋黄馅点心，可以作为早餐。游客少的日子，锦市场是十分好逛的，顺道去了熟识的花店，买了几枝桃花和金合欢，是春天的开始。

晚上打开厚蛋卷的盒子，溢出来扑鼻的香，是鲣鱼和昆布混合的味道。"要是有萝卜泥就好了。"这么想着，果然从冰箱里找出吃荞麦面剩下的半盒萝卜泥。厚蛋卷蘸着萝卜泥，口感更加清新，层次丰富，一半冷着吃完了，剩下一半用微波炉加热，热乎乎地吃。软绵绵的厚蛋卷，为什么会和酒这么搭呢？说起来，江户时代的荞麦面店也是喝酒的地方，劳动的人们常在工作间隙在这里稍做休息，等待荞麦面的时间，先点一合酒、一份厚蛋卷作为前菜，于是厚蛋卷有了另外一个名字：荞麦前。我在夜里揣测着，江户人应该是在下午四五点开始喝酒的，于是羡慕了起来。

今夜的酒 | 黑标札幌生啤（樱花限定包装）

每年进入2月中旬，便利店和超市里到处都是樱花的图案。啤酒是一种很奇妙的东西，明明还是同样的味道，只要换了包装，就觉得是一种新的酒了。各家的包装都好看，过去几年我把樱花限定都买过一遍，打开冰箱看到满满的樱花盛开，就觉得冰箱快乐，人生满足。今年在超市里偶然发现黑标札幌生啤也出了樱花限定：树干变成了金色的"樱"字，四周花瓣如同吹雪，纷纷扬扬。是我没有见过的设计，于是开心地买回了家。

在所有的罐装啤酒之中，札幌啤酒是我最喜欢的一种，在札幌去过许多次它的啤酒工厂，新鲜的生啤配上成吉思汗烤羊肉，让人不能忘怀。黑标生啤诞生于四十多年前，我总觉得它的味道清澈爽朗，像阳光少年。但它其实是很硬汉风的酒，从前的代言人是"道产子"[1]高仓健，留下经典广告词："男人就是沉默着喝札幌啤酒。"后来配合黑底金色的五角星标志，广告词变了："不要变圆滑，要变星星。"成为人生格言。

顺便一说，有一个啤酒杯我用了很久。是2008年在日本艺术设计奖上拿过奖的年轻设计师作品，倒上啤酒之后，会出现积雪的富士山，阳光普照。售价和富士山的海拔一样：3776日元。听说销售额的一部分，会捐赠给富士山保护基金。我还有让啤酒好喝的秘诀：先将杯子在冷冻室里冻10分钟，拿出来以后，玻璃上结出一层薄冰，冰啤酒美味，加上冰杯子就更加美味了。

---

[1] 北海道出生的人。——作者注

割烹 久久 〖饭〗

这个店主会说中文

割烹　久久

下京区有间八百年历史的佛光寺，近来突然变得很热闹。先是设计师长冈贤明将他的生活方式主题店"D&DEPARTMENT"[1]开到了寺内，常有来自全世界的文艺青年前往打卡，顺带带红了寺内一株巨大的银杏树，秋天里去，总有人捧起金色落叶撒向天空，成了网红拍照地。

去年春天，朋友的朋友在寺院对面开了一家料理店，约我去喝酒。店主递过来的名片上写着"植野谕树"几个字，我立刻就喜欢上这个名字，用手把中间两个字遮起来，对店主道，你看，这样就是"植树"了！他并不惊讶于我的发现，说父亲大概是因此才取了这个名字。

我是用中文和植野说这些话的。今年42岁的他是如假包换的京都人，自小生活在上七轩一带，20岁出头时受大连一家酒店的邀请，前去担任日式餐厅的厨师，后辗转于北京和天津，一去就是十五年，直到五年前才回到京都。

---

[1] 日本"长效设计"理念发起人，设计师长冈贤明创立的品牌店。——编者注

"为什么要去中国?"我问植野。

"好像很好玩的样子。"他说。

"为什么要回到京都来?"我又问。

"十几年来一直在外面的世界,已经完全不知道日本是什么样子。我有种感觉:再不回来就来不及了。"植野将这家店取名叫"久久",正是源自他的思乡之情:久久不见,甚是想念。

他是在2015年的最后一天回到日本的,离开前发了一条朋友圈:"我要离开中国了,谢谢大家的照顾,再见吧。"回到日本之后,首先给自己放了个长假,把没有去过的日本各地都去了一遍,一边旅行一边了解周遭的状况。起初的三年,只有到了夏天的时候,他会去轻井泽的朋友的日本料理店帮忙。"该有家自己的店了。"他在旅途中长久地思考着。

我总是和相识的中国朋友一起去植野的店,植野的中文说得很好,不懂日语的朋友沟通起来也不费劲。更重要的是他十分了解中国人的行为作风,熟悉之后,就可以放纵地喝酒——在需要时刻注意礼仪的京都能够有一个毫无顾忌的酒场,对外国人来说不是容易的事。再加上植野的店很小,只有一张吧台,从头到尾总共六个座位,有时和几个朋友一起包场,也不担心影响身旁的客人,喝得也越发放肆。

这家店是京都常见的割烹店,和高级料亭不同,它的空间较小,通常没有日式庭院和榻榻米座席,自然也没有前来表演的艺伎。割烹店最早诞生于祇园一带,割烹原本指的是一种料理方法:"割"即刀切,主要表现为刺身,"烹"则为煮物,提供的是最正式的京都料理。它最大的魅力,在于全开放的厨房就设在吧台里,客人的视线可以越过吧台确认料理制作的状况,一边喝酒一边和厨师聊天,空气是流动的。近年来,京都的割烹店也发展出各种全新形式,例如割烹外卖、割烹居酒屋……体现出一种年轻亲民的饮食文化。

在植野的店里,菜单只有简单的两页,一页写着当天的鱼类,一页写着单品和主食。据说这是割烹店的例行做法。鱼类是店里的主角,只注明产地和名字:鸟取的金枪鱼、淡路的海鳗、静冈的金目鲷、兵库的鲣鱼、北海道的海螺、爱媛的甘鲷……以及可以选择的烹饪方法:刺身、烤、煮、炸或是天妇罗。再无多余,既不标注价格,也没有具体的菜式。

我到了植野的店里就懒得思考,全都拜托给他,每次就点一个"お任せ"(店主搭配)套餐,价格大约是5000日元左右,包括四道菜:一道前菜、一道刺身、一道烤物、炸物或煮物,作为一个人的下酒菜最合适。其中最爱的是一道炭火烤甘鲷:用竹签穿上处理好的鱼肉,架在油锅上,用滚油淋鱼皮一面,待到鱼鳞都炸得立起来之后,再将鱼肉一面放在炭火上慢烤。我头一回知道鱼鳞也能吃,口感酥脆,是很好的下酒菜。朋友在店里存了大量威士忌,我却只喜欢喝札幌赤星啤酒,夏天的时候,毛豆和蚕豆煮在一起,是绝佳的搭配。有时也喝清酒,多为各地地酒:新潟县的久保田万寿、山口县的獭祭、秋田县的瑠璃、福井县的梵、长野县的大信州……京都的地酒来自伏见地区的松本酒造,有一款名叫"守破离"的,因为喜欢名字,我就总是喝。清酒最好的下酒菜是生鱼片搭配牛油果,浇上一层植野自制的蛋黄醋酱汁，不知道为何竟然有种柠果的清香。此外，茄子田乐烧[1]、玉米天妇罗、若狭青花鱼寿司，也都是朋友们多点的菜式。

植野是难得的不喝酒的店主，偶尔熟客要求，才会陪着喝，但他极为克制，就只喝一杯而已。客人们就克制不起来了，有时国内来的朋友吃到了兴头，会缠着他说要吃"猫饭"。他并不拒绝，盛出温热的米饭，铺上一层薄薄的木鱼花，再浇几滴酱油，作为一场酒的收尾，似乎能缓解醉意。有更任性的客人，说要吃一碗鸡蛋盖饭，生鸡蛋可不行，要吃温泉蛋。他也欣然接受。

"中国人对猫饭有情结，恐怕是因为那部叫《深夜食堂》的日剧。"我对植野说，"但我在京都的料理店里一次也没见过猫饭。"

"当然是这样。"植野心领神会，"它不是料理店里会提供的菜式。"

"人们会在家里吃吗？"

"是家庭料理，而且是过去时代的家庭料理，"植野道，"在我的童年时代，面包的种类还没那么多，也没那么好吃，人们都是吃米饭的，家里也总有剩饭，于是会想出很多花样来。"

写在菜单上的米饭花样是星鳗盖饭和小鱼干盖饭，可以搭配赤味噌汤，是京都人会喜爱的吃法。只有猫饭像是隐藏菜单一样存在于来自中国的熟客心里，成为知道的人才会知道的存在。

好在因为店里小，对于任性的客人植野也应付得了。店里只有他一个人，正好是可以忙得过来的程度。一边制作料理，一边也能观察

---

[1] 一种将茄子、豆腐和鱼类穿成串，涂抹上味噌酱烤的料理方式。——作者注

吧台前客人的状态，随时做出回应，回答他们扔过来的各种话题。

我坐在吧台前，最喜欢听油锅里发出的嗞嗞声响，问植野："你更喜欢割烹这种形式吗？"

"喜欢喜欢。"他说，"我一直认为这样的店是最好吃的。料理就在眼前制作，做好了立刻端上来，而且因为能看到客人的脸，就更有干劲了。"

眼前是墙壁和眼前是客人，包含在料理里的心情肯定是不一样的。眼前是客人的脸，制作料理的时候，他的内心中就会考虑一些更加细节的事情：人们在吃饭的时候，心里会想些什么？调理方法不同，食材的味道就会变得不一样，要观察着客人的表情，从而得出结论。

"我觉得最好吃的食物，是在特别特别饿的时候，突然有一碗白米饭。"植野跟我分享过他的美味哲学。

"饭团也好吃，盐饭团！"我明白他在说什么。

"对，盐饭团最好吃。"他接着说，"要问什么是这个世界上最好吃的东西，就要先考虑客人的处境。如果不考虑客人，只是料理人一味努力，一味按照自己的想法去做，就算做出来最好的食物，也是不好吃的。"

关于中国客人和日本客人的口味差异，他也会想得很多。中国客人大多不喜欢青花鱼寿司，吃不惯在软绵绵的口感中还有浓郁的醋味，但如果客人是京都的老年人，这一道就是令他们感到幸福的味道。植野常常给我们做烤排骨，日本人不吃排骨，但对中国人来说却无疑是个惊喜。能够这样设身处地考虑到客人的处境，也多亏了在中国多年的生活经验。

他从18岁开始进入料理的世界，高中刚毕业就去了祇园的一家割烹店修行。亲戚里有许多料理界的人，父母退休后也在京都市内经营起一家小小的荞麦店，母亲原本就是保育园的校餐配给师。自幼对料理的兴趣，他认为是家庭基因使然。最初的三年里，他一边在割烹店修行，一边在附近的小酒馆打工，就快21岁的时候，小酒馆里有个熟人来邀约他："大连有一家酒店的熟人在招聘日料店厨师，有没有兴趣去？"对世界的好奇心占了上风。那家日料店里有不少京都割烹名店出身的料理人，客人中也有许多日本人，因此毫无水土不服地待了下来。过了三年，北京的日料店来挖他，他又高兴地去了，那正是各种参差不齐的日本料理店在北京开始蓬勃发展的时候，他去的那家店开在三里屯酒吧街上，日常不仅要做刺身、寿司和天妇罗，偶尔还要做一些比萨和意大利面。又过了六年，公司派他去天津，是开在日资商场里的日料店，比之前正宗多了，空运的鱼类也越来越新鲜，海鳗和河豚之类都是常见的食材。只是那家店总共有150个座位，他虽然也站在吧台的开放式厨房里，但每天都忙不过来，无暇顾及客人的表情与状态，如此又过了六年。

　　植野已经很久没有离客人这么近了。我和他有个同感：在这样一家小店里，对话是非常重要的事情。就像面对不同的客人要提供不同的料理一样，如何谈话、说多少话都要谨慎判断再做出行动。他渐渐有了一些心得，例如和独自前来的客人要多说话，若是三人一组的客人，就尽量不要打扰他们的空间。

　　"你是那种擅长说话的人吗？"我问他。

　　"如果硬要归类，是不擅长的那一类。"他认为这也无碍，"一个人喝酒的客人，比起想听别人说话，其实更希望有个人听他说话。因此，倾听是更重要的。"他更多时候在听客人想说些什么，轮到自己说话的时候，说的都是些料理的事。

植野对我说过海鳗。京都人在夏天一定要吃海鳗和香鱼，却没法自己在家做，因为处理海鳗是一件极为考验料理技术的事情。这种鱼和其他鱼都不一样，鱼骨是菱形，还有很多细小的刺。植野向我展示了一把专门处理海鳗的刀，还告诉我：京都的海鳗之所以如此有名，是因为离海遥远，古代没有冷藏柜，能够活着到达市内的鱼只有这一种。对于仅有的罕见的新鲜鱼类应该如何享用，京都的料理人想了许多办法。

"京都以外的人不吃海鳗吗？"

"几乎不吃，主要是因为麻烦。沿海而居的人们，除了海鳗之外还有很多新鲜鱼类可以选择，也很美味，没有必要非要吃这么麻烦的鱼。"

京都人在有限的选择之前，必要挖空心思对待，知道了这件事，我便对海鳗料理的智慧多了几分尊敬。夏天也去植野的店里吃，其实都是以简单的手法来发挥鱼肉原味的做法：一种为嫩烤，能吃出鱼肉的幽香与松软；一种只是简单过水，迅速放到冰水中冷却，搭配梅肉清酒蘸酱，可以消暑。

有时我也在开店前去找植野，他一边准备食材一边和我聊天，我真的见过他处理一条海鳗，也看到他把豆腐和白味噌搅拌在一起，偷学了不少料理诀窍，对我来说是比喝酒更加享受的一件事。7月里他在我面前泡茶，我第一次见到那样的方法：将茶叶和冰块混合在一起，等待冰块慢慢融化，最终浸没茶叶。他说这种方法叫作"冰出"，能够最大限度发挥茶的清香，最适合用在夏天。茶叶是京都老铺一保堂的高级玉露茶，价格昂贵，但他坚持使用，放在套餐里作为客人的第一杯茶，可以清口。他坚信客人会被它的香味吓一跳。事实上真的有客人会问："这是什么茶？为什么会有香味？加了香料吗？"7月里他还拿出枫树的枝叶，将枫叶一枚一枚清洗干净，作为菜肴的装饰，植物是京都料理中重要的存在，用以传达季节感。我感叹那叶片翠绿，他对植物却有更甚的敏感：现在颜色已经稍稍深了，5月的新绿才是最美的。

他之所以回到日本来，就是想像现在这样，离食材更近一点，更加深入进行日本料理的修行。运往中国的鱼类还是太少，缺乏季节变迁之感，像是柚子和山椒之类的季节调味料，更是没有。

可他又说："像我这样的人，必须要有一次去外国的经历。"

"为什么？"

"脑子意外地很顽固。"他说自己年轻时性格难以变通，因为去了中国，如今才变得思想开阔了，能够接受不同人的想法。

"更重要的是，如果不去其他地方生活一阵子，是不会反思自己原生环境的好处的。"这是他回到日本的另一个重要原因：20岁的时候只知道玩，度过了愉快的青春时光，过了30岁之后，渐渐开始意识到对一个料理人来说，日本文化的学习更加不可缺失。

正如他对京都这个城市的感觉："京都的街道，一定是了解历史的人才会感觉到其趣味的地方。例如路过'坂本龙马被刺杀之地',对普通人来说只是一块石头而已,但是对历史迷来说,那是不一样的心情:一个叫龙马的人在这里死去了,对日本这个国家来说意味着什么。"

我也赞同:"生在京都的人,意外地不了解京都呢。我还认识一位京都人,一次都没去过南禅寺。"

这是我喜爱与植野聊天的原因,能够产生许多共鸣。是在同一年,我们先后来到京都,于他来说是回归,于我来说是启程。我们对于中国和日本的思考方向虽截然相反,但走过的路程却是一样的,因此谈话才有了意义。就像我们同时读了司马辽太郎的《空海的风景》,他从书里开始思考日本,我从书里开始溯源中国,都是重新认识故土的方式。

我偶尔会想象植野的中国生活,他去中国的时候,正好遭遇了日本料理店遍地开花的景象,如今回到日本来,经历的又是中国观光客拥入京都的风潮。我偶尔感叹他运气太好,处处逢时,他的店能够向中国人提供更好的服务,毕竟在这样的小店里,谈话是很重要的。

42岁的植野如今在佛光寺的门口,每天和新的客人相遇,这是他久别重逢后的将来,也是不知道会和什么未知的客人结下长久缘分的现在。

第十一夜 香菜蒜泥煮鲑鱼罐头

想尝试一些更省事的下酒菜。疲惫的人在深夜的便利店买几袋鱼干也能拥有松一口气的独酒时光——能够让那样疲惫的人不费力气、节省时间，还能称得上"料理"的做法，究竟有没有？偶然读到我尊敬的京都料理人大原千鹤女士的一册下酒菜食谱，其中全是朴素食材的简单做法：就着鸡蛋喝酒，就着火腿喝酒，就着鲑鱼喝酒，就着豆腐喝酒，就着纳豆喝酒……再多读几页，竟然真的找到一道5分钟之内就能完成的料理：香菜蒜泥煮鲑鱼罐头。

不难理解日本人为何钟情于罐头食品：在地震灾害大国，储藏食品有其实用性。但近来事情的性质也在变化，罐头价格越来越高，食材也从普通的鱼肉禽肉升级到了鹿肉熊肉和更高价的海产品。京都这些年接连开了几家高级罐头专卖店，我在店里见到售价超过一万日元的螃蟹和海胆罐头，普通人根本吃不起。在这之中，鲑鱼罐头仍是拥有平民人气的一种，因此我更加好奇，作为高级京料理人、追求自然原味的大原女士，真的能让廉价的罐头食品变成高级的味道吗？

第十一夜

我深深信任着大原女士，不仅因为她出生的美山荘是我最喜欢的京料理店，或是她出现在NHK[1]那部《京都人秘密的欢愉》中担任料理指导，还有一个最重要的原因：她也是个酒豪。这本食谱原本来自她出演的一档酒肴节目，那位电视台的制作人在序言里写道：大原女士拥有非同寻常的酒量，那是一种冲击性的海量喝法，又是一种看上去很美味的喝法。从啤酒开始，接着连喝了五合日本酒，白葡萄酒和红葡萄酒又分别喝光了一瓶，她最后道："再喝回日本酒吧，或者喝烧酒？"

被评价为"酒吞女神"的大原女士令我心生向往，如果不能与她同席畅饮，至少想尝试一下她介绍的下酒菜。鲑鱼罐头是最简单的选择。如今日本市贩的鲑鱼罐头能找到几十种品牌，它在家庭料理中几乎是万能的：开盖即食，也可以做成便当、饭团和茶泡饭，或是焖饭、炒饭、乌冬面、味噌汤、奶油炖菜、蔬菜沙拉和意大利面……身段柔韧，无所不能。大原女士选择了带着骨头的一种，我在超市买到的则是脂肪肥厚的腹肉，已经烟熏过，去除掉一些腥味。它是东京百年老铺明治屋推出的"美味的罐头"系列之一，这个始于2014年的系列已经从最初的16种罐头发展到如今超过50种，平均售价只要600日元一盒，价格平易近人。

明治屋对待罐头是认真的。我看过一些资料，开发人员游走在日本各地寻找名物食材，官网上还会针对每一种罐头定制食谱、推荐搭

---

[1] 日本放送协会的简称。——作者注

配的酒类。例如这款鲑鱼罐头,就建议用来做散寿司——和醋饭、芝麻还有紫苏叶拌在一起,再挤上一点青柠汁。也绝不是省事的吃罐头的方法。我决定还是按照大原女士的做法,买来新蒜和香菜,又在商店街的百元店找到一个烤网,就准备齐了。做法十分简单,只要在罐头里铺上蒜末和香菜,放在烤网上慢慢加热,待食材的味道都混合在一起之后,再挤上青柠汁,撒上些许一味粉即可。为了让味道更丰富,我又自作主张加入了两滴芝麻油和石垣岛的辣油,味道才算是完美。大蒜和香菜都是自我存在感很强的调味料,能够掩盖鱼腥和防腐剂的味道。更巧的是,它们都和日本酒非常搭——鲑鱼罐头的好朋友是日本酒,无论大原女士还是明治屋都是这么说的。

小小的一盒罐头令人意犹未尽,幸好我在贪欲的驱使下多买了两个:一个烟熏小香肠,用羊肠包着猪肉,撒上一点奶酪条和咖喱粉,加热吃了。橄榄油浸烤鸡肉,加入大量香辛料的印度做法,也放上切碎的生菜丝一起煮,吃起来就多了蔬菜的清香。

我一边喝着日本酒,一边又生出更多的贪欲,打开明治屋的主页浏览起来。此时正在推出父亲节特辑,以"给父亲的罐头"为主题设计了特别包装,封面上的女孩抱着酒和罐头,旁边写道:"爸爸,一直以来谢谢你。"如此想来,罐头和日本酒确实都是适合送给父亲的礼物。也才意识到,我也终于到了能和父亲对饮的年龄,算是微小的幸事了吧。于是心中的愿望变得强烈起来:要和父亲喝一杯,就着这美味的鲑鱼罐头。

第十一夜

今夜的酒 | 海底力 纯米吟酿

看到了鲑鱼,想起它们溯流而上回到北海道大海里的故事,决定喝一杯北海道的酒。过去旅行时,在钏路有名的居酒屋喝过一款名叫"海底力"的纯米酒,众人赞不绝口,介绍说它只在每年春天限时限量发售,又说它与众不同,是在海底炭坑里酿造的酒,心中惦记着,次年春天立刻预订了两瓶。

作为钏路市唯一的酒造,生产这款酒的福司酒造也有百年历史,酒造在2006年开始和当地的采炭公司合作,把酒储藏到海底。这里是如今日本唯一开放采掘的海底炭矿,因此海底力也成了全日本唯一在海底酿造的酒。不受紫外线和温度湿度的影响,造就了它柔软而醇厚的口感,我感受着舌尖丝丝的甜,想起它如何在太平洋海底长眠,如何沉睡于最接近地球中心的地方,就能明白"海底的力量"是怎样沉静安稳,然后心想:人类算什么呢?还是喝酒吧。

微醺列车 〔葡〕

在移动的居酒屋上,有海,有酒,有美妙旅途

搭高速巴士到了京都的最北边，距离火车发车时间还有两个小时，我决定先去泡个汤。天桥立车站前有一家日归温泉，门票要 800 日元，比起奈良山里的那些稍贵，但这里有宫津市内唯一的露天温泉，还可以租借毛巾，两手空空也很方便。泡完汤出来，瘫在休息室的榻榻米上喝一瓶明治牛奶，身心完全放松下来，才感觉可以开始喝酒了。

喝酒的人之间有个共识：泡完温泉后的那杯最好喝。我把这天的一杯留给了丹后铁道。"微醺列车"在下午 4 点 49 分准时从天桥立出发，11 月的天色已经变得昏暗。从气温降至 10℃ 以下的室外走进车厢，见到木桌上都摆着一盏台灯，昏黄的灯光散落各处，竟然真的有点像小酒馆，有种暮色中的温暖。我原想问列车员为什么不早点发车，见状便打消了念头：一定是故意的，还有什么时刻比寒冷冬天的傍晚更适合喝一杯呢？

刚坐下，列车员拿来酒单，让我从白葡萄酒、红葡萄酒和日本酒中选择一种。葡萄酒来自天桥立，日本酒则是丹后的地酒。我还没喝过京都酿造的葡萄酒,心中好奇,决定尝一尝。这一天乘客不多,除我以外还有三桌:邻桌的关系显而易见,是一对老夫妇和儿子;车厢尽头坐着三个年轻人,穿着西装,像是工作同僚;靠海一侧的双人座上,有两个用英语和列车员交谈的中年人,应该是海外观光客。"喜欢铁道又喜欢喝酒的一定都是大叔吧?"我如此轻浮地下过判断,看来并不全然如此。

这是京都丹后铁道自10月开始运行的"黑松号微醺列车",在周末和节假日每天一班,从天桥立车站出发,沿着日本海向东,一个半小时后到达西舞鹤站。车票需要提前预订,4500日元,并不便宜,主要是车上可以喝酒,也提供下酒菜。"黑松号"是一辆以观光为目的的食堂列车,不同时段提供不同套餐,我在夏日里曾搭过一次下午茶甜点列车,微醺列车是到了秋冬才登场的。

列车缓缓驶出站台后,白葡萄酒就送上来了。尝了一口,果香浓郁,很像我过去在北海道喝过的一种。曾有葡萄酒行家总结,说日本人缺乏浪漫情怀,不会酿造葡萄酒,但我却很喜欢这一种,比起欧美葡萄酒的口感更像是果汁,没有那么多高级的涩味和复杂口感,反而容易被日本人接受。天桥立的葡萄酒相比在北海道喝到的那一种,果实的酸味还要更重浓郁一些,很适合作为酒局的开场。

下酒菜也一起端上来,是沙丁鱼、腌咸菜和泡菜。列车员在我身旁蹲下,介绍说这几道也是丹后的名物:沙丁鱼来自本地一家罐头工厂,用从日本海捕获的新鲜的沙丁鱼浸泡在植物油中制成,如今是很有人气的土产。腌咸菜是"七味大根",把萝卜做成昆布口味再撒上七味唐辛子[1]。泡菜来自西舞鹤一家意大利餐厅，根据季节不同而更换蔬菜，这一天是红椒和黄椒。

列车走走停停，驶离城镇之前，工作人员都聚在站台上挥手，也许是他们这一天最后的工作。车厢里的人们举着酒杯，也挥着手回应他们。随后进入田园地带，窗外无边的是收割后的稻田，再进入山间，一路朝着海的方向而去。

"要再来一杯葡萄酒吗？"列车员走过来问道。车厢里的工作人员只有三个年轻女孩，既要负责讲解，又要服务饮食，尽管客人不多，也忙个不停。

"没想到京都葡萄酒的味道还真不错呢。"得知可以无限畅饮，我又加了一杯。

"是使用丹后地区栽培的生食葡萄酿造的，果味很重吧？这款近来很受欢迎。"她又在我身旁蹲下了。

"我过去在北海道也喝过一种，味道和这个很像。"

列车员露出惊喜的表情来："其实，这位社长在北海道修行过呢。"据她所说，天桥立葡萄酒酿造所的现任社长，年轻时曾是本地一所公立高中的老师，因为对大学时代在美国旅行时喝到的葡萄酒的味道念念不忘，25岁那年辞掉工作，把妻子扔在家里，一个人跑去北海道的葡萄酒酿造所学习技术，其间又去德国进修了好几次，如此经过十年才回到京都。从此开始自己种植葡萄，开设酿造所。"北海道那边似乎

---

[1] 辣椒。——作者注

也投资了。听说北海道在本州地区投资建设酿造所,在日本葡萄酒史上这是第一次。"在一个从未栽培过葡萄的地域,不能拥有北海道那么得天独厚的自然条件,又听闻为了加固土壤,社员们每天要去酿造所前的海边收集贝壳和牡蛎壳的化石,撒在葡萄田里。这家小小的酿造所如今每年要生产 10 万瓶葡萄酒,但本地葡萄产量有限,仍有一部分来自北海道。

"所以才会喝到北海道的味道啊。"凡事皆有因缘,我对天桥立多了几分好感。列车员又向我推荐,说那位社长在天桥立还经营着一间 400 年历史的老铺旅馆,原本是妻子的家业,最近改装成为可以喝到美味葡萄酒的温泉酒店。"用丹后地区新鲜食材做成和葡萄酒很搭的料理,列车上不便制作,不妨去那里吃一吃。"她举起例来,说现在可以吃到的是岩牡蛎和贝类的刺身。此时另外两道下酒菜也送上来了:天桥立的火腿和香肠。香肠比较特别,加入了从京都山间捕猎的鹿肉。味道虽然不错,但毕竟是加工过的半成品,不如牡蛎刺身诱人。

我看了一眼隔壁的老夫妇,他们点了日本酒,三个杯子一组,是不同地酒的组合。他们续杯了好几次,赞不绝口。我也想喝日本酒,问了问才知道,选了葡萄酒就不能再选日本酒,但可以另外加钱单点,310 日元一杯。到底意难平,要来酒单,三种地酒分别是:舞鹤市池田酒造的纯米酒"加佐一阳",使用当地农家栽培的不施农药的酒米酿造,口感略酸,随着温度上升逐渐变得辛口。老夫妇夸赞的一种,来自伊根町向井酒造的"伊根满开",颜色是奇妙的赤红色,据说是用古代米酿造的新式日本酒,有玫瑰红葡萄酒的清爽口感。还有一款京丹后市吉冈酒造的大吟酿,名字不知为何却写作邻县的"吉野山",是用山田锦酿造的日本酒,中规中矩。

我正要试一试"伊根满开",又发现酒单最下方还有一种"季节的地酒",期间限定,随机更替。向列车员打听,说此时的一种名叫"酒吞童子",此前我看到站台上贴着海报,对这种妖怪酒产生了兴趣,决定就选它了。

"酒吞童子"在日本妖怪传说中是实力超群的恶鬼,因非常爱酒而得名。使用这种妖怪名字酿造清酒的,是由良川河口附近有着180年历史的白岭酒造,据说从前酒吞童子栖身在由良岳所在的大江山连峰,成为妖怪头领,不时现身京都市内作祟捣乱。这款"酒吞童子"的酿造用水,正是来自山腹中的瀑布清流,水质极软,可以自由酿造甘口或辛口的日本酒,在人们看来是天赐的恩惠。

这个季节喝到的酒吞童子,是丹后秋天的味道,瓶身上红叶飘扬,取名为"红叶姬",是9月初才装瓶出厂的一款纯米吟酿。它的制法称为"冷卸",是秋天里贵重的酿造方法:一般日本酒需要经过两次加热杀菌,冷卸酒则只要将春天酿好的新酒经过一次加热后,冷藏储存度过夏天,到了秋天直接拿出来喝。它还有另外一个风流的说法:秋上。

"喝冷卸酒有什么讲究吗?"以我对日本酒的简单感受,它的口感圆润温和,甘甜回味停留得更久。

列车员思索了几十秒,说:"果然还是要搭配秋天的食材吧。"

"比如说?"

"在丹后的话,应该就是松叶蟹了。"

"真是奢侈的丹后人啊。"我笑了。让丹后人引以为豪的松叶蟹，价格不菲，是日本海秋冬的味觉代表。

"黑松号微醺列车"的诞生契机，也源于丹后人的自豪感：这个地区自古就盛产日本酒，又有许多老铺酒造，但因为几乎都是代代相传的家族作坊，知名度远远不及南边的伏见地区。为了让更多人了解丹后地酒的魅力，当地人想到了这个企划：列车行驶在四季变化的京都海岸沿线，人们在微微的醉意中享受海景，更能感受当地的酒文化和食文化。我对黑松号的亲切感，也来自它的设计师水户冈锐治先生。过去曾在九州和四国搭乘过许多他设计的观光列车，每一辆都有和当地相契合的主题，让我得到了浪漫的铁道之旅。黑松号的设计理念则是车名中的"松"字，车内随处可见这一元素，灵感来源于被誉为"日本三景"之一的天桥立的代表景色：白砂青松。车厢内装全部使用丹后地区的天然木材，窗户上则挂着京都的传统竹艺拉帘。

列车经过由良川桥梁，它是西日本地区最长的铁桥，距离水面仅有6米，丹后铁道许多观光海报都是在这里拍的，看上去如同在湛蓝大海上漂浮的铁道。此时列车外的世界已经被夜幕笼罩，凑近窗户上也只能看见群青色的光影。但看不见也没有关系，因为在醉意之中，就没有什么好介意的，大家纷纷坐向了靠海的一侧，贴在窗户上寻找列车员介绍的两个远方的海岛——喝酒喝到一半去看海，对京都人来说过于奢侈。

在这辆有酒有海的列车上喝酒，大概是因为摇晃，醉意比平时来得更快。酒单上许多的丹后地酒，我虽然很想一直喝下去，最后还是在酒意中打住了。白葡萄酒倒是又喝了许多。列车在由良海滨稍稍停留时,我走下车去散了会儿步,穿过空无一人的车站,看见天空中挂着一轮朦胧的月亮,海风清寒,夹杂着潮水的味道。四周黑黢黢一片,除了月亮,列车是唯一的发光体,我隔着车窗,看见老年夫妇正在举杯碰撞,像极了某部电影中的场景,有人间温情,是旅途快乐。

再上车的时候,列车员又在给他们加酒了。

"这样下去,还没到站就醉了啊。"白发老太太说。

"醉不醉都没关系啦,我更担心待会儿什么都吃不下。"丈夫附和道。那位弥漫着理工科气息的儿子,一言不发,始终在旁边露出浅浅的笑容。

白发老太太笑起来更加温柔,见我走过去,指指手里的杯子:"这个葡萄酒很好喝呢。"她和我喝的是一样的白葡萄酒,中途问服务员要了好几次冰块,看来是真的很喜欢。我告诉她北海道葡萄酒的故事,她又笑:"我刚刚就很想告诉你,九州的葡萄酒也很好喝。"

如此聊了起来,我才知道,三人是从广岛来京都观光的。

"那个矗立着大鸟居的世界遗产,你知道吗?"

"是宫岛啊,去过两次呢。"

每年一次,儿子带着他们一起旅行,晚点列车到站后会转车去东舞鹤的旅馆,尽管已经喝了许多,却还是预约了当地有名的居酒屋。明天一早要去京都市内参观新建的铁道博物馆,就是为了看火车来的。

"家族旅行真好啊。"

"我们啊,拥有的也就只是剩下的时间了。"

相识的日本朋友偶尔会向我感叹这个国家的家族体系正在瓦解,但我不完全同意,常常看到子女和父母一起旅行的场景,总是觉得羡慕。

我打算把刚刚拍的照片发给他们,三个人却都不用电子邮箱。

"住在日本吗?"比起照片,她似乎对我的生活更感兴趣。

"住在京都。"

"真不错呢。"

"可是京都好难啊。"话音刚落,儿子首先心领神会地笑了。偶尔说说京都的坏话,已经成为我跟日本人交谈的撒手锏了。

"没关系啦,其实大家很温柔。"老太太安慰我说,"要加油哦。"

果然喝了酒就能够多说话。我从前也喜欢在火车上喝酒,和大家一起碰杯却还是头一次。平日里即便是在长途火车上,喝酒仍需顾虑身边人的感受,但在这辆微醺列车上,人们都是为了酒而来,为了尽情地畅饮,就像是一家移动的居酒屋。也真的有人喝醉,远处的一桌喝到了兴致就唱起歌来,大声呼唤列车员续杯,吵吵闹闹。

如果说在船上喝酒是古代沿袭下来的风物诗,在火车上喝酒就完全是现代的产物。这两种方式代表日本人的两个极端,既能保护传统,又能接收新鲜血液。铁道是明治开化的产物,日本人却孕育出世界知名的铁道迷,又衍生出不同的流派。例如:"乘り鉄",只是单纯喜欢搭乘火车的人;"撮り鉄",铁道摄影爱好者;"吞み鉄",铁道喝酒爱好者。从前的铁道喝酒爱好者,只是搭乘着火车在各站下车,寻找沿途有趣的居酒屋,拜访当地酒造,然后在醉意中再搭乘下一辆火车。

我一直觉得铁道和酒很搭,比起一般的居酒屋,这里醉得更快。

但在摇晃的车厢中,在微醺之中,世界运行的速度就会慢上加慢。在这个缓慢的世界里,窗外有海,窗内有酒,可以和偶遇的人聊天,可以知道一些故事。喝酒的愿望和旅行的愿望,一起得到了实现。

几年前的夏天我采访过水户冈锐治,这位70岁的老人带着天生的浪漫气质,就是这么对我说的:"所谓列车,也是相遇的空间。在列车中端上来美食,喝着茶饮着酒,播放起音乐,全都是为了人和人共处的时间服务的。人和人在列车上相遇,在列车上发生各种故事,列车就是一段旅途。"

这一天离开的时候,白发老太太特意站在出口等我,为的是告诉我一句:"要加油哦。"我也早就想好了要跟她说什么:"明天的铁道博物馆,玩得愉快!"我带着醉意,从车站走出来,自动贩卖机在这个季节开始贩卖热饮品,不乏有一些平日里觉得奇怪的,例如法式鲜虾浓汤,买了一罐放在大衣口袋里,暖意在手心蔓延开来。就用来解酒吧。

月亮照在山里,月亮照在人间,我在旅途的终点,再一次感觉到了快乐。

第十二夜 海鲜盖饭

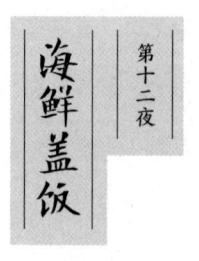

从春天到夏天,因为新冠病毒流行,周围许多居酒屋都停业了。我战战兢兢地观察着相识几家的状况,生怕哪家突然倒闭了。也有一家开着门的,每天接待不过十来位熟客,还有一家开始推出下午茶的咖啡和甜点,转型得很彻底。偶然从在神马打工的年轻女孩那里得知,店主酒谷先生给打工的学生都放了带薪休假,照旧管饭,自己每天带着两个厨师在店里卖便当。她叹了一口气:"百年一遇的上街发传单,就像是从头再来。"

我决定去照顾一下酒谷先生的生意。神马的便当菜单比我想象中的更丰富,印刷成大幅海报挂在店门口,我犹豫不决,陷入了选择的困境,只好向酒谷先生求救。"烤牛肉盖饭是神马的招牌黑毛和牛,铁火盖饭能吃到很多吞拿鱼刺身。"他顿了顿,"如果想吃更多种类的刺身,可以选择海鲜盖饭。"除此之外,海报上还印着天妇罗盖饭、豚角煮[1]盖饭以及和附近烤肉店合作的烤肉盖饭,也都很诱人。我最终选择了

---

[1] 煮猪五花肉,常被认为是东坡肉在日本的变种。——作者注

海鲜盖饭，等待厨师料理的时间，又站在街边和酒谷先生说了会儿话。

神马距离我家只有十几分钟车程，回到家打开那碗饭，果然不负期望，新鲜肥满的刺身铺了满满一层。我时常感叹海鲜盖饭是最能体现日本人"海之幸"的集大成者，海的恩惠尽在这一碗中，也随着季节变化。这天在我的碗里，装着海胆、章鱼和圆贝，又有鲷鱼、金枪鱼和甜虾。我更爱那米饭，竟然还带着微热，是神马的温度。

盖饭（日语里写作"丼"）文化在日本历史悠久，海鲜盖饭却是其中年轻的一种。考据说这种吃法源于室町时代，彼时在上流人士中风靡一种"芳饭"，其实是汤汁盖饭，后盛行于江户时期，牛肉盖饭、鳗鱼盖饭、天妇罗盖饭、猪排盖饭、亲子盖饭都是在那时诞生的，延续至今天成为日本的"五大盖饭"。在白米饭上铺以新鲜的鱼贝类刺身的海鲜盖饭，是战后才新生的吃法，说是从北海道向日本全国扩张开的——也能够理解，北海道的鱼贝被公认为最美味的，各地的日本人都会专程飞去吃，坐在清晨的海鲜市场里，鱼类是几个小时前刚刚打捞上来的，放在米饭上浇着酱油当早饭吃，是美食家的做法。

海鲜盖饭被视为盖饭文化与寿司文化的完美融合，因为需要体现食材的原味，对料理人的技术和食材的质量要求也很高。有趣的是，在一个"外国人对日本盖饭的态度"的调查中，海鲜盖饭得到了"最讨厌的第一名"，原因是"外国人对生鱼类感到苦恼"。说的也是曾经的我。我在日本居住多年，很长一段时间从不主动选择生鱼刺身，也是因为畏惧鱼腥味，对刺身的喜爱是从酒谷先生这里开始的——如同这碗海鲜盖饭，所有的鱼类都是甜的。

也想说一说海鲜盖饭的正确吃法，日本人对于这碗饭同样龟毛极了。首先，制作海鲜盖饭的料理人是以"海鲜和米饭一起吃"为前提来考虑料理方法的，因而不能将刺身和米饭分开吃；其次，也不能将酱油和芥末混拌在碗中一起吃，那样会影响米饭的味道。日本人向我示范的吃法是：先用一个小碟子装上酱油，将一片刺身蘸上酱油后，再放回米饭上一起吃。但芥末不能放入酱油中，要挑取适量放到蘸好酱油的刺身上。原因是："如此一来，食材才能各自发挥最大的风味。"

海鲜盖饭的最佳伴侣也是清酒。人们认为日本酒中含有各种氨基酸，能够巧妙中和海鲜的腥味，从而使它变得更深刻和丰富。我吃着神马海鲜盖饭的时候，用的也是酒谷先生过去送我的清酒杯，白瓷上写着"神马"二字，就这样假装坐在店里。

日本的外卖文化不发达，保守的京都更甚，在家里能吃到居酒屋的新鲜味道，也是疫情带来的限时供应。但因为在家里吃过了一次海鲜盖饭，就更加祈祷着能早日回归到正常的日常生活中了。这天和酒谷先生站着说话的时候，我感叹说："如果下个月情况好转，想坐在店里吃香鱼啊。""还是想吃热乎乎的对吧？"他笑着说。也不全是下酒菜，我怀念的是那时的氛围：一些昏暗的灯光，一些偶遇的人，一些在微醺之际聊起的话，都是抚慰我的重要存在。

还是想坐在店里和酒谷先生聊天，但在那之前，我肯定还会再去买便当的——回家之后我才知道，那家和神马合作的烤肉店也大有来头，是附近一家平日只接待熟客的烤肉店，外人无法进入，竟然也卖起了便当，我十分想知道那是什么味道。

今夜的酒

本酿造 痴虫5号

过去偶然在一家居酒屋遇见了贴着佐伯俊男绘画酒标的清酒。佐伯俊男是我很喜欢的现代画家,他笔下有光怪陆离的现代浮世绘,令人想起寺山修司的时代。那家居酒屋只剩下几个空瓶子,我无法得知其中味道,却有了一种他乡遇故知的亲切之情。不久后佐伯俊男去世,次年居酒屋也关闭了,我怀念起来,在网上找到了名为"痴虫5号"的同款酒,下单之后,店家再向酒造取货,又等待了一些时间。

"痴虫"是佐伯俊男在1995年发售的作品集名字,融合了昭和时期妖怪故事的现代日本春画,是他独特而奇妙的世界观。这款酒则来自群马县的高井酒造,是从江户时期延续了280年的老铺酒屋。如今十代目店主将佐伯俊男的画做成酒标,说是为了博得客人小小一笑,这款酒几乎不放在商店里贩卖,但"知道的人就会知道"。我喜欢这样的默契,在会心一笑中,迅速喝完了画着制服女学生的一瓶酒,迫不及待地想把瓶子当作花瓶来用。

又听说,高井酒造虽以痴虫1号至6号之间命名,但其实总共推出了十款酒标,其中一款还有章鱼登场,这样我就很想集齐它们了。

不存在的居酒屋

〔煮〕

好喝的酒,好吃的下酒菜,好的谈话氛围

不存在的居酒屋

日本某位爱酒家有教诲：理想的居酒屋应该具备三要素，好喝的酒，好吃的下酒菜，好的谈话氛围。到了我这里，若是再能加上一个元素——好看的店主。可真是堪称完美。

要说的正是这样一家理想的居酒屋。由于这里的每一个细节都符合理想，完美到接近不存在，姑且请允许我称它为"不存在的居酒屋"吧。我偶然从某个小道消息得知：在鸭川沿岸有一家"不存在的居酒屋"，此地才是京都第一大众酒场，凡城中真正爱酒的吞兵卫，无不集结于此。但这家居酒屋入口极为隐秘，常客和店主合力打造了结界，不是外人随便就可以进得去。这话令我燃起熊熊斗志，凭借着蛛丝马迹，终于解开了"不存在的居酒屋"的谜题，此后穷追猛打如同登徒浪子，开始了一段漫长的冒险生涯。种种波折，记述于此。

不存在的居酒屋确实位于鸭川沿岸，准确地说，是在左岸。这一带巧妙地避开了游客的领地，哪怕有人远征而来，也不会留意到那栋紧闭着大门的京町家里面，藏着一个欢天喜地的夜世界。我是如何找到它的呢？寻找从下午5点开始亮起灯来的红灯笼。据说在四百年前的江户时期，居酒屋流行时乃常见景象，店家皆不设招牌，只是在门前亮起红色灯笼，作为"不如进来喝一杯？"的暗号，酒客们会心一笑，趋身进入，不称"居酒屋"，呼之为"赤提灯"。门前又挂着用绳子搓成的暖帘，是绳暖帘而不是布暖帘，这也是暗号，我更加坚信自己来到了入口。这独栋建筑的形态也奇特，借用传闻中的描述，说它长得像"时代剧里的武士番屋"，就也请诸位这般想象。为了让理想的居酒屋形象更加浓烈一些，它的年代必须足够久远，有历史经过的痕迹。那么，它就应该开了超过八十五年或是八十六年，在二战时期曾经短暂地关闭过几年，大约在六十年前或是七十年前又重开，延续至今，至于店主，传承到第二代到第三代之间了吧。

时间是初春的傍晚，在红灯笼亮起灯来的一个半小时后，我带着武士赴死的坚决，闯进了不存在的居酒屋的异世界。穿过绳暖帘，拉开格子门的那个瞬间，如同打开潘多拉的盒子一般：围绕着一张古旧的"コ"字形吧台，人声鼎沸，笑脸吟吟，带着醉意相互碰杯的，慵懒地斜靠在角落里的，正接过吧台里白衣店员递过来的热酒的，在从关东煮大锅里冒出来的热气腾腾之中，在裸露着不加修饰的电灯泡的昏黄光线照耀下的，那是人世间，是烟火气，是我在深夜日剧里确实见过的一个不真实片段。

"欢迎光临！"吧台深处一位正在切生鱼片的身穿白色衣服的老头抬起头来。不用说，这位就是店主了。

"欢迎光临！"站在关东煮大锅前煮酒的穿着白色衣服的中年男人

抬起头来。看起来也是主人姿态。

我踩上玄关三和土的粗糙地面，吧台上的人们默契地中断了谈话，齐刷刷地望向我，我这才意识到：是我大意了。在这样一家居酒屋的晚上6点半，是不可能有空位的。我在陌生的目光中感到一阵紧张，好在人们遵循着基本的礼仪，很快放弃了我，回归到鼎沸人声之中去。关东煮大锅前的中年男人指了指杂乱的玄关一角，我在内心深深地吸了一口气，走过去在一张竹制的长椅上坐下，四周堆满了客人们的物品：卷作一团的外套，堆积如山的背包，几把扔在地上的长柄伞，架子上存着许多写着名字的酒。一位年轻的店员走过来，把眼前老式的煤气取暖器点得更旺了一些。不久来了个提着公文包的穿着白衬衫的男人，和吧台里的二位亲密地笑着举起手，年轻的店员给他搬了张椅子放在我对面，又熟络地拿过来烟灰缸。一眼便知，是熟客常态。待我稍稍镇定了一些，就注意到吧台后面的墙壁上挂着几面巨大的镜子，抬起头来，就能透过镜子看到人们碰杯和交谈的细节，还能清晰地辨认摆放在每个人眼前的食物：刺身、烤鱼、关东煮……装着热酒的白色酒壶，漂浮着冰块的highball，独饮者的黑色啤酒瓶。看起来令人向往，我的第一杯喝什么好呢？在内心的游移之中，又过了二十分钟，吧台里的人大声招呼我："小姐，这边请！"才见吧台尽头一个位置空出来了，在厨房与吧台的入口处，店员走来走去，店主就在眼前切生鱼片。我走过去坐下，他便向我举了个躬，说："让你久等了！"

"请给我热燗！"我道。这是一个深思熟虑的选择。在一家初来乍到的居酒屋，尤其还是独身女人，第一杯酒喝什么，如同沉默着向众人的自我介绍一般：我是这样的立场哟。若为保险起见，第一杯就该点 highball，既能喝得轻松，又不失女性的矜持。但这里既是传说中京都居酒屋的终极所在，我就务必要抛弃冗长的开场白，在第一时间快速亮出底牌：别看我这样，其实内心里也住过一位大叔。

酒还在温着，一碟豆渣煮已经摆在我面前，我还是头一回见到豆渣煮这种东西，它以朴素的姿态，也在第一时间就亮出了这家居酒屋的底牌。喝酒之前由店主擅自摆上来的小菜，日语里称为"お通し"，能够表现一家店的性格。大多数居酒屋视之为一种默认文化，默契是"即便客人没点也要端上来，且收取一定费用"。但不存在的居酒屋果然从一开始就拥有极为讨我欢心的性格，在这里小菜不仅免费，给每个客人的还都不一样，全看店主心情。兴许因为我等得太久，后来又送上一碟南蛮渍[1]，邻座一位同样久等的客人，则得到了一碟鸡肉。在未来的日子里，我又得到了许许多多随机的小菜，牛蒡魔芋丝啦，通心粉沙拉啦，土豆炖肉啦，凉拌豆芽啦。从来没有两次是一模一样的。这些都是后话了。

还是先回到这个晚上。这时温好的酒壶递过来，我接过酒杯，第一杯一定要由店主来倒，这也是坐在吧台前的客人才能享受的福利，酒杯装得满满的，末了他又要说一句："辛苦了！"白色的酒壶上写着"白鹤"二字，酒是大众皆宜的温和口感。我之所以在战战兢兢之中决定喝热酒，其实还有一个原因：在这家不存在的居酒屋里，我确实

---

[1] 将炸过的鱼类或肉类，加以葱和辣椒，并拌上甜醋的一种料理。——作者注

感到了前所未有的紧张。喝热酒是一个可以缓解心情的做法，它有一个自斟自酌的节奏，倒一杯酒，吃两口下酒菜，再喝一口酒，整个过程连续不断，不会留下余白。日本人结伴喝酒，会有互相倒酒的规矩，你来我往，也是一种对话。可若是自己和自己喝，就变成了我来我往，也像是自己在和自己对话，其中有自己对自己心思的揣测，这样紧密的过程能稍稍令我安下心来。

在不存在的居酒屋里，菜单不写在纸上，而是写在一张薄薄的木片上。于写的书法字，需要努力辨认，也不标注价格。此时，身旁一对老夫妇起身结账，店主拿着账单，一道一道地重复了一遍他们的菜式，12000日元。"哗，九杯威士忌！"又鞠了一个躬，"喝了那么多，真对不起！"如此我便大概能猜测出价格行情，于是点了万愿寺青椒和煮小芋头，是这个季节的京都时令，和热酒也搭。

我偷偷倾听着熟客们的聊天内容，一些人开始聊起刚刚流行起来的新冠病毒，身穿白色衣服的中年男人露出苦笑神情，说："电话一个接一个来了，都是取消预约的群体客人。"他面前一位西装革履的客人也摇摇头，说："下午开始电话就响个不停，全是活动终止的消息。"旁边几位也附和着。隐隐听见他们很快又换了话题，大约是麻烦的确定申告手续之类的。谈话既无开头也无结尾，皆是兴起而至，琐碎的家常闲话。但愈是这样，便愈加知道是外人难以融入的语境，我也就自然地噤声，默默喝起独酒来。留意到身后的榻榻米上还有几个小桌位，三五成群来的客人，皆是盘腿坐着，其实桌子也不是桌子，只是在简陋的酒箱上放一块木板，大家也都欢乐地喝得东倒西歪。买了单的人要离开,店主定又要鞠躬,为招呼不周表示抱歉,客人也把手摆得猛烈,说:"没有没有,这里是最棒的店!"

邻座很快又坐下了新来的男人,点了啤酒,多数时候也沉默着,偶尔店主问一句:"还不回东京吗?"男人答:"这阵子暂时住在京都。"就知道其实也是相识。很长一段时间里我只是凝视着店主,他在我眼前切菜,切了醋腌青花鱼又切卷心菜包肉,切了刺身又磨了生芥末,技术流畅娴熟,我如同欣赏演出一般,也乐在其中。店主的眼前也摆着一个啤酒杯,邻座的男人伸过手去,不断往里面倒酒,绝不让它有空着的时候,在切菜的空隙,店主举起杯来一口喝掉,点头致意。比起那些规矩分明的店,显然眼前这一幕更让我喜欢,我头一回看到客人招待店主,两人之间即便只有寥寥几句,却时刻充满了视线的交流,因此就懂得了人情。

在突然闯入的居酒屋,应该先做一个尽职尽责的旁观者,这天我本来打算沉默到底,但不久邻座的男人就又喝了新的酒,酒倒在一个正方形的木头盒子里,一直溢到盘子里,盘子装满了,杯子端不起来,只能低头小口啜。

"你喝的是什么?"我忍不住问。

"叫作枡酒,也是日本酒,只不过放在这种名为'枡'的容器里。"男人指了指那个木头盒子。

"也是热酒吗?"

"是常温的。"

我不打算继续喝日本酒,就换了highball喝,又点了关东煮——

若是不特别说明要什么，店主就会自己看着办。他给我盛了一人份的，有鸡蛋、萝卜和豆腐，我见他切卷心菜包肉，也十分心动，被告知今夜已售罄，心中叹息一声，决定下次再战，和枡酒一起。

我离开的时候，店主也对我鞠躬，连声抱歉："对不起，让你等了那么久！"让我惊异的却是账单上的价格，我喝了不少，竟然只要2500日元。不禁回想起早先告别的两位，究竟是如何吃到那样的"巨额数字"的？微雨的夜晚我沿着鸭川左岸走回家去，不存在的居酒屋之所以对我来说恰到好处，在于我们皆为鸭川沿岸居民，它能让我在微醺之中拥有一段散步回家的美妙时光。

过了些日子，在花道教室跟盐野老师聊起我如何潜入了不存在的居酒屋，她露出惊讶神情："那家店，是我的父母最喜欢的，过去父亲还曾醉倒在吧台上。"

我则另有感叹："话说温酒的那位，长得也太帅了吧？或许是老头的儿子吗？"

"可是老头也很帅啊。老头不在吗？"

"老头一直在切菜，几乎移不开视线，技术实在太好了。"

"对对对，没错，那是职人技。"

又过了几天，盐野老师又兴致勃勃回报："那位长得帅的，果然是老头的儿子呢。"我于是又知道，熟客之间把这二位称为"大将"和"若大将"。"若"在日语里，是"年轻"的意思。盐野老师似乎很喜欢大将，还四处向众人宣扬我的"作战计划"："这个人，准备喝到第四次跟店主搭话呢。"

我有一个"自我流"的居酒屋攻略方式：总而言之先去四次。前三次都默默点菜，默默喝酒，默默观察店里的氛围，默默付钱走掉。即便要跟左右之人谈话，也应该是淡淡的。等到了第四次，差不多就被店主和熟客记住了，如果店主在说"谢谢光临"之前加上了"一直以来"的时候，就差不多是我应该亮明身份，请求采访的时候了。

第二次光临不存在的居酒屋，我还是很紧张。去之前又做了许多功课，一早想好了要点什么，如愿吃到了关东煮的卷心菜包肉和章鱼。卷心菜包肉后来成为我在这家居酒屋里最爱的一道菜，章鱼也煮得软糯，在酱油色的汤底中呈现出完美的紫红色，泛着幸福光芒。我又点了传闻中熟客之间必点的醋腌青花鱼，加上生姜和洋葱丝和茗荷一起吃，上次来我看到大将切了一条又一条，想必是极受欢迎的。还喝了枡酒，枡酒如同我目睹的那样，溢到盘子里，木头上印着"名誉冠"三个字，是酒的名字，据说枡酒只在每年10月到次年的4月末提供，是期间限定。

枡杯用桧木制成，避免了玻璃杯冰凉的触感，充满了香气。据说它原本出现在神社的祭神活动中，作为奉纳酒的容器，祭祀活动结束后，人们会作为伴手礼带回家，也在家里自己使用。又说在从前只有散装酒的时代，木枡也作为计量器，后来有些在酒铺里迫不及待的酒鬼，就借着这个杯子直接喝起来，渐渐成为一种习惯，店家还会提供盐，盐能让酒变得甜，如今仍有人会这么喝。不存在的居酒屋里还应该有一些"幻之酒"，"名誉冠"就是。传闻它原本是伏见地区的名誉冠酒造招牌的本酿造辛口酒，后来酒造倒闭，又过了些年，附近另一家知名酒造重新开始酿造，重现当年风味，但在市面上几乎不流通。喝着酒，才看到墙上的镜子上也写着"名誉冠"几个字，原来镜子也是酒造赠送给居酒屋的，酒造没了，镜子还在。

我慢慢喝着酒，酒枡喝空了，就把盘子里的也倒进去，难免溢出一些在桌上，只好一边倒酒一边擦桌子。吧台上的每个客人面前都有一条黄色的毛巾，是否这样的用意呢？让客人偶然做一些店主该做的事，宣告一种亲密关系。往后，也看一个客人喝酒喝得快意，大杯子里装满了冰块和新鲜柠檬，又忍不住问："那是什么？"

若大将探身确认了一下，说："柠檬烧酒调酒。"

"那我也要一杯一样的。"原来是柠檬烧酒调酒。酎ハイ在日本的居酒屋里也常见，制作形式也许来源于 highball，用日本烧酒替代威士忌，兑上碳酸水一起喝，成为烧酒 highball。柠檬可以换成各种水果，不存在的居酒屋里还有梅酎和乌龙酎。梅子和乌龙茶，也都是基本款。我原本爱烧酒胜过清酒，兑上碳酸水一起喝，就能喝许多，于是又点了芦笋牛肉卷，配上酱油芥末和蛋黄酱两种蘸酱吃，是年轻的味道。这一天店里确实多了年轻人的身影。大概是因为价格便宜吧，附近的老年人来，下班的中年人来，夜游的年轻人来，约会的小情侣也来……人人都喝很多酒，又保持着某种节制，多数人在醉倒前就会买单离开。我身边来了两个大学男生，点的是炸鸡啤酒，这份心情我也能懂，但我也应该在保持理智时离开，便照例在心中确定了下一次的作战计划。离开的时候，若大将多看了我两眼，成功也许就在眼前。

从此不知为何，在脑细胞因为写稿而被杀光的傍晚，总会变得很想喝柠檬烧酒调酒。一日天气晴朗,我又沿着鸭川左岸散步去了,周四晚上6点20分,已经有人红着脸准备回家。可喜可贺的是这天我得到了一个好位置——在这家居酒屋里,能坐在哪个位置全靠运气,因为吧台位不能预约,只能随机抽取——这天最后空着的一个位置,在"コ"字形吧台的开端,镜子下靠墙的位置。

四周全然是放松的空气,人们总是吃完了一道菜才点下一道,说话的时间更多。我隔着长长的吧台,看到刚坐下来的客人和已经喝得差不多的客人互相打招呼,就觉得这个角落充满了安全感。我在这里观察着人们:大将和若大将在吧台里各自有专属位置,一个站立在关东煮大锅前,一个站立在深处的菜板前。若大将一边热酒一边和客人聊天,谁要是点了单,他就大声说出来,大将以"哎哟"回应,表示知道了。我坐在角落里也能远远看见大将,一如既往地站在他的舞台上展示着职人技。我还注意到,若大将盛关东煮的时候,总要先舀两勺汤汁涮一涮碗,大约两三次后才往里面夹菜,应该是为了让碗壁先暖一暖,菜也不容易变得冰凉。正面对着关东煮大锅的座位,是这家居酒屋的中心位,可以随时与若大将聊天,此时坐在那里的竟是那位喝柠檬烧酒调酒的前辈,正和身旁一对老年夫妇聊天。话语中得知两位是从东京来京都旅游的,聊了许多京都见闻,临走时寒暄着说:"要是能在这里再见就好了呢!"随后趁着那位前辈去洗手间的空隙,我看见若大将自作主张地把他的杯子移了移,等到他回来时,也就理所当然地坐在了熟人旁——看来是常有的事情。

我被这个小小的细节打动,终于没能等到第四次,买了单便递过去名片，说明了来意。"采访啊？不好意思。我们是拒绝一切采访的。"若大将淡淡地说，脸上没有任何表情。

我成了一个败北的武士，灰溜溜走在鸭川边上。内心先是充满了尴尬与挫折，随之而来的却是赞赏的喜悦："它居然不接受采访！它果然是一家理想的居酒屋！"我才想通了为什么在一切有关京都旅游的书籍杂志上，从来看不见这家居酒屋的名字，因为它有自己的血脉，绝不暴露自己，绝不真实存在。于是我在一种极为复杂的情绪中，悲喜交加，暗自鼓励自己：哪怕面对若大将怀疑的眼光，也不可忘记作战计划，一定要再去第四次。

第四次去的时候，大将却不在，若大将站上了大将的舞台，包裹着头巾的年轻店员暂时站在了关东煮大锅前的位置上。我这次也坐在若大将眼前，得以目睹他切菜的姿势，同样是极快手速，想必不久便可以出道。我决心忘记成败，专注于喝酒，吃过了卷心菜包肉和章鱼，喝着梅子烧酒调酒，又点了鳗鱼白烧，蘸着芥末酱油吃。不再有邀约采访的负担，我竟然前所未有地放松起来，在放空之中领会了居酒屋的美学：享受置身于群众之中的孤独。与其说填饱肚子，居酒屋不如说是慢慢饮酒，享受氛围的地方，哪怕独自一人也毫无违和感。日语里有个词叫"居心地"，指的是"身处这个地方的心情"，氛围好的店经常被称为"居心地很好"。我很喜欢这个词，决定以我的方式去理解，称它为"可以把心放在这里的地方"。我十分安然，听着身旁两位客人与若大将聊天，大约是说近来疫情已经很严重，京都站附近的饮食店生意惨淡，而先斗町已经空无一人了，坐新干线甚至可以独享一节车厢。明明已经是十分严重的状况，大家却都各怀心事，担心不存在的居酒屋也被迫关门，自己丧失了最后的居所。

就在此时，格子拉门突然被拉开，匆匆闪现一个身影，环视四周，径直走向我身旁的两位，把一个东西放在吧台上："是你的手机吧？""啊！"两人发出惊呼。他们已经在我身旁愉快谈话长达三十分钟，竟没有发现手机丢在出租车上。在仓促的感谢声中，出租车司机又如同风一般走了，若大将目送着他离开的身影，也鞠着躬："谢谢啊！"身边两人和吧台另一端的人眼神交接，那边跷起大拇指，问："没有发现吗？"这边就笑："完全没有。"接着整个居酒屋里就都互相交换着眼神，纷纷感叹："真是厉害啊！"我心中对这里的爱意就又增添了一些。是这样一家居酒屋啊，店主会代替客人道谢，所有的客人之间可以分享同一个故事。因而我在沉默之中，想成为熟客的心情又强烈了一些，我何时也能和人们愉快地交谈呢？

契机就是在我苦苦思索着"契机何时会来"的时候到来的。若大将在聊天中频频看向我，突然对我身旁的人说："你让开一点！"那位赶紧转过身来说："抱歉抱歉真的抱歉。"作势要用黄色毛巾在桌子上画出一道中间线，而我其实一点也没觉得自己的空间被侵占了，也措手不及地说着："没事没事真的没事。"转念一想，自己原来也成了被若大将留意着的客人，心中高兴起来。

"刚刚那个司机真厉害呢，我是不是应该去送点感谢费啊？"一旦打过招呼了，谈话就这么自然发生了。我在谈话中知道：这位是若大将在某个同好会的朋友，这天带着东京来的前辈一起来喝酒，他又说自己在市中心某间百货公司顶楼开了一家店，店里有位打工的留学生是贵州人，怂恿我去看看。见我拿着相机，每上来一道菜，两人都催促着我："先别聊天了，快拍菜吧。"把他们的小碗也端到我眼前，问："要拍章鱼吗？""要拍万愿寺青椒吗？""要拍春笋吗？"他们的若笋煮端过来的时候，我才意识到：那份我以为一成不变的菜单，悄悄地更换了几道春天的食物。

"京都的居酒屋，要说有什么好，店主搭话的时机很妙呢。"从东京来的前辈说。

"东京不这样吗？"

"东京的居酒屋不常见这种互相交谈的场景，大家都很冷漠。"

"因为在东京的都是外人吧，京都却多是当地人。我最喜欢京都居酒屋的地方，在于这里有家庭的感觉，店主店员和熟客一起构成的家庭感。"我趁机说出了我的想法，两人表示赞同。

"东京下町没准也有这样的店。"我突然想起来，把我最近在读的书推荐给他们，并且大声读出了那本书的名字，"《コ字酒场是仙境》[1]。"若大将心领神会，笑出声来。

"说起来，什么是'コ'字？"身旁的那位问。

我指了指吧台："像这样，围成一圈，正好是日语片假名里'コ'的形状。"在这样的地方，不认识的人们紧挨着坐在一起，转头可以和左右的人聊天，还能看见店主煮酒做菜，闲话家常。

---

[1]《コの字酒場はワンダーランド》，六耀社，2013年出版。——作者注

在"コ"字酒场里,最重要的是谈话,历经千辛万苦之后,我也终于打开了谈话的"副本"。这晚买单,若大将已经是我所期待的那种语气:"一直以来谢谢你啊。""今天喝了很多呢,柠檬烧酒调酒一杯,梅子烧酒调酒一杯,乌龙茶烧酒调酒一杯……真是不好意思。"至于身旁那位,在我起身的时候,依然没有放弃,喊着:"一定要来店里哦!有贵州人,可以跟你聊天。"

"一定去!"我说。

我突然想来,又问若大将:"为什么从不接受采访?"

"因为希望来的都是熟客。"他说这话时,脸上流露出少有的严肃神情。

是为了让熟客们有个舒舒服服喝酒不被打扰的空间啊。这个晚上沿着鸭川走回家,夜风清凉,已经有了春天的温度。我的心里也开始有了一些温度。我感觉到我在这个城市里又多了一个挂念的地方,不存在的居酒屋让我明白一件事:需要靠时间培养的感情,只能靠时间培养,没有任何捷径可走,在京都更加如此。

我再也没有想过要采访不存在的居酒屋,热酒是多少度,名誉冠背后有什么故事,吧台位有什么讲究,卷心菜包肉的美味秘诀是什么……这些对我来说不再重要。我需要的是我自己的居所,只要随时能和店主还有左右的人聊天,说着"要说东京的流行和京都的流行的不同啊……"之类无关紧要的话题,就已经是生活中难得的闪光时刻了。我也应该保护好它。

去不存在的居酒屋渐渐成为一种惯例,我若是早早写完稿,一定在天光尚且明亮的傍晚散着步去。如果樱花开了，就一路走在樱吹雪[1]之中，拉开门的同时掸落满身花瓣，在醉意中走回家，沿途看见的也是不眠夜樱，在夜色中飘摇。如果到了夏天，吧台里就有制作生啤酒的机器摆出来，木门也会一直开着，时时吹进来鸭川的夜风，是古都的度夏方式。我越来越爱吃卷心菜包肉，已经到了能分辨出哪天的叶子更厚实的地步，而章鱼依然闪闪发光。

对了，那位喝柠檬烧酒调酒的前辈，那之后的某天坐在了我的邻桌。

"你每天都来吗？"我终于开口问他。

"也不是，倒是你，最近经常见到。你每天都来吗？"

"一周大概一次吧。"此时我已经不害怕坐在这里跟任何一个人交谈了，"一直想感谢你来着，自从看见你在这里喝柠檬烧酒调酒之后，我就总是忍不住想喝，工作到一半就想喝。所以今天也来了。"在那个我连喝四杯柠檬烧酒调酒的夜晚之后，若大将也不再问我"大杯小杯？"，径直就会给我大杯，这种默契也令我满意。

"我记得那次，"他指了指角落里，"你坐在那个位置，一直拍照来着吧？"

"擅自拍照真不好意思。不过你是熟客了吧？"

"我们住得很近，所以就常来了。"他指了指若大将。若大将也笑："这个人啊，是个搬家爱好者。如今住在××。"说了附近一家超市的

---

[1] 形容樱花的花瓣飘落得如下雪一般。——编者注

名字，我立刻明白过来，也道："谷崎润一郎这个人，一生搬了四十几次家，所以你也要加油啊。"

这晚轮到我坐在关东煮的大锅前，头一回见到了若大将煮酒的完整过程。他身后是传统的四斗樽，打开木栓用陶瓷大碗接出一碗，倒进铫子里，关东煮大锅的侧面有一个小空格，就放在那里用热水煮，煮好了倒进酒壶里，酒壶再一次浸入热水中，拿上来擦干水滴，再送到客人面前。据说从前的居酒屋就是这种形态，若是不小心酒溢出来流到锅里，成为关东煮的调味料，也很有趣。

熟客之间的聊天，也像关东煮一样，司空平常却又令人挂念。

比如说——

"我刚刚在厕所里掉了一万日元，被还回来了，是不是很惊奇？"

"谁还回来的？"

"店员。"

"我还在这个店里见过更惊奇的，有一个出租车司机……"

又比如——

"为什么你总是一个人喝酒？中国人不都喜欢大家一起喝酒吗？"

"我啊，发现女人35岁以后的人生，至少有一件好事。"

"是什么？"

"能够毫无顾忌地一个人去居酒屋了，并且彻底懂得了居酒屋的好。"

再比如——

"你一定要成为中日关系的桥梁啊。"

"好沉重哦。"

"你一定要成为中日关系的桥啊。"

"说起来，这里也是桥不是吗？"

"你一定要成为桥啊。"

"好烦哦，我会成为桥的！"

大家也聊旅游的事，聊工作的事，一旦能聊起天来，就什么都可以聊。喝柠檬烧酒调酒的前辈告诉我，若大将在附近还经营着一家意大利料理店，是为了支持年轻的料理人们，建议我去吃吃看。若人将也说起自己的三个孩子，料理人的工作过于繁忙，多亏了妻子的功劳，我也感叹："所以说日本的主妇很伟大啊，丈夫基本不在家。"我还看过店里隐藏的中文菜单，是一位之前打工的日本人留下的，那个人在中国台湾留过学，翻译得堪称完美。喝柠檬烧酒调酒的前辈是做房地产的，我只要说出自己住在哪一带，他立刻就能说出公寓的名字和准确的售价，令我惊讶。他说他来这家店已经七年了，我说我觉得还应该更久，毕竟在这家居酒屋，许多人是连续三十年或者四十年都来的。

"小姐，我走了。下次会见到的吧？"和喝柠檬烧酒调酒的前辈初次告别时，他道。

"只要来这里，总能见到。"我笑，在不存在的居酒屋，人和人之间的关系就是这么维系的。

"熟客真多呢。"喝柠檬烧酒调酒的前辈走了以后，我对若大将说。

"基本都是熟客。"

"刚刚坐在旁边这位，旁边的旁边那位，我都见过许多次了。"

"那边的那位每周都来,旁边这位,每周会来四五次吧。"

此时我已经完全感同身受他不接受外来者的理由了。只有熟客存在的店,就是可以安心与人聊天的店。为什么人们会每天都去居酒屋呢?明明酒和菜都不会变,却依然迷恋的理由是什么呢?大概如同日本人在生活中喜欢泡澡一样,不是追求刺激,而是一种日常性的存在。居酒屋和浴缸也一样,是有治愈功能的。

"常客是从什么时候成为常客的呢?"这天我问若大将。

"应该是彼此开始说一些任性的话的时候吧。不是说来了多少次,而是互相之间的一种关系。"他笑着对我说,"你也是常客了哟。"

"作为常客的我很想知道,近来出于特殊情况,所以总有座位,以后人又多起来,我该怎么办?"

"放心吧,总能在哪里给你找个位置的。只能是你一个人哦。"

我确实有些任性了。喝柠檬烧酒调酒的前辈离开前,最后点了杯小的柠檬烧酒调酒,却端上来一大杯。于是我任性地把杯子递过去:"我来帮你喝半杯吧!"

"你知道她的职业吗?"接过我的名片后,喝柠檬烧酒调酒的前辈抬起头来问若大将。

"嗯,之前多少听说过。"若大将还是那波澜不惊的样子。

我也可以继续任性地说:"不只是听说过,我的采访可是被拒绝了。"

对我来说,居酒屋的美妙之处,在于那扇门之后存在一个未知的小宇宙。在拉开门之前,永远不知道等待自己的什么,是不是投缘,是不是能变得亲密，也宛如恋爱心情。我体会过无数次第一次站在那些门前，心中充满了紧张与不安，那样的心情最难忘。那是我日常生活中的小冒险，如同前往陌生之地的旅行，是需要鼓起勇气和未知的相遇。我喜欢一扇一扇把门敲开的感觉，喜欢从陌生变为熟悉，熟悉又变为日常。最奇妙的是，每当敲开了一家居酒屋的门，我心里的一扇门也随之打开了。而这所有的开端，我第一次感到自己把门敲开，是在不存在的居酒屋。这里是我的起点。

不存在的居酒屋真的不存在吗？会不会是因为那天晚上我十分任性地说："可我还是想写，无论如何都想写！"于是若大将和熟客们也只能一笑，说："你啊，把名字藏起来写吧！"事情才变成这样的呢？各位不妨解密看看。如同狸猫拉面一样，如果你想办法寻找它，每周总有一个晚上，我是坐在那个长条吧台之前的。

"被说是熟客了呢。"作战计划大成功之后，我对盐野老师说。

"你一定很高兴吧，毕竟店主那么帅。"果然盐野老师还是最懂我的。

© 中南博集天卷文化传媒有限公司。本书版权受法律保护。未经权利人许可，任何人不得以任何方式使用本书包括正文、插图、封面、版式等任何部分内容，违者将受到法律制裁。

图书在版编目（CIP）数据

我在京都居酒屋/库索著. -- 长沙：湖南文艺出版社，2021.3
ISBN 978-7-5726-0066-1

Ⅰ.①我… Ⅱ.①库… Ⅲ.①随笔—作品集—中国—当代 Ⅳ.①I267.1

中国版本图书馆 CIP 数据核字（2021）第 028968 号

上架建议：畅销·文学

WO ZAI JINGDU JUJIUWU
我在京都居酒屋

作　　者：库　索
出 版 人：曾赛丰
责任编辑：刘雪琳
监　　制：毛闽峰　李　娜
策划编辑：李　颖　由　宾
特约策划：杜　娟
特约编辑：周子琦
营销编辑：刘　珣　焦亚楠
封面设计：尚燕平
版式设计：梁秋晨
书籍插画：由　宾
出　　版：湖南文艺出版社
　　　　　（长沙市雨花区东二环一段508号 邮编：410014）
网　　址：www.hnwy.net
印　　刷：嘉业印刷（天津）有限公司
经　　销：新华书店
开　　本：875mm×1230mm　1/32
字　　数：204千字
印　　张：10.5
版　　次：2021年3月第1版
印　　次：2021年3月第1次印刷
书　　号：ISBN 978-7-5726-0066-1
定　　价：59.80元

若有质量问题，请致电质量监督电话：010-59096394
团购电话：010-59320018